KB020083

로크미디어가
유혹하는
재미있는 세상
ROK MEDIA
로크미디어

신권의
원코인
클리어

신컨의 원 코인 클리어 6

2023년 6월 15일 초판 1쇄 인쇄
2023년 6월 20일 초판 1쇄 발행

지은이 아케레스
발행인 강준규

기획 이기헌 왕소현 임동관 박경무 강민구 조익현
책임편집 오영란
마케팅지원 이원선

발행처 (주)로크미디어
출판등록 2003년 3월 24일
주소 서울시 마포구 마포대로 45 일진빌딩 6층
Tel (02)3273-5135 **Fax** (02)3273-5134
홈페이지 rokmedia.com **E-mail** rokmedia@empas.com

값 9,000원

ISBN 979-11-408-0742-0 (6권)
ISBN 979-11-408-0729-1 04810 (세트)

신전의 원코인 클리어

아케레스 퓨전 판타지 장편소설

Contents

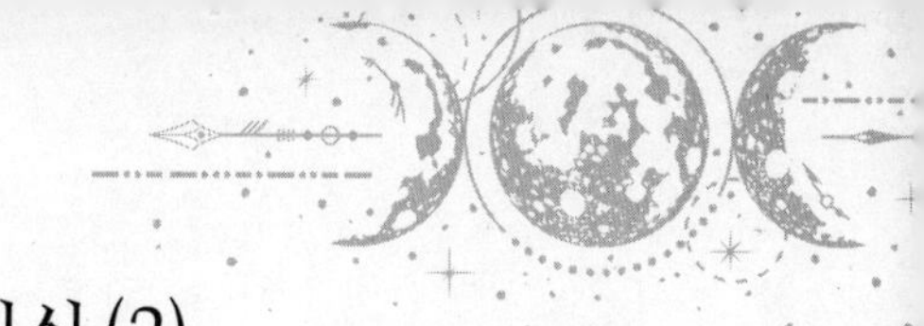

진실 (2)

많은 유저가 궁금해할 것이다.

일명 판타지 차원이라고 일컬어지는 에덴.

에덴 출신의 캐릭터들은 어떤 방식으로 차원 미궁에 들어오는가.

…….

마왕들은 주로 흑마법사를 이용해서 차원 미궁을 영업했다.

그렇지만 흑마법사는 마왕이 원한다고 짠 하고 나타나지는 않았다.

그들은 아주 오랜 시간에 걸쳐 세계 곳곳에 흑마법을 퍼뜨려서 흑마법사의 육성을 유도했다.

왜일까?

왜 힘으로 제압하지 않고 귀찮은 수작질을 반복했을까?

마왕.

이름부터 강력하기 그지없는 존재가 아닌가.

지금은 죽어 버린 마법사 NPC 세릴다(46층 당시 KK의 동료였던 그 여자)는 이렇게 추측했다.

마왕만큼 강력한 존재도 다른 차원에 개입하기 위해서는 큰 출혈이 필요한 것이 아닐까?

아니면 어떤 제한이 있는 것은 아닐까?

물론 이 부분은 유저들이 규명할 수 없다.

창천 차원과 에덴 차원을 직접 확인할 수 없으니까.

두 차원은 애초에 구현이 되어 있는지조차 확인할 수 없는 공간이다. 다만 NPC의 입을 빌려 나온 추측이니만큼 신빙성 있는 가설로 받아들일 수는 있다.

여하간, 나는 세릴다를 비롯한 고층의 마법사 NPC들에게 자문하며 단탈리안의 설정을 파헤쳤다.

그들의 말에 따르면, 마왕은 압도적인 영향력을 발휘하는 대신 에덴 차원 곳곳에 흑마법을 퍼뜨렸다.

일부 인간에게 환청처럼 접근하고, 마계와 닮은 지형에 마기를 조금씩 주입해 오염하며, 도서관에 흑마법에 관련된 서적을 집어넣기도 하면서.

그 결과, 흑마법의 자취를 붙잡은 일부 영리한 마법사들이 흑마법을 연구하기 시작했다.

그렇게 에덴에서 최초의 흑마법사가 등장했다.

최초의 흑마법사들은 손쉽게 권력을 움켜쥐었다.

흑마법은 소규모의 마력으로도 강력한 위력을 내었고, 흑마법 특유의 사자(死者) 계열 마법과 저주 계열 마법은 에덴의 전투 마법계에 새로운 활력을 불어넣었기 때문이다.

마왕들은 흑마법사를 토대로 에덴이라는 차원에 영향력을 넓혀 갔다.

그래 봐야 에덴 전역에 수십 개나 있는 마법 학파 중 하나로 인정받은 것에 불과했지만, 그것으로 충분했다.

그들은 곧 본색을 드러냈다.

에덴의 재능 있는 인간들을 유혹하기 시작한 것이다.

'차원 미궁'이라는 역전의 도전지를 흔들면서.

주인을 잃은 기사, 진리를 찾아 헤매는 마법사, 풍비박산 난 가문의 후계자, 제국에 지명수배당한 범죄자.

더 잃을 게 없는 인간들이 악마의 꼬드김에 넘어가 차원 미궁에 도전하기 시작했다.

가장 처음으로 차원 미궁에 들어선 인간 종족 플레이어들은 그들이었다.

물론 돌아온 이는 없었다.

아시다시피 차원 미궁은 클리어된 적이 없다.

플레이어는 물론이고, NPC에게도.

흑마법 학파에서 대규모 자살 유도를 이루어 내고 있다는 사실을 알아챈 나머지 학파와 국가들이 뒤늦게 흑마법 학파를 제지했지만, 상황은 이미 끝났다.

한 번 열린 게이트는 닫히지 않았다.

에덴에 자리를 잡은 마족과 악마들은 많았고, 마기로 오염된 지역에서는 지속적으로 새로운 흑마법 입문자를 만들어 냈다.

여기서 재미있는 사실.

가장 처음으로 열린 게이트의 이름은 '파이몬의 문'이었다고 한다.

여하간.

현실을 받아들이지 못한 인간, 흑마법에 눈이 먼 흑마법사, 악마의 꼬드김에 넘어간 사람.

그리고 기적을 바라는 인간들은 다른 인간들의 제지에도 불구하고 꾸준히 차원 미궁에 발을 들였다.

마치 지구에 있는 도박 중독자처럼 말이다.

그래.

우리가 접속한 단탈리안이라는 게임에서 만나는 에덴 출신의 NPC들은 그런 존재였다.

…….

그렇다면 무협 차원, 창천은 어떨까?

창천의 플레이어들은 에덴의 플레이어들보다 훨씬 늦게 나타났을 가능성이 크다.

나는 통합 쉼터에 형성된 거주지를 통해 그 사실을 유추했다.

중세 판타지풍.

즉, 에덴 풍의 건축 양식은 도시 중앙에 몰려 있는 반면 무협지, 창천 풍의 거주지는 그 주위를 둘러싸고 있다.

근거는 또 있다.

S등급 클랜의 역사를 뒤져 보면 천문 이전에는 창천 출신의 클랜이 없었다.

그동안 창천 출신의 모든 플레이어가 부진하고, 에덴 출신의 플레이어만 특출 났던 걸까?

그것보다는 창천의 플레이어가 더 늦게 입궁했다는 가설이 더 타당해 보인다.

창천 출신 플레이어와 에덴 출신 플레이어의 차원 미궁 진입 시기가 다른 것은 이상한 일이 아니다.

당장 유저, 지구 출신의 플레이어가 가장 마지막에 도전하지 않는가.

창천 출신의 NPC들에게 차원 미궁의 생성 과정을 물어본 결과 이 역시 흥미로웠다.

두 번째 차원인 창천에서 마왕들은 에덴과 전혀 다른 방법을 사용했다.

창천은 이미 하나의 제국으로 통일되었기 때문이었을까.

그들은 아예 창천 차원의 주인, 천자(天子)와 접촉해서 거래를 성사시켰다.

매년 일정 수의 죄인을 잡아넣는 감옥으로써 차원 미궁으로

가는 게이트를 만들어 낸 것이다.

대신 천자는 마왕에게 '기술'을 받았다.

여러 NPC의 묘사를 토대로 유추해 봤는데, 아마도 천자가 마왕에게 받았을 그 기술은 '증기기관'일 가능성이 컸다.

제국의 수도에 마차 대신 철마(鐵馬)라는 이름의 기차가 나다녔다는 증언이 있었기 때문이다.

기술을 넙죽 받아 챙긴 천자는 게이트를 없애려고 시도했지만, 당연히 마음대로 대지 않았다.

오히려 게이트를 중심으로 마계화가 진행되어 에덴과 같은 꼴이 되어 버렸다고.

창천 차원이 마계화되는 속도는 에덴이 마계화되는 과정보다 배는 빨랐을 것으로 추정된다.

그리고 또 한 가지 흥미로운 사실이 있다.

바로 창천에서 처음으로 만들어진 게이트의 이름이다.

아몬의 아가리.

흥미롭지 않은가?

에덴은 파이몬의 문.

창천은 아몬의 아가리.

그리고 우리. 지구는 단탈리안.

모두 72마왕의 이름이다.

에덴은 파이몬이 작업했고, 창천은 아몬이 작업했으며, 우리 지구는 단탈리안이 작업했다는 이야기일까?

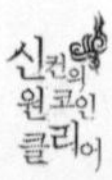

단탈리안이 1층의 층주를 맡은 것과 어떤 연관이 있을까?
가슴이 두근거린다.
단탈리안의 제작진이 어떤 스토리를 준비해 놓았을지 너무나도 궁금하다.
그러니까 내가 하고 싶은 말은, 단탈리안의 랭커들이 하루빨리 힘을 좀 내줬으면 좋겠다는 것이다.
빨리 이 빌어먹게 어려운 게임을 클리어하고, 스토리를 좀 보자고!
—'아주르 머프: 설정 밖의 세상, 에덴과 창천.' 중에서.

메시아가 이죽댔다.
"모르지. 실제로 이런 일이 있었을지도."
"웃기는 농담이네. 지구에 마왕이 들어오기라도 했었다는 이야기야?"
말을 뱉은 태양이 입을 다물었다.
어쩌면, 정말로 그럴지도 모른다.
말도 안 되는 이야기라며 부정해 왔지만, 자꾸만 그런 생각이 머릿속에 맴돌았다.
"현혜야, 이번 스테이지 끝내고 심도 깊은 이야기가 좀 필요할 것 같아."

—응. 모두가 그럴 거야. 이 방송을 보고 있는 모든 사람이 그럴걸?

하긴.

아주르 머프의 포스트는 단탈리안을 즐겼던 게이머라면 거의 성서처럼 여겨지는 문서였다.

상대적으로 단탈리안에 문외한이었던 태양의 뇌리에 스쳐갈 정도라면 이 정도 이야기를 떠올린 사람은 수없이 많으리라.

—메시아에게는 방송 통해서 따로 브리핑할게. 저쪽은 비행기 타고 가는 시간이 있으니까 일단 네 브리핑 먼저 하자.

"응."

태양의 목표물은 뉴욕. 정확히는 맨해튼에 몰려 있었다.

당연한 이야기지만, 단탈리안의 본사 역시 맨해튼에 있었기 때문이다.

—아까 이야기 들었지? 상하이만큼은 아니지만 여기도 인구 밀도가 높거든? CCTV는 말할 것도 없고.

"근데 현혜야, 아무리 생각해도 서양인인 메시아가 여기 맡는 게 맞지 않아?"

—뭔 소리야. 메시아는 영국인이야. 미국에는 한 번도 발 들여본 적이 없다고.

"그렇군."

궁금하지 않았던 정보 감사합니다.

태양이 고개를 끄덕이는 사이, 현혜가 말을 이었다.

-일단 위치 특정부터 할게. 여기가 월스트리트인 건 확실하고. 그, 지도 있나?

"응. 아까 가져왔어."

-보면서 들어. 가장 가까운 건 자살한 대표 이사의 집이야.

태양은 현혜의 브리핑을 들으며 미국 경제의 심장부, 월 스트리트로 나섰다.

목표 장소로 이동하는 데 어려움은 없었다.

당연한 일이다.

한낮의 월스트리트.

거리에는 당장 태양과 같은 복장을 한 채 어디론가 걸어가는 사람이 족히 수백은 되었다.

진짜 문제는 대표 이사의 집 앞에서 맞닥뜨렸다.

하늘을 찌를 듯이 높이 서 있는 고급 빌딩.

척 봐도 부자들만 사는 분위기라 들어가기만 해도 신원 검사가 빡세 보인다.

태양은 이 건물 안으로 진입해야 했다.

-여기서부터는 네가 해야 해.

"응?"

-네가 알아서 해야 된다고.

태양이 양팔을 들어 올리며 어깨를 으쓱였다.

미국인이 당황했을 때 전형적으로 하는 할리우드식 제스처다.

"뭐, 어쩌라고?"

–담이고 벽이고 그냥 물리적으로 넘어. 슉! 하고 창 안으로 들어가든지. 코믹스에 나오는 히어로들처럼 말이야.

슉 같은 소리 하고 자빠졌다.

"그냥 뛰어넘으라고? 어디까지? 꼭대기 층이라면서?"

–꼭대기까지 갈 필요는 없고, 적당히 CCTV에 안 걸리게 건물에 진입만 해 봐.

"주위에 카메라가 어디 있는지 내가 어떻게 알고?"

–알아서. 잘. 카메라까지는 내가 못 찾아주지.

현혜가 뻔뻔하게 중얼거렸다.

헛웃음이 절로 나온다.

하지만 맞는 말이긴 했다.

현혜라고 월스트리트 한복판에 와 봤을 리가 없으니까.

아니, 와 봤더라도 CCTV 위치를 외우고 있으면 그건 정상이 아니지.

"끄응."

태양이 인상을 찌푸렸다.

업적은 모든 신체 능력을 강화한다.

근력뿐만 아니라 시력, 청력, 미각과 같은 감지 능력까지.

"그러니까 내가 육안으로 보고, 듣고, 냄새 맡고 해서 카메라 위치를 알아서 잘 알아내라?"

–그래.

"아니! 이럴 거면 메시아를 부르든가!"

–메시아가 마법 쓰는 건 절대 안 걸리냐? 건물에 들어간 사람은 있는데 나간 사람은 없다. 당연히 조사 대상이지!

"나는 뭐 다르냐고!"

태양이 투덜거리며 주변을 살폈다.

한참을 티격태격하며 건물을 둘러보자 쓸 만한 곳을 발견할 수는 있었다.

6층 높이의 창문이 열려 있었다.

청소하다가 잠시 열어 둔 걸까.

안쪽 상황이 어떤지는 모르겠지만, 정문을 밀고 들어가는 방법을 제외하고 건물에 들어설 방법은 저 창문밖에 보이지 않았다.

"CCTV에 안 걸리는 건…… 기도라도 해야 하나?"

–뭔 기도야, 상이 잡히기 전에 찾아서 부수기라도 하든가.

"그럴 수 있나?"

현혜가 이마를 부여잡았다.

그나마 제일 믿을 만한 플레이어이었던 태양이 기도를 한다는 소리를 해대고 있다.

살로몬과 란의 상황이 어떨지 안 봐도 눈에 훤했다.

–그래도 그쪽은 마법계 플레이어들이니까…… 방법이 있겠지?

"지금 그쪽 걱정할 때가 아니에요, 아주머니."

태양이 투덜대며 발목을 꺾었다.

4층 높이에 달린 환풍구.

사람이 들어갈 만한 크기는 아니고, 짚을 수 있는 수준의 크기다.

태양은 환풍구를 한 번 짚고 6층의 창문으로 들어갈 생각이었다.

"들어가서, 잡히기 전에 CCTV를 먼저 찾아서 부순다. 화면에 잡히는 건 어쩔 수 없겠지만, 나인지는 못 알아보게?"

—일단 우리가 할 수 있는 방법은 그거뿐이니까.

"들어간 다음에 건물 CCTV 위치 확인한 다음에 다 부수면서 올라간다. 맞아?"

—응. 쉽지?

"말은 쉽지. 젠장."

—아니, 근데 이거 뉴스에서 본 거 같은데.

—ㅇㅇ. 당시에도 주변 CCTV 무력화되고 그래서 막 테러리스트한테 당한 거 아니냐는 이야기 많았음.

—막 미국 특수부대한테 작업당한 거 아니냐는 추측도 있고.

—아, 달님이 그거 보고 힌트를 얻은 건가?

—그럴 수도.

—사실 윤태양이 실제로 이렇게 들어와서 암살했던 거임. ㄷㄷ.

—개소리 컷.

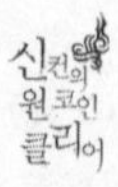

—난 왜 개소리 같지가 않냐. 점점…

탁.

태양이 뛸 준비를 마친 순간이었다.

['FBI' 님이 10,000원을 후원하셨습니다!]

[미국 연방 수사국입니다. 행동을 잠시 정지해 주십시오.]

—?

—??

—찐인가?

—어그로겠지?

후원과 함께 방송이 다운됐다.

—어라?

현혜의 당혹성과 함께 태양의 귓가에 아주 오랜만에 남성의 마이크 목소리가 들려왔다.

"아아, 들리십니까?"

서양 억양이 짙게 섞인 한국어였다.

"어, 어라?"

—뭐야?

태양이 눈을 동그랗게 뜨고는 방송 인터페이스를 조작했다.

"이거 뭐야."

따로 조작하지도 않았는데, 태양의 방송 채널이 꺼져 있었다.

"현혜야?"

—어, 다행이다. 유선 연결은 살아 있네.

현혜와 연결된 오프라인 채팅 창구는 살아 있는 모양이었다.

바깥과의 연결이 완전히 끊어지지 않았다는 사실을 확인하는 동시에 낯선 남자의 목소리가 태양의 귓가에 울렸다.

—양해를 구합니다. 채널은 잠시 다운시켰습니다. 귀하의 스트리밍만요. 회사의 협조를 좀 받았어요.

외국인이 한국어를 할 때 나타나는 꼬부랑거리는 발음.

태양이 한쪽 눈썹을 들썩이며 물었다.

"당신 누구야?"

—미 연방 수사국 선임 수사관 존 에드거 호프입니다. 편하게 존이라고 부르시면 됩니다.

이게 뭔 개소리야.

—잠깐. 후원 창에 저 FBI가 설마…….

—예. 접니다.

태양이 저도 모르게 입을 떡 벌렸다.

"FBI? 그럼 저 후원이 그냥 단순한 어그로가 아니라……."

—네. 저희가 보냈습니다.

요즘 듣는 이야기마다 현실감이 없다.

아니, FBI가 갑자기? 왜? 내가 뭐 그렇게 중요한 사람이라고.

'아니, 중요한 건 맞지.'

인류 3억의 목숨이 저당 잡혔고, 심지어 일부는 실제로 죽었다.

FBI건 CSI건 중국 공안이건 상관없이 캡슐에 갇힌 이들을 구하기 위해서 이리저리 뛰고 있을 터.

그 와중에 나름대로 이 단탈리안이라는 게임을 클리어할 만한 싹을 보이는 인간이 바로 태양이다.

즉, 생각보다 중요한 사람일 수 있었다.

그다음으로 치솟은 의문.

'이 사람, 정말로 FBI의 수사관이 맞을까?'

신빙성은 꽤 있어 보였다.

실제 FBI가 아니라면 어떻게 이런 일을 이루어 낸단 말인가?

심지어 태양이 이용하는 스트리밍 사이트 플랫폼의 본사는 미국에 있기 때문에 정말 FBI가 아니라면 이런 일을 할 수 없었다. 하지만 현혜는 다르게 생각한 모양이었다.

-태양아, 이거 해킹 아니야?

"어, 그런가?"

그러고 보니 그편이 더 설득력 있긴 하다.

처음에야 미친놈을 보는 듯한 시선으로 시작했지만, 지금 태양의 채널은 명실상부 세계에서 가장 많은 인구가 동시에 시청하는 채널이다.

이 긴 시간 동안 해킹 한 번 당하지 않았다는 사실이 더 우스울 정도다.

그때, 본인이 존 에드거 호프라고 밝힌 미국인이 특유의 어눌한 발음으로 반박했다.

—해킹 아닙니다. 모르시겠지만, 당신의 채널은 무수히 많은 해킹 시도를 받고 있습니다. 우리가 세운 방화벽이 아니었다면 게임 진행은 할 수 있었겠지만, 방송 진행은 할 수 없었을 겁니다.

태양은 굳이 대답하지 않았다.

따지고 보면 지금 이 상황도 이 존이라는 이름의 남자가 태양의 방송 채널을 해킹한 것과 다를 바 없지 않은가.

—이 순간에도 얼마나 많은 공세가 오가는지 당신은 모를 겁니다.

"네. 그러게요. 방송을 시작하고 나서 이런 경우는 당신이 처음이니까요."

태양의 표정은 심드렁했다.

전뇌 공간을 무대로 한 FBI와 해커들의 전쟁.

말이야 거창하지만, 눈에 직접 보이는 것도 아니니 실감이 갈 리가 없었다.

—……제가 미스터 윤의 거주지에 직접 찾아가셔야 믿을 겁니까?

—아, 그건 별로. 오늘 화장을 못 해서.

며칠째 머리도 감지 않고 모니터만 바라보던 현혜가 반사적으로 거절했다.

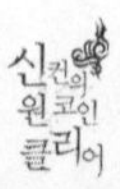

"헤엥, 언제는 했던 것처럼 말한다?"

-했거든?

"남들 볼 일 없으면 너 안 씻는 거 다 알거든?"

-존, 이 사람 허위 사실 유포로 잡아가면 안 돼요?

평소와 같은 말장난.

하지만 태양도 알고 현혜도 알았다.

둘은 그저 긴장을 해소하기 위해 아무렇게나 지껄이고 있을 뿐이었다.

-……사이가 돈독하시군요. 미스 주? 우리가 이미 적지 않은 시간을 허무하게 소모했다는 사실을 잊으신 건 아니겠죠?

치지직.

잡음과 함께 백인의 목소리가 기계음으로 변조됐다.

-두 분이 믿지 못하실까 봐 육성을 사용했습니다만. 지금부터는 원활한 의사소통을 위해 번역 시스템을 사용하겠습니다.

존의 말과 함께 후원 창이 떠야 할 위치에 사진이 올라왔다.

CCTV실로 보이는 사진이었는데, 카메라의 절반 이상이 먹통이 되어 있었다.

-단탈리안 사태 당시 사건 파일 중 일부입니다. 그리고 이 건물은 당시 대표 이사 케빈 듀넷이 살던 빌라입니다.

"잠깐, 잠깐, 잠깐!"

태양이 손을 들어 존의 말을 제지했다.

-뭡니까?

"당신이 FBI가 맞다고 치죠. 어, 그리고 지금 나한테 도움을 주려고 이렇게 접근했다는 것도 믿겠어요."

—네.

"그렇다는 건, FBI. 그러니까 미국 정부 측에서도 단탈리안 사태에 전혀 접근하지 못하고 있다는 이야기입니까? 고작 게임에 접속해 있는 나에게 의존해야 할 정도로?"

민감한 이야기다.

자칫하면 듣는 이의 자존심이 상할 수 있을 정도로.

하지만 태양은 알아야 했다.

FBI. 그리고 다른 국가 정부들의 활동은 별림이 살아날 수 있는 또 다른 가능성이었다.

"바깥에서는 정말로 아무런 해결책을 내놓지 못한 겁니까?"

잠깐의 침묵.

차가운 변조 목소리가 곧 대답을 내놓았다.

—후, 시간이 없으니 간단히 설명하겠습니다. 저희 FBI는 사태 직후 회사 단탈리안의 본사를 점거했습니다. 그리고 저희가 어떤 장면을 보았을 것 같습니까?

크흠, 목을 가다듬은 존이 말을 이었다.

—단탈리안 본사의 서버 메인 컴퓨터는 다운되어 있었습니다.

"뭐?"

—뭐라고요?

—메인 컴퓨터뿐만이 아닙니다. 서버를 담당하던 모든 컴퓨터

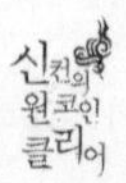

의 전원이 꺼져 있었습니다.

아니 이건 또 무슨 개소리야.

"서버를 담당하는 컴퓨터가 꺼졌다고요? 그럼 지금 나는 뭔데? 게임은 여전히 돌아가고 있는데?"

-그게 이론적으로 가능해요?

컴퓨터 공학에 무지한 둘이었지만, 존이 지금 한 말이 얼마나 터무니없는 것인지는 알았다.

-외부로부터의 파손 흔적은 없었습니다. 하지만 주목할 만한 점이 한 가지 있었죠. 서버 담당 컴퓨터를 분해해 내부 회로의 피로도를 확인한 결과, 해당 컴퓨터는 마지막으로 작동한 지 1년이 훌쩍 지나 있었습니다.

이론적으로 불가능하다는 이야기다.

론은 말을 이었다.

플레이어들의 캡슐을 기반으로 IP 역추적을 했다는 등의 말들.

그 장황한 말을 두 줄로 줄이면 이랬다.

단탈리안이라는 게임이 어떻게 구동되고 있는지 전혀 모르겠다.

유저들이 접속한 캡슐이 무엇과 연결되어 있는지도 모르겠다.

말하자면 장황한 패배 선언이었다.

-요즘 우리는, 마치 불(Fire)을 처음으로 접한 원시인이 된 것

같은 기분입니다.

불을 처음으로 접한 원시인은 어땠는가.

정확하진 않지만 그들의 반응은 세 부류로 갈릴 것이다.

도망치든가, 숭배하든가, 아니면 손을 집어넣고 다치든가.

모래나 물을 이용해 불을 끌 수 있다는 사실을 알아내기 전까지 인간은 불에 대해 아무런 대처를 하지 못했다.

—우리. FBI나 미국 연방 정부만을 이야기하는 것이 아닙니다. 러시아, 미국, 한국과 유럽. 북한에 이르기까지. 모든 인류가 단탈리안 사태 앞에서 무력합니다.

—그런…….

—그래서 우리 미국은 세계의 리더들을 호출했습니다. 미국 스스로 이 사태를 해결할 수 없다고 인정한 거죠.

—아. 들어 본 적 있어.

태양이 단탈리안에 접속하기 전의 일이었다.

단탈리안 사태에 대한 안건으로 세계 정상회담이 여러 차례 이루어졌었다.

—하지만 나라 간의 자존심 대결로 번져서 아무도 수사권을 먼저 내놓지 않고 결국 흐지부지됐다고 들었는데.

—아니오. 현실은 그렇지 않았습니다. 대중에게 발표하지 못했던 것뿐이죠.

정체를 알 수 없는 외부의 적 덕분에 인류의 수뇌부는 힘을 합쳤다.

그리고 정보를 공유했다.

현대 과학으로는 설명할 수 없는 초월적인 흔적이 이미 곳곳에 남아 있었다.

특히 단탈리안 제작사 임원 단체 살인, 납치 사건을 중심으로.

—물건이 저절로 움직이는 사이코키네시스 현상은 예사였고, 그 밖에 말도 안 되는 증거가 나와서 형사들이 얼마나 머리를 싸맸는지 모릅니다. 그런데 놀라운 건, 그 모든 증거가 '단탈리안의 캐릭터'가 했다고 생각하면 말이 될 법하다는 겁니다.

티딩.

본래라면 후원 창이었어야 할 자리에 사진들이 떠올랐다.

—상하이. 리우데자네이루, 하와이, 뉴욕. 특히 선명하고 확실한 증거들이 나온 곳이죠.

"상하이라. FBI는 중국에서도 활동하는 겁니까?"

—활동은 합니다. 비공식적으로요. 그들은 우리 수사에 협조하지 않습니다만 이 자료는 중국 쪽에서 보내 줬습니다. 세계 정상회담에서 얻어 낸 성과죠.

"그럼 이건 온전히 미국, FBI가 하는 일이 아니라……."

—그렇습니다. 저는 FBI의 일원으로서 당신을 도우러 왔지만, 이건 세계 정상회담에서 결정이 난 문제입니다.

태양이 인상을 찌푸렸다.

"젠장, 지금 바쁜 거 아는데 하나만 더 물어봐도 되요?"

—물어보시죠.

“정상회담은 진작 일어났던 거 아니에요? 왜 이제야 나타난 거예요. 도울 거면 진작 나타나지.”

—이미 돕고 있었습니다.

존의 말에 태양과 현혜가 이구동성으로 의문사를 내뱉었다.

“엥?”

—엥?

—단탈리안에 갇힌 유저들 중에 권력자의 주변인이 얼마나 있었을 것 같습니까?

아아.

태양이 이마를 탁 쳤다.

단탈리안의 인기는 상류, 하류를 가르지 않고 모두에게 동등했다.

당연히 단탈리안 사태는 그들 모두에게 공평하게 상흔을 남겼다.

NBA 스타가 단탈리안에 갇히기도 했고, 미국 하원의원의 자녀가 단탈리안에 갇혀 사망했다는 이야기도 유명하다.

중동 재벌이 게임에 갇혀 살려 내기만 한다면 억만금을 주겠다는 이야기가 논란이 된 적도 있었다.

그동안 태양에게 자신의 가족, 친구, 애인을 찾아 달라는 청탁은 무수히 들어왔다.

방송을 통해서는 물론이고, 현혜를 통해 오는 청탁까지 세면 말 그대로 수를 셀 수 없을 정도로 많았다.

하지만 태양은 그 모든 청탁을 거절했다.

그리고 태양은 그 많은 사람의 청탁을 거절하고도 멀쩡했다.

태양은 물론 현실에 있는 현혜까지 멀쩡했다.

세상은 평등한 것처럼 보이지만, 실상은 그렇지 않다.

말 한마디로 인간 하나를 나락으로 보내 버릴 권력자는 보통 사람의 상상 이상으로 많다.

고작 세계의 간판 농구선수, 미국의 국정을 운영하는 사람들 따위는 한 손으로 주무를 정도의 압도적인 권력을 가진 인간도 있을 수 있다.

단탈리안 사태에 그런 인간은 단 한 명도 휘말리지 않았는가?

그렇지 않다.

그렇다면 왜 권력자들은 태양에게 청탁하지 않았는가.

존은 그 질문에 대해 답을 하고 있었다.

-그들은 당신에게 접근하지 않았죠. 아니, 접근하지 못했습니다.

"아."

-우리가 막은 겁니다. 네. 힘든 일이었지만, 결국 우리는 해냈죠.

번역투 너머로 존이 겪었을 고단함을 느껴졌다.

앞서 말했듯이 자본주의 사회에서 금력은 종종 법보다 우월하고, 권력자는 원하는 것을 위해서는 무슨 일이든 벌이는 법이다.

가족이나 일자리를 건 협박은 예사고, 심한 경우는 영화나 뉴스에서 보던 그런 짓까지 했겠지.

—우리가 당신에게 접근하지 않았던 이유는 간단합니다. 우리는 진작 당신이 유일한 희망일지도 모른다는 결론에 도달했습니다만, 딱히 당신에게 도움을 줄 방법이 없었습니다.

"아."

그럴 만도 했다.

FBI건 CSI건, 아니면 세계 최고의 인재가 모인 특수부대이건 간에 게임에 한해서는 현혜보다 못한 것이다.

그들이 할 만한 일이라면 세계 각국의 단탈리안 랭커를 모아 정보를 취합하는 방법밖에는 없는데, 이미 태양의 방송에 그들이 모여 있었으니 이 역시 의미가 없었다.

—당신은 충분히 잘하고 있었고, 우리의 접근은 당신에게 방해만 됐을 겁니다.

"그건 그렇죠. 그거 안다고 내 게임 실력이 늘어나는 것도 아니니까. 부담이 늘었으면 늘었지."

존의 말을 종합하자면 간단했다.

그동안은 도움이 될 기회가 없었는데, 이번 스테이지에서는 도움이 될 것 같았고, 그래서 접근했다.

—당신들이 하고 있을 상상 말입니다.

상상.

태양은 존이 어떤 이야기를 하는지 직관적으로 알아챘다.

'아주르 머프의 포스트.'

에덴은 파이몬의 문.

창천은 아몬의 아가리.

그리고 지구의 단탈리안.

사실 단탈리안이라는 마왕이 정말로 지구에 들어온 것은 아닐까.

캡슐이라는 매개체를 통해서 차원 미궁으로 들어온 게이트를 연 것은 아닐까.

입 밖으로 꺼내지는 않았지만, 그런 가설.

그런 상상.

-우리도 그 가설에 무게를 싣고 있습니다.

"……FBI가. 아니, 세계 정상회담에서 내린 공식적인 판단입니까?"

-비공식적인 판단이죠. 아직 공표하지 않았으니까요. 하지만 증거가 있습니다.

"……."

후원 창에 여러 장의 사진이 올라왔다.

-단탈리안의 캐릭터가 현실에 존재했다면? 그들이 단탈리안 제작사 임원 살인 사건에 개입했다면? 뉴욕의 CCTV 관제 센터 감찰 프로그램에 단탈리안 캐릭터의 신체 능력 예상 데이터를 입력

하고 시뮬레이션을 돌려보자 놀랍게도 이런 결과가 도출되더군요.

태양이 사진을 바라봤다.

타임스퀘어 입간판 앞, 월스트리트 거리, 센트럴 파크 입구 등등의 여러 장소.

피사체는 한 명이었다.

하얀색 중절모를 쓴 남성.

—실제 지구에서, 이런 일이 벌어진 적이 있었던 겁니다. 이 모든 사진이 1분 안에 찍혔다면 믿겠습니까?

"젠장."

—인간에게는 불가능한 일이죠. 하지만 단탈리안의 캐릭터 윤태양에게는? 가능하죠. 메시아는? NPC인 살로몬과 란에게도 가능한 일입니다. 마법이라는 이기(利器)를 통해 아무렇지도 않게 실현하겠죠.

"후."

가볍게 숨을 내쉰 태양이 인정했다.

미국. 적어도 FBI가 현실에서 단탈리안 사태를 해결할 가능성은 없다는 것을.

—이번 스테이지. 정말 현실에서 일어난 일을 기반으로 한다면 제가 가져온 데이터가 당신에게 '결정적'인 도움을 줄 수 있을 겁니다.

이제껏 FBI를 비롯한 정부 기관들이 움직이지 않았던 이유.

단지 태양에게 도움을 줄 수 없어서였다.

도움을 줄 수 있는 이상, 움직이는 것이다.

존의 말에 태양이 고개를 끄덕였다.

"……솔직히 고마워요. 그렇지 않아도 막막하던 참이었거든요."

뉴욕에 산적해 있을 수많은 CCTV를 생각하니 머리가 아찔해 오던 참이었다.

솔직히 태양에게 자신이 FBI라고 주장하는 존의 조언은 초콜릿처럼 달았다.

"크흠, 저는 그렇다 치고, 메시아 쪽에도 이런 도움을 주는 겁니까?"

―메시아는 중국 쪽에서 연락이 갔을 겁니다. 그쪽 정부는 이쪽과 소통이 원활하게 된다고 말할 수는 없지만…… 그들 역시 회담에서 우리에게 동의했으니까요.

현혜가 아쉬운 소리를 했다.

―진작 좀 오시지.

란과 살로몬 때문이었다.

존이 좀 더 빨리 접근했다면 그 둘에게도 훨씬 양질의 정보를 제공할 수 있었으리라.

―……말은 이렇게 했지만, 이렇게 되기까지 내부에서도 이야기가 꽤 갈렸습니다. 정상회담에서 헤드들끼리 의견은 맞췄지만, 실무는 다른 이야기거든요.

수사 권력 알력 다툼으로 아무런 성과도 내지 못했다는 뉴스도 어느 정도는 사실이었다는 이야기였다.

솔직히 그편이 태양으로서는 더 믿을 만했다.

사공이 많으면 배가 산으로 간다는 속담도 있지 않은가.

—후. 시간이 너무 지체됐군요. 빠르게 브리핑하겠습니다.

한숨을 내쉰 존은 본격적으로 조언을 시작했다.

시작은 주변 CCTV의 위치부터였다.

—현 위치는 건물에 진입하는 게 대로변 CCTV를 통해 보이는 각도입니다. 시야에서 대로변이 보이지 않게 두 걸음 더 들어가야 합니다. 그리고 주변 차량도 확인해야 합니다. 예를 들면 동남 방향에 보이는 검은색 아우디. 블랙박스도 결국 영상 기록물입니다.

존의 조언은 명확하고 깔끔한 동시에 세심했다.

이런 류의 조언을 듣는 것에 익숙하지 않을 태양을 배려하며 필요한 것과 해야 할 것을 정확히 브리핑한 것이다.

태양과 현혜는 존의 브리핑을 듣고 그가 FBI라는 사실을 심적으로 거의 확신할 정도였다.

—본래 사건에서 범인은 6층 창문이 아니라 동남 방향에서 7층으로 접근했습니다. 사진에 보이는 것처럼 벽면 일부를 파손하고 들어갔는데, 이렇게 들어가면 곧장 CCTV의 사각지대이기 때문에 걸리지 않습니다.

태양은 존의 조언대로 건물 안에 진입했다.

다음은 쉬웠다.

현직 FBI 요원이 건물 설계 도면을 보며 CCTV의 위치를 오

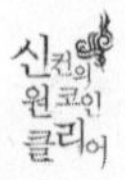

차 없이 말해 주고 인간을 초월한 능력치를 가진 태양이 그것을 실행하니 어려울 수가 없었다.

사람이 가까이 오면 기척만으로 반응해 몸을 숨기고, 때로는 보통 사람이라면 물리적으로 불가능한 속도를 내며 건물을 주파하니 빌라를 오르는 일은 착착 진행됐다.

—……생각보다 너무 수월하게 진행되는데?

21층 스테이지라는 것을 생각하면 오히려 걱정이 될 정도였다. 아닌 게 아니라 대표 이사의 자택이 초고층 빌라 꼭대기가 아니었다면 컵라면이 익기도 전에 상황이 끝났을 일이었기 때문이다.

존이 차분하게 중얼거렸다.

—흔적 오차율…… 20% 미만. 잘하고 있습니다.

파손된 복도 벽.

일부 구조물에 남은 이해할 수 없는 흔적들.

CCTV 카메라가 부서지는 패턴과 속도.

흔적은 1분 1초의 오차도 없이 들어맞지는 않았다.

하지만 비슷하게 들어맞는다.

마치 범인을 잡은 다음 직접 시연시켜서 범죄 현장을 재구성하는 것 같았다.

퍼석.

꼭대기 층의 CCTV도 무력화시킨 태양이 서서 물었다.

"집 안으로 진입은?"

–아마 벨을 누른 것으로 추정됩니다.

"그냥 문을 열어 줬다?"

–이 빌라는 애초에 신원이 보장되지 않으면 출입조차 할 수 없습니다.

태양이 벨을 누르려는 순간, 현혜가 끼어들었다.

–태양아.

"응?"

–괜찮겠어?

"뭐가?"

–그…… 사람을…… 죽이는 거잖아. 진짜는 아니라도.

월스트리트를 걷는 양복쟁이.

거리를 순찰하는 경찰.

빌라 주변에서 마주친 주부.

단탈리안은 지구와 그 인간들도 완벽하게 구현했다.

물론 게임이고, 만약 아니더라도 이번 스테이지만큼은 마왕 그레모리가 재구현한 공간이겠지만.

그들이 살아 숨 쉬는 '인간'처럼 느껴진다는 것은 부정할 수 없었다.

싱크로율이 100%라서 모든 게 현실처럼 느껴지는 태양에게는 더욱 더.

그리고 태양은 지금 그중 하나를 죽여야 하는 것이다.

사람의 외형을 한 채 사람처럼 움직이고, 사람처럼 말을 하며, 사람처럼 반응하는 인형이라면 그것은 인형인가.

그것을 죽이는 감각은 살인과 다른가.

'같겠지. 야속할 정도로 끔찍할 거야.'

현혜는 태양을 걱정했다.

태양은 잠시 망설이더니 이내 팔을 들어 벨을 눌렀다.

띵동.

세련된 디자인의 현관문이 부드럽게 열렸다.

철컥.

고작 3cm나 열렸을까.

불쑥 팔을 집어넣은 태양이 그대로 문틈을 비집고 들어갔다.

"What the……."

대표 이사 케빈 듀넷은 평범한 인간이었다.

그는 문을 밀고 들어가는 태양의 완력에 전혀 대항하지 못했다.

태양은 간결한 동작으로 그의 팔을 꺾고, 그대로 백 초크를 걸었다.

케빈 듀넷은 아주 쉽게 경동맥을 내주었고.

"켁, 켁! 케헥! 케헤헥!"

7초가 채 지나기 전에 의식을 잃었다.

툭.

건장한 백인 남성의 몸뚱이가 그대로 땅바닥에 쓰러졌다.

태양이 얼굴을 구겼다.

실제 살아 있었던 사람의 얼굴이다.

몸 역시 다를 바 없었다.

조금 말랑하긴 하지만, 선수 시절 체육관에서 몸을 맞댄 그 감촉과 전혀 다를 것이 없었다.

'그런데…… 감흥이 없어.'

오히려 처음 단탈리안에 접해서 부쉈던 해골이 더 유의미하게 느껴질 정도였다.

게임이라서 그런 걸까.

다른 NPC를 때리고 부수던 감각이랑 똑같다.

게임 안에서 두개골을 부수고 뇌수를 흩뿌리던 그 감각과 근본적으로 다르지 않다.

달라야 하는데.

달랐어야 했는데.

다르길 바랐는데.

태양이 비틀거리며 벽에 몸을 기댔다.

"빌어먹을."

이게 만약 현실이라면.

아니, 다른 스테이지에서 태양이 죽였던 NPC들이 정말 창천과 에덴이라는 차원에서 온, 지구의 인간들과 다를 바 없는 인류였다면.

"난 대체 몇 명을 죽인 거지?"

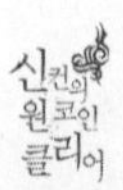

⁂

자기혐오로 죽이고 있을 시간은 없었다.

태양은 꾸역꾸역 일을 마쳤다.

일이란, 대표 이사의 죽음을 자살로 위장하는 일이었다.

태양은 FBI 선임 수사관 존의 조언에 따라 가구를 옮기고, 타살 흔적을 지웠다.

끼익.

태양이 매달아 놓은 대표 이사의 발밑에 의자를 밀어 넣었다.

—……됐습니다. 이 정도면 보고서와 완벽하게 일치합니다. 다음 목표는 누구입니까?

—태양아, 사진 리스트 있지? 보여 드려 봐. 제가 나름대로 동선을 짜긴 했는데 한번 보시고…….

태양은 존의 명령에 따라 뉴욕 시내를 누볐다.

월스트리트에 있는 또 다른 임원의 빌라, 대낮에 운영되는 지하 클럽, 지하철.

태양은 최대한 CCTV를 피하고, 피치 못하게 CCTV에 걸려야 할 때는 두 번에 한 번 꼴로 의상을 갈아입으며 움직였다.

그렇게 번거롭게 움직이는데도 여섯 명의 목표를 흔적 없이 살해하는 데에는 반나절이 채 걸리지 않았다.

그렇게 마지막 목표인 회장만 남았다.

–회장은 실종으로 처리됐습니다. 시체를 남기지 않고 처리하는 쪽으로 가닥을 잡죠. 이제까지보다 훨씬 까다로울 겁니다.

회장이라는 높은 직급 때문일까, 아니면 원래부터 경각심이 짙은 사람이었을까.

존의 말대로 회장의 집에 진입하는 일은 다른 임원에게 접근할 때보다 배는 까다로웠다.

하지만 까다롭다는 표현이 곧 위기를 뜻하는 것은 아니었다.

태양은 회장의 실종 전 동선을 낱낱이 알고 있었다.

시간이 좀 더 들기는 했지만 결국에는 회장 역시 처리했다.

스테이지 내내 드는 감상.

쉽다.

"쉬워도 너무 쉬워."

잔뜩 강화된 플레이어의 육체는 연약한 지구의 인간들을 아무렇지도 않게 유린했다.

경찰이나 군대가 온다고 해도 그를 잡을 수 없을 것 같았다.

"제가 이 신체로 지구에 온다면, 저를 잡을 수 있을까요?"

–핵이나 폭탄과 같은 전술 무기라면 가능성이 있을지도 모르죠.

"핵이요? 흠. 진심으로 뛰면 핵이 폭발하기 전에 핵의 폭파 반경을 벗어날 수 있을 것 같은데."

감각적으로 하는 말이 아니었다.

150kt 핵무기를 기준으로 폭발 시 폭발 반경은 900M에 불과

하다.

방사선은 2Km까지 퍼지고, 가장 넓게 영향을 미치는 열복사도 10.5Km 정도.

태양이 스톰 브링어로 폭풍 정령을 소환하고, 위대한 기계장치의 빨리 감기까지 돌린 채 마음먹고 달리면 우습게 주파할 거리다.

-뭐, 굳이 따져 보자면 짜르봄바급 수소 폭탄 정도라면?

짜르봄바.

50mt급 수소 폭탄.

폭파하면 열복사 노출 지역이 100Km를 가볍게 상회할 정도인 무기로, 도시 하나가 통째로 날아갈 정도의 위력을 가지고 있었다.

태양이 킬킬 웃었다.

"와. 100Km는 솔직히 그건 자신 없네요."

현혜가 조심스럽게 입을 열었다.

-저, 이번 스테이지가 끝나면 채널은 원래대로 돌려주시는 건가요?

-물론입니다. 이번에는 음성 개입을 하고, 대중에게 알려지지 않은 정보를 전달하기 위해 이런 방식을 선택한 겁니다. 아, 오늘 한 이야기는 방송에서 말하지 않아 주셨으면 합니다. 일단은 기밀 사항이니까요.

태양이 고개를 끄덕였다.

어떻게 보면 괘씸하다고 할 수도 있는 부분이다.

사람 목숨이 한두 개도 아니고 무려 3억이라는 천문학적인 숫자가 달린 일인데, 숨기고 있는 거니까 말이다.

하지만 굳이 꼬집을 생각은 없었다.

따지자면 잘못은 잘못이지만, 해결하려고 노력하고 있다는 점에서 어느 정도 참작은 된다고 생각했다.

'무엇보다 내가 벌해야 하는 문제도 아니고 말이야.'

여기서 세계 각국의 정부를 까발려 봐야 태양이 얻을 것은 없었다.

하지만 궁금한 건 한 가지 있었다.

"이렇게까지 한 이유가 뭐예요?"

–무엇을 말씀하시는 겁니까?

"도움을 준 건 감사한데, 이렇게까지 할 필요는 없었잖아요. 현혜한테 따로 접촉할 수도 있었던 거고."

왜 몇 십만 명이 시청하고 있는 채널을 강제로 다운시키면서 들어왔는가.

심지어 등장할 때는 FBI랍시고 후원을 하기까지 했다.

"실용보다는 마케팅에 집중한 행동 같거든요. 제가 보기엔."

짧은 침묵.

존이 피식 웃었다.

–감각이 있군요. 현장에 있었으면 같이 일하기 편한 유형이었겠습니다. 그럴 일은 없었겠지만.

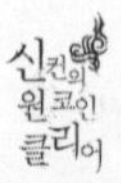

"그래서?"

-저희는 곧 이 '기밀 사항'을 세계에 발표할 생각입니다. 어떻게든 틀어막고 있지만, 곧 한계입니다. 아는 사람이 많으니까요.

회담에 참여한 국가만 스물이 훌쩍 넘는다.

너무 많은 사람이 알고 있는 비밀은 담고 있는 것만으로도 큰 부담인 법이다.

하지만 문제를 해결할 방법은 여전히 오리무중.

정부에겐 시민들은 해결책이 무엇이냐고 소리칠 때 내놓을 답안이 필요했다.

그리고 그것이 바로 태양이었다.

-우리, 그러니까 미국을 비롯한 세계 정부는 당신을 구원자로 만들 생각입니다.

이제까지 행동 하나하나를 교정해 주고, 신경 써야 할 것들을 자세히 브리핑해 주던 사람이었다고 생각하기 어려울 만큼 단정적인 말이었다.

당신은 이제부터 구원자야.

우리가 그렇게 할 거야.

그렇게 알고 있어.

존이 이야기하는 '그들'의 결정에 태양의 의사는 포함되어 있지 않았다.

다시 말해, 지금 존의 말은 통보였다.

태양이 피식 웃었다.

"썩 좋은 기분은 아니네요."

–죄송합니다만, 어쩔 수 없습니다. 이건…….

"더 변명하지 않아도 괜찮아요. 대충 이해하거든요."

'재주는 곰이 부리고 돈은 왕 서방이 받는다.'라는 격언이 있다.

일을 하는 사람과 과실을 챙기는 사람이 따로 있다는 뜻이다.

실로 작금 태양의 상황에 어울리는 격언이 아닐 수 없었다.

'다시 말하면 이런 일은 고대부터 흔하게 있어 왔다는 거지.'

물론 해당 격언 자체는 청일전쟁 직후에 나왔을 가능성이 크긴 하지만, 아무튼.

태양이 킹 오브 피스트의 선수로서 활동할 때도 이런 일을 꽤 흔하게 겪고는 했다.

태양의 기량과 출전 여부는 대회를 홍보하기에 효과적인 아이템이었기 때문이다.

그렇기에 태양은 이런 상황을 어느 정도 이해했다.

"그건 그렇고 한두 명도 아니고 전 세계 국민을 대상으로 한 마케팅이라니. 당황스럽긴 하네요."

태양이 어깨를 으쓱였다.

–……생각보다 순순히 받아들이시는군요?

"제가 하지 말라고 안 할 건 아니잖아요?"

–그건 맞습니다만, 괜찮습니까? 우린 지금 당신의 의사를 묵살한 채 강압적으로 일을 진행시킨다고 말하고 있는 겁니다.

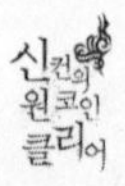

오히려 단호하게 통보하던 존이 더 당황하는 기색이었다.

하긴, 서양은 동양보다 개인의 의사 결정권에 민감한 경향이 있다.

세계적인 전염병이 돌아 건강을 위해 마스크를 써 달라고 할 때도, 서구권에서는 '마스크를 쓰지 않을 권리를 침해하지 말라!'며 이를 악물고 마스크를 쓰지 않은 예도 있을 정도다.

"왜요, 화를 좀 낼까요?"

-크흠.

솔직히 화를 내라면 낼 수도 있다.

하지만 태양은 알았다.

화를 내더라도, 존에게 화를 낼 일은 아니다.

대한민국 남성이라면 당연히 다녀오는 군대에서 배우는 진리다.

선임 수사관이니 뭐니 하지만 존은 결국 하급자다.

이는 다른 말로 하자면 명령을 듣는 이라는 거다.

대대장이 까라면 중대장은 까야 한다.

일개 병사들이 중대장한테 칭얼거려 봤자 아무것도 바뀌지 않는다.

정말 문제를 해결하고 싶다면 FBI 국장이나 미국 대통령과 대화를 나누어야 한다는 이야기다.

물론 그건 실제로는 불가능에 가까웠다.

결론.

해결할 수 없는 문제다.

해답.

그대로 두면 된다.

바깥에서 무슨 짓을 벌이건 태양의 게임 플레이에 악영향이 있지는 않을 테니까.

별림이나 태양의 주위 사람을 건드리려 한다면 이야기가 다를 테지만, 딱히 그런 것도 아닐 것 같고.

태양이 히죽 웃었다.

"뭐, 일이 다 잘 끝나고 나면 CF라도 들어올지 압니까?"

그에 당황한 듯 침묵을 지키고 있던 현혜가 끼어들었다.

-참나. 이 마당에 광고 찍을 생각이 나냐?

"당연하지. 난 게임 클리어하고 현실로 돌아갈 거거든."

-너도 정말…….

태양이 주변을 살폈다.

현재 태양은 일을 마친 후 처음 소환되었던 건물로 돌아와 있었다.

건물은 복작복작하지만, 모르는 얼굴들.

그들을 잠깐 지켜보던 태양이 물었다.

"메시아는 어때?"

-확실히 이번 스테이지는 마법 계열 플레이어에게 압도적으로 쉬웠던 게 맞아. 확인 끝났어.

마법 계열 플레이어인 동시에 중국 당국의 도움을 받은 메시아는 말 그대로 압도적인 속도로 일을 끝마친 모양이었다.

"벌써? 나머지 녀석들은……."

—잘했기를 빌어야지.

솔직한 심정으로는 뒤따라가서 확인이라도 해 보고 싶지만, 물리적으로 그럴 수가 없었다.

남은 시간은 약 6시간.

지금 출발해도 도착하기 전에 제한 시간이 끝난다.

그때 비행기 한 대가 회사에 마련된 활주로에 내려앉았다.

후우우우우웅.

—돌아온 사람이 있다고?

"다른 전용기 아니야?"

—제 생각에도 다른 전용기가 아닐까 싶습니다.

예상과 다르게, 비행기 바깥으로 나온 사람은 란이었다.

"아니, 어떻게?"

뉴욕부터 하와이까지 일반적인 항공기라면 10시간이 넘게 걸린다.

가는 데 10시간, 오는 데 10시간.

합치면 20시간이다.

지금 남은 제한 시간이 6시간이니 란이 임무를 수행하는 시간을 빼더라도 물리적으로 불가능한 시간.

"물론 회사에서 준비해 준 직통 전용기라 시간이 훨씬 단축됐을 수도 있긴 한데, 그래도 최소한 거리와 속도의 한계가 있는데…….”

란이 태연한 얼굴로 대답했다.

“비행은 결국 바람을 타는 거잖아. 손 좀 보탰지.”

“바람을 만들어서 비행기의 속력을 높였다고?”

“내가 직접 만든 건 아니고, 풍술로 강력한 바람을 유도한 거지.”

그때 존이 끼어들었다.

-아, 제트기류를 이용한 겁니다.

제트기류.

하늘에는 바람이 분다.

살랑이는 산들바람부터 거대한 토네이도까지.

그리고 항공 비행기가 운행하는 고도에는 제트기류라는 이름의 바람이 불었다.

빠르면 시속 300Km도 훌쩍 넘는 엄청난 바람이다.

없는 제트기류를 만들어 냈을 리는 없고, 바람을 느끼는 감각에 탁월한 란은 풍술을 이용해 제트기류를 끌어온 모양이었다.

-바람을 다룬다는 건 익히 봐서 알고 있었습니다만 이렇게 적용될 줄이야, 놀랍군요.

태양이 턱을 쓰다듬었다.

“시속 300km 바람이라고? 직접 만든 건 아니라지만, 대단한데?”

“별로 대단할 것도 없어. 더한 짓도 했는데 뭐.”

란이 어깨를 으쓱였다.

생각해 보면 이해하지 못할 것도 없었다.

성룡급 드래곤도 일순간 얽어 묶을 정도의 기술 아니던가.

"그나저나 뭐야? 내가 오면 안 되는 거야?"

"아니. 너무 일찍 와서 놀란 거지. 고생했다. 일은 확실하게 끝냈지?"

"당연하지."

란도 미션을 완수했고, 태양과 메시아도 마찬가지.

하지만 스테이지는 끝나지 않았다.

태양이 저도 모르게 중얼거렸다.

"살로몬 녀석, 아직 못 끝낸 건가?"

"못 끝냈다고? 에이, 설마."

"그렇지?"

란과 태양은 살로몬이 실패했다는 가정은 하지 않았다.

겪어 본 바, 이번 스테이지의 난이도 너무 쉬웠기 때문이다.

"흠, 못 깼을 리는 없는데."

"언론에 들통 난 거 아니야?"

"그것도 아니지."

만약 언론에 들통 났다면 제한 시간이고 뭐고 '스테이지 실패'라는 결과가 나오고, 태양의 삶도 이미 끝장났어야 했다.

-걱정하지 마. 조건을 만족했는데 스테이지가 끝나지 않는 스테이지는 생각보다 꽤 흔해.

"그건 그렇지만."

태양이 얼굴을 찌푸렸다.

다분히 악질적이다.

서로 임무 수행 상황을 알 수 없는 점을 이용해서 괜히 불안하게 만드는 이 스테이지 상황이.

"그냥 좀 끝내주지."

"그러게."

결국 태양이 할 수 있는 건 기다리는 일뿐이었다.

"으음……."

자리에 앉은 태양이 다리를 떨어 댔다.

옆에 앉은 란이 눈썹을 모은 채 태양을 바라봤지만.

"왜, 뭐?"

다리의 떨림은 멈추지 않았다.

그도 그럴 것이, 스테이지의 성패가 태양의 손을 떠난 상황은 태양으로서도 처음이었다.

이제까지 겪은 대부분 스테이지는 공략을 미리 알고 있었기 때문이다.

일부 몰랐던 스테이지도 이렇게 남에게 기대야 하는 경우는 없었고.

바쁘다고 생각했는데 제한 시간은 오히려 6시간가량이나 남아 있었다.

"마냥 기다려야 하다니. 진짜 별론데. 존, 아까 하던 얘기나 계속할까요?"

–갑자기 무슨 얘기?

"그거 있잖아. 미국이 나를 구원자로 만든다나, 어쨌다나."

이에 존이 다른 화두를 꺼냈다.

–지금 상부에서 제안이 들어왔는데, 들어 보시겠습니까?

"제안이요?"

–남는 시간에 해 줬으면 하는 일이 있답니다.

"어떤?"

–이번 사건에 관련한 증거. 결국 우리가 수집한 증거는 24시간이 훌쩍 넘어서 습득한 것이었지 않습니까. 말하자면 현장감이 없는 증거죠. 상부에서 몇 시간 더 빨리 확인했으면 달랐을 거라고 생각하는 증거가 있는 모양입니다.

태양이 고개를 삐딱하게 꺾었다.

"무슨 말이에요? 이번 임원 사태는 다 우리가 벌린 일이잖아요. 거기서 나온 증거라고 해 봐야……."

–단탈리안 제작사의 임원 살인, 납치 사건을 제외하면 나머지 배경은 완전히 똑같지 않습니까.

현실을 완벽하게 구현한 단탈리안에서 현실에서 구하지 못한 증거를 찾아낸다.

누가 FBI 아니랄까 봐 창의적인 발상이었다.

"흠. 그런데 그러려면 이 세계가 원래 세계랑 똑같다는 확증이 좀 필요하지 않아요?"

-시간에 따른 뉴욕의 전광판 광고, 상점마다 들려오는 노래들. 모두 확인하지는 못했지만 확인하는 족족 100% 일치한다고 하더군요. 제안하기 전에 이미 다 확인이 끝난 모양입니다.

잠시 고민하던 태양이 자리에서 일어났다.

"흠. 불안에 떨면서 기다리는 것보단 뭐라도 하는 게 낫긴 하겠네요."

"태양, 어디 가게?"

"응. 잠깐 확인할 게 있어서. 너도 따라오려면 오고. 존, 그래서 알고 싶은 게 뭔데요?"

자연스럽게 고개를 꺾으며 혼잣말하는 태양.

란은 또 시작이군. 하는 얼굴로 그를 바라봤다.

-여기 말고, 단탈리안 본사로 가 주시면 됩니다. 정확히는 메인 서버실로요.

메인 서버실.

알고 보니 모든 컴퓨터가 꺼져 있었다는 그곳이다.

"거긴 왜요?"

-대답해 드릴 수가 없군요. 아, 이건 기밀 사항이라서가 아니라, 사실 저도 그냥 명령을 듣는 입장이라. 아, 잠시만요.

무전이라도 들어온 걸까.

존이 말을 끊었다.

태양은 일단 란을 데리고 단탈리안 제작사의 빌딩으로 향했다.

—확인했습니다. 서버 담당 컴퓨터를 분해해 내부 회로의 피로도를 확인한 결과, 해당 컴퓨터는 마지막으로 작동한 지 1년이 넘은 것으로 확인했다고 말씀드렸었지 않았습니까?

"아, 네. 그랬던 것 같네요."

솔직히 잘 기억은 안 났다.

—그때 확인했던 증거에서 의미를 알 수 없는 현상? 물질? 이 묻어나고 있었다고 하더군요. 서버를 담당하던 컴퓨터들 말입니다. 그런데 시간이 지나니 해당 현상이 흐려져서 관측할 수 없어졌다고 합니다.

"……지금 무슨 이야기하는지 본인도 잘 모르겠죠?"

—저도 그냥 내려 받은 파일만 읽는 처지입니다.

무책임한 대답.

존 본인도 부끄러웠는지 존의 목소리에 입힌 기계 소리가 살짝 버벅거리는 듯했다.

태양이 헛웃음을 지었다.

FBI에 대한 환상이 와장창 깨져 나가는 기분이었다.

하긴.

생각해 보면 거기도 사람 사는 곳인데, 뭐 다르겠냐.

⁂

태양과 란은 손쉽게 단탈리안 본사에 침입했다.

"확실히, 마법 계열이 편리하네."

같이 움직여 보니 모든 걸 몸으로 때웠던 태양이 얼마나 힘들게 일했는지 알 수 있었다.

고작 바람을 다루는 일일 뿐인데.

란의 풍술은 닫혀 있는 창문을 열고, CCTV의 카메라를 손대지 않고 돌릴 수 있었으며 짙은 안개를 끌어와 일시적으로 사람들의 눈에서 벗어날 수도 있었다.

—이쯤 되면 마법 계열이 편리한 게 아니라, 그냥 네가 무능한 거 아니야?

"어허. 무능이라니. 말이 심하네."

—아니, 뭐. 그렇잖아.

—세 층 위로 올라가야 합니다. 앞의 사거리에 주기적으로 돌아가는 CCTV 하나, 서버실 입구에 박혀 있는 감시카메라 하나. 둘 다 파괴해야 합니다. 그리고 태양, 잡담은 삼가는 게 좋습니다. 단탈리안 본사의 몇몇 카메라는 소형 마이크까지 내장하는 경우도 있다더군요.

"앗, 옙. 란. 꺾으면 사거리 천장에 카메라 하나 보일 거야. 돌려놓는 정도로는 안 될 거 같으니까 부수자."

가볍게 마지막 관문까지 넘어선 태양이 서버실의 문을 열었다.

그리고.

"어라?"

"어?"

–어, 어어?

한 남성을 맞닥뜨렸다.

기다란 다리를 꼰 채 모니터를 바라보는 남성.

깔끔한 흰색 양복이 마른 듯 기다란 몸에 맵시 있게 걸쳐져 있고, 입가에는 언뜻 호선이 그려져 있다.

그리고 그의 어깨 위에는 붉은 보석이 박힌 책이 중력을 거스르고 둥둥 떠 있다.

붉은 보석이 박힌 책.

항상 바뀌는 외모.

이는 한 마왕의 특징이다.

3억 명의 동시 접속자를 납치한 게임의 이름.

차원 미궁 1~3층의 층주.

제 71계위 마왕.

천변의 단탈리안이 단탈리안 제작사의 서버실에 앉아 있었다.

철썩.

태양이 제 뺨을 내려쳤다.

하지만 태양의 홍채는 여전히 같은 상을 그의 대뇌로 전달했다.

단탈리안이 태양을 보며 빙긋 웃었다.

"또 뵙는군요. 플레이어 윤태양."

백색 양복을 입은 남자, 단탈리안의 입가에 유려한 호선이 걸렸다.

예고 없는 마왕의 등장에 태양의 옆에 서 있던 란이 입을 틀어막았다.

"……넌 안 낀 구석이 없냐?"

이게 그 뭐냐, 인싸인지 뭔지 그거냐?

태양이 머리를 쓸어 올렸다.

생각했어야 했다.

마왕이 스테이지에 개입하는 경우는 이미 직전에 겪지 않았던가.

18층에서는 층주인 발락이 직접 들어왔었지만, 꼭 층주만 그럴 수 있다는 법은 없다.

지금 그들 눈에 나타난 마왕, 단탈리안처럼.

태양이 눈을 가늘게 뜨고 단탈리안을 바라봤다.

"당신, 어지간히도 싸돌아다니는 거 좋아하는 마왕이구나?"

"싸돌아다닌다고요?"

"그렇잖아. 내 앞에 나타난 것만 벌써 몇 번이야?"

"하하. 반박할 수가 없군요."

단탈리안은 특유의 속을 알 수 없는 표정으로 웃었다.

—자, 태양아. 우리 차분하게 생각해 보자. 가능성은 두 가지야.

"두 가지나 돼?"

—들어 봐. 첫째, 그레모리가 만든 스테이지인데 단탈리안이 제

멋대로 개입했다. 그리고 둘째. 원래 이 시각에 단탈리안이 정말로 지구에 존재했었다.

"……뭐? 그냥 스테이지에 단탈리안이 나타난 게 아니라?"

FBI 선임 수사관 존이 현혜의 말에 동조했다.

―아주 뜬구름 잡는 말은 아니군요. 확실히 아주르 머프의 포스트를 생각해 보면…….

아주르 머프는 '게임' 단탈리안의 이름이 다른 마왕이 아닌 단탈리안인 이유로 단탈리안이 지구에 차원 미궁을 보급했기 때문이라고 추측했다.

에덴의 파이몬, 창천의 아몬처럼.

그 가설이 들어맞는다면 단탈리안이 이 자리에 있는 것도 아주 이상한 일은 아닐 수도 있었다.

―지금 태양이 네가 수행한 임무는 말 그대로 단탈리안 사태의 범인 역할이잖아. 시간을 따져 보면 로그아웃이 막혔던 그 순간이랑 시간이 얼마 차이가 나지 않는다고. 만약 단탈리안이 이 모든 일의 원흉이라면 여기 이 자리에 떡하니 앉아 있는 게 아주 이상한 일은 아니지.

"정답입니다. 근거와 논리가 잘 맞아떨어지는 정확한 추론이네요."

―어?

순간 정적이 감돌았다.

태양이 놀란 눈으로 단탈리안을 바라봤다.

현혜가 조그마한 목소리로 중얼거렸다.

—……지금 우리가 한 말에 대답한 거야?

—에이. 타이밍이 묘하게 맞은 것 같습니다. 설마…….

“아뇨. 타이밍이 맞은 게 아니라, 그쪽의 말에 대답한 겁니다.”

저도 모르게 입을 틀어막은 걸까.

현혜의 목소리가 헙, 하고 끊겼다.

“원래라면 제 인형으로 대체되었어야 할 일인데 제가 그냥 자원했습니다. 그레모리의 일에 어울려 주긴 싫었지만, 할 거면 확실하게 하는 게 좋겠다 싶었거든요.”

단탈리안이 빙긋 웃으며 허공을 바라봤다.

“차원 미궁을 제대로 알고 들어오는 플레이어는 거의 없습니다. 지구가 가장 많이 와전되기는 했지만, 창천과 에덴에서도 마찬가지죠. 그레모리는 각 차원의 출신 플레이어 중 재능이 있는 이들에게 이렇게 차원 미궁의 진실을 전하고는 합니다. 그녀의 취미라고나 할까요.”

“잠깐만요. 갑자기 이게 무슨 소리예요?”

유일하게 대화에 참가하지 못한 란이 끼어들었지만, 아무도 대답하지 않았다.

아니, 대답하지 못했다.

가끔 그런 경우가 있다.

너무 놀라면, 소리가 목구멍 밖으로 튀어나오지 않는 그런 경우가.

그리고 그런 태양보다 더 놀란 사람들이 있었다.

바로 현혜와 존이었다.

태양의 시야에서 단탈리안은 허공을 바라보고 있는 것처럼 보였지만, 현혜와 존에게는 아니었다.

단탈리안은 그들의 화면을 직시하고 있었다.

—어…… 어…….

현혜는 마치 오류가 난 기계처럼 당황해서 침음만을 흘렸다.

존은 마이크를 끄기라도 한 건지, 아예 아무런 소리도 넘어오지 않았다.

"숙녀분을 놀라게 해서 죄송하군요. 하지만 들리는 걸 들리지 않는 척하는 것도 계속하다 보니 실례인 것 같아서 말입니다."

—워, 원래 들을 수 있었던 거야……요? 다른 마왕들도?

"다른 마왕들은 듣지 못했을 겁니다. 굳이 따지자면 듣지 않은 거죠. 어떤 시선이 플레이어 윤태양을 보고 있다는 사실 정도는 알 수 있었겠지만, 굳이 알려고 하지 않았겠죠. 다른 마왕인 줄 알았을 테니까. 아, 몇몇은 알 수도 있었겠군요."

태양이 굳은 표정으로 단탈리안을 바라봤다.

갑자기 현혜의 말에 반응해서 놀랐지만, 더 놀라운 건 따로 있었다.

"지금 그 말은……."

"예. 당신들이 맞습니다. 당신들의 예상이 맞았습니다. 처음부터 끝까지. 마법이나 직감에 의존하지 않고 오직 증거만으로 진실을 추론하는 지구인들의 추리 방법은 꽤나 놀랍더군요."

—예상이라면…….

"'게임 단탈리안'의 진실 말입니다."

수십억의 유저가 캡슐을 통해 게임 단탈리안, 아니 차원 미궁에 접속했다.

하지만 서버실의 컴퓨터는 작동하지 않았다.

"사실, 컴퓨터는 작동했습니다. 인간들의 방식, 기술을 이용해서 작동하지 않았을 뿐이지."

톡.

기다란 손가락이 유려하게 컴퓨터의 모니터를 두들겼다.

"지구를 처음 발견했을 때 정말 놀랐습니다. 이렇게 압도적으로 기술만 발전한 차원은 또 처음이었거든요. 당신들은 전기만으로 인간의 정신을 붙드는 방법을 개발했더군요. 마법으로 보조한 것도 아니고, 오로지 기술로만."

단탈리안은 긴 생을 살며 수많은 차원을 돌아다녔고 그런 만큼 다양한 종류의 기술을 보아 왔다.

신체 내부를 관조하여 해당 생명체의 미래를 내다보는 원시(遠視).

마법의 극한에 도달해 차원의 법칙을 뒤바꾸는 질서의 법 등등.

그리고 지구에는 그렇게 수많은 기술을 경험하며 이제는 거의 놀라지 않게 된 단탈리안을 놀라게 만든 기술이 있었다.

가상현실 게임.

정확히는 정신을 가상현실로 접속시키는 풀 다이브 기술이 바로 그것이었다.

"흥미롭기 그지없더군요. 인간의 혼을 붙잡아 가상 세계에 이식한다. 이는 마법, 마나를 이용하지 않고 차원 이동 마법을 사용한 것과 다름없었죠. 특히, 킹 오브 피스트라고 했나요? 단탈리안 이전에 왕좌를 굳건히 하던 게임이었죠. 그럴 만한 완성도였습니다. 이전까지의 게임들보다 압도적으로 혼의 이식률을 높였으니까요."

"하. 그러니까 지금 네 말은…… 기존의 가상현실 게임에 '마법'을 덧입힌 게 단탈리안이다?"

"정확합니다. 가상현실 게임 단탈리안은 킹 오브 피스트의 기술에 '마법'이라는 반칙을 덧입힌 것에 불과합니다."

말도 안 되는 현실감의 비밀.

단탈리안은 그것이 '마법'이라고 말하고 있었다.

"지구에는 '마나'나 '기'를 이용한 기술이 아예 전무하더군요. 뭐, 그래서 일은 쉬웠습니다."

단탈리안은 신난 얼굴로 말을 이었다.

"저는 이 '서버'라는 가상공간을 게이트로 만들었습니다. 가상공간의 개념을 이해하는 건 꽤 힘들었지만, 재미있는 작업이었죠. 풀 다이브. 그러니까 정신을 '붙드는' 기술을 이해하니, 그

붙든 정신을 차원 미궁으로 가져오는 일은 쉽더군요."

단탈리안은 피해자를 앞에 둔 채 자신의 업적을 자랑스럽게 발표했다.

단탈리안이 압도적인 인기를 얻게 조작하는 과정.

가상회사를 세우고, 그걸 진짜 회사로 만든 일 등등.

"아. 동시 접속자 3억 명을 두 눈으로 지켜본 그 순간에는 정말 짜릿했는데 말이죠."

단탈리안이 팔을 괸 채 히죽거렸다.

게임처럼 기능하던 단탈리안이 3억 명의 감옥으로 변모하던 순간 역시 온전히 단탈리안의 공이었다.

단탈리안은 이후로도 한참이나 주절거렸다.

그 모습이 정말 즐거워 보여서, 태양은 단탈리안이 이제껏 어떻게 말하지 않고 살아왔는지 의문을 가질 정도였다.

"하."

이미 몇 번이나 확신했던 진실을 다시 한번 인정할 수밖에 없었다.

"이번 스테이지가 '현실'에서 일어났던 일의 재탕이었다는 말인 거지? 빌어먹게도."

"그렇습니다. 하하. 받아들이기 힘드시겠지만, 그래요."

"젠장, 축하해요. 존. 당신들이 찾아 헤매던 흔적의 정체, 찾았네요."

말도 안 되는 이적을 가능케 하고, 시간이 지나면 온데간데없이 사라지는 것.

마법이다.

FBI가 발견한 과학적으로 원인을 밝혀낼 수 없다던 현상은 마법의 흔적이었다.

냉소적으로 웃던 태양의 머리에 생각이 스쳤다.

"잠깐, 육체는?"

지구도 현실이고 차원 미궁도 현실이라면, 캡슐에 남아 있는 플레이어의 본래 육신은 어떻게 되는 거지?

"좋은 질문입니다. 당신들의 영혼은 게이트를 넘어왔지만, 육신은 넘어오지 못했죠. 게임은 가상현실이기에 육신이 따로 필요하지 않았지만, 차원 미궁은 엄연한 현실의 차원. 육신이 필요했고요."

단탈리안은 대수롭지 않은 표정으로 말을 이었다.

"그래서 우리는 이미 단탈리안에서 사망한 플레이어의 육신을 당신들에게 제공했습니다."

"미친! 시체라고?"

"물론 사체를 그대로 사용한 건 아닙니다. 영혼과 파장이 맞는 사체를 찾고, 또 영혼이 기억하고 있는 육체로 어느 정도 변형을 거쳐서 만들어 낸 거죠."

만약 사체를 그대로 썼다면 오래 살아남은 기존의 플레이어가 유저를 알아보는 기상천외한 경우가 생길 수도 있었다.

-이거라면 게임에서 죽고 다시 시작할 때마다 캐릭터 외모가

제각각이었던 이유가 설명이 되네.

"그랬던 겁니다."

단탈리안이 어깨를 으쓱였다.

"단탈리안이 그냥 게임으로만 남았다면 설정 하나하나에 공을 들인 대작으로 남았을 텐데. 그런 평가를 듣지 못하는 건 조금 아쉽네요."

이야기를 듣던 란이 고개를 꺾었다.

"3억 명의 플레이어가 들어왔고, 그들의 영혼과 파장이 맞는 시체를 준비했다고요? 한 개도 아니고 몇 개씩이나?"

3억의 두 배만 해도 6억이다.

아니, 애초에 3억부터가 천문학적인 숫자다.

란의 머리로는 얼마나 많은 노동력이 들어갈지 상상조차 되지 않았다.

단탈리안이 빙그레 웃었다.

"마왕이란, 그런 일을 손쉽게 할 수 있는 존재인 겁니다."

마왕.

기본적으로 최소 한 차원의 패자인 동시에 초월자.

그리고 그런 마왕 72명이 모여 만든 곳이 차원 미궁이었다.

"차원 미궁은 우리의 유흥을 위해 만들어졌지만, 결코 대충 만든 것은 아닙니다. 72명의 마왕 모두가 직, 간접적으로 미궁의 창조에 손을 보탰죠."

한참 침묵을 지키고 있던 존이 끼어들었다.

—태양, 저건 거짓말입니다.

"뭐가요?"

—유흥을 위해 만들어졌다는 말. 저건 분명 거짓입니다.

존의 말에 단탈리안이 짐짓 과장되게 두 팔을 들어 올렸다.

"오, 지구에서 제일가는 경찰 집단으로 이름을 날리는 FBI의 선임 수사관 존 에드거 호프! 제 말을 거짓으로 단정 짓는군요. 실례가 되지 않는다면 고견을 들을 수 있겠습니까?"

단탈리안의 빈정대는 말에 존이 흔들림 없이 대답했다.

—지구에도 수많은 권력자가 있었습니다. 그리고 그들은 범인이 보기에 말도 안 되는 일들을 벌이고는 했죠.

도요토미 히데요시는 일본 내부의 갈등을 봉합하기 위해 '정복에 미친 척' 하며 조선을 침략했다.

세계 2차 대전도 표면적으로는 히틀러라는 악마의 만행이지만, 그 이면에는 천문학적인 배상금을 갚아 내느라 풍비박산이 나 버린 당시 독일의 처참한 경제 상황이 깔려 있었다.

모든 지적 존재는 기본적으로 이문이 남지 않는 일을 하지 않는다.

하물며 한 차원의 존망을 걸고 벌어지는 일이다.

그 이유가 단지 '유희'일까.

존은, 그리고 미국 정부는 그렇게 생각하지 않았다.

단탈리안이 되물었다.

"존. 당신은 지구가 그 정도의 가치가 있다고 생각합니까?"

—당연합니다. 그러지 않고서야 당신이 이렇게 발품을 팔 이유가 없지요. 당신과 같은 존재가 윤태양에게 두 번이나 거절당하고도 그에게 매달리는 것도 그렇고요.

단탈리안이 웃었다.

"좋은 질문입니다. 하지만, 대답은 하지 않겠습니다."

이내 단탈리안이 태양을 바라봤다.

"그건, 당신이 올라와서 확인하시죠."

태양이 삐딱하게 고개를 꺾었다.

"그냥 말해 주면 안 되나."

"미궁의 규정 위반입니다. 우리 72명의 마왕이 다 같이 지키고 있는 느슨한 법률이죠. 제가 드릴 말은 언제나 같을 겁니다."

기다란 손가락이 천장을 가리켰다.

"언제나 그렇듯, 답은 항상 위에 있습니다."

"하아."

태양이 한숨을 내쉬며 고개를 떨궜다.

"현혜야, 나 더 못 참겠어."

—어?

바닥을 바라보는 태양의 이마에 선명한 힘줄이 돋았다.

"못 참겠다고."

말이 이어질수록 진실은 명확해졌다.

게임인 줄 알았던 단탈리안은, 현실이었다.

그리고 단탈리안 사태라고 명명된 비극은 이름 그대로, 단탈리안이 범인이었다.

그것을 다른 말로 하면.

"별림이가 이 꼴이 된 게 결국 이 개자식 때문이라는 거잖아."

머리로는 알고 있었다.

이러면 안 된다고.

덤비면 안 된다고.

그래서 참아 보려 했다.

아니, 참아야 했다.

태양의 무력은 마왕에 비교하자면 명백히 열세니까.

아직 별림이의 일이 해결되지 않았으니까.

이 모든 사건의 원흉이 단탈리안이라면…….

어쩌면 모든 것을 원래대로 돌려 놓아줄지도 모르니까.

"X발……."

하지만 저 단탈리안의 표정.

마치 게임의 어려운 스테이지라도 공략한 것처럼 해맑다.

3억 인간의 목숨을 저당 잡아 놓고.

별림이를 이 역겨운 미궁에 가둬 놓고 뿌듯하다는 듯이 지어대는 그 표정을 보고 넘길 수가 없었다.

'변명은 아니지만, 아니 그렇잖아.'

싸대기를 때려 놓고 이유를 알고 싶으면 빌딩에 올라가라네.

이 씨X 새X가.

[신룡화(神龍化).]

[플레이어 윤태양의 근육이 마왕 발록의 능력치를 얻습니다.]

우드득.

그렇지 않아도 탄탄한 태양의 육신이 부지불식간에 부풀어 올랐다.

[위대한 기계장치(The Greatest Machinery)의 태엽이 빠르게 감깁니다. (쿨타임 12시간)]

[플레이어 윤태양에게 빨리 감기 3단계 버프가 부여됩니다.]

[스톰브링어(Storm Bringer) : 폭풍 소환(暴風 召喚).]

[폭풍의 정령 군주 아라실이 플레이어 윤태양의 신체에 임합니다. (지속 시간 60초)]

버프를 휘감은 태양이.

쿠웅.

천뢰굉보(天牢轟步) : 윤태양식(式) 어레인지.

단탈리안을 향해 쏘아져 나갔다.

콰드드득.

정확한 타이밍에 밟은 초월 진각이 천뢰굉보로 튀어 나가던 운동 에너지를 온전히 머금고, 탄력적으로 꺾인 허리가 그것을 상체로 펴 올렸다.

초월 진각 - 선풍권(旋風拳).

거기에 두 성룡급 드래곤의 마나가 태양의 회로를 찢을 듯이 불태웠다.

끼이이이이익.

마나 회로에서 심상치 않은 소리가 울려 퍼졌다.

그것은 회로의 파열음이었다.

과도하게 일으킨 마나를 담아낸 대가로 다른 회복 조치를 하지 않는 이상 마나를 사용하지 못하게 될 정도의 상처를 입으면서 나는 소리.

하지만 상관없다.

'한 수.'

승부처는 여기였으니까.

본래 태양의 육신이라면 몸이 따라 주지 못해서 행동을 멈췄겠지만, 용왕(龍王)의 근육이 태양의 행동을 보조한다.

퍼억.

여유로운 자세로 의자에 앉아 있던 단탈리안의 머리가 그대로 박살 났다.

동시에 단탈리안의 어깨에 떠 있던 붉은 보석이 빛을 발했다.

콰드드드득.

"커헉."

염동력이 뱀처럼 태양의 몸을 휘감았다.

발락의 마나가 압도적으로 흉포했다면, 단탈리안의 마나는 집요했다.

굳이 공통점이 있다면 저항하는 의지를 가지기 힘들 정도로 강력하다는 것 정도일까.

정령 군주의 폭풍 정령도, 드래곤 하트의 막대한 마나도 그것에 대항하지 못했다.

콰아앙!

태양의 목이 그대로 건물 천장에 박혔다.

"태양!"

란이 놀라서 소리쳤지만, 그녀는 움직이지 못했다.

두려워서가 아니다.

단탈리안의 마나에 짓눌렸기 때문이다.

천장에 박힌 태양이 버둥거렸다.

그 사이 머리를 재생한 단탈리안이 과장되게 웃었다.

"발락의 심정을 공감하게 될 줄은 몰랐군요."

단탈리안이 손짓하자 태양의 몸이 빠져나왔다.

"아직 안 끝났……."

태양이 소리침과 동시에 단탈리안이 다시 손가락을 까딱였다.

콰아아앙!

태양의 몸이 다시 천장에 처박혔다.

후둑, 콰아아앙! 후둑, 콰아아앙! 후둑, 콰아아아앙!

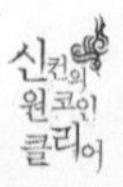

태양은 이미 저항하지 못하고 엉망진창이 되었지만 단탈리안은 공세를 마치지 않았다.

급기야 태양이 누워 있는 캡슐이 덜컹덜컹 떨리기 시작했다.

쿵.

쿵.

쿠웅.

보다 못한 현혜가 소리쳤다.

-그, 그마아아아안! 그만해 주세요!

단탈리안이 우뚝 멈췄다.

"……이런, 죄송합니다. 순간 이성을 잃었군요."

단탈리안은 정말로 예상하지 못했다는 표정이었다.

실제로 단탈리안은 당황하고 있었다.

윤태양은 여기서 이렇게 죽으면 안 되는 플레이어였다.

그의 계획을 위해서라도.

"커헉."

단탈리안이 뒤늦게 옥죄고 있는 마나를 풀어 놓자 태양과 란이 동시에 숨을 몰아쉬었다.

태양의 오른팔을 붙잡은 단탈리안이 태양의 회로에 소량의 마나를 불어넣었다.

재기발랄한 마나가 태양의 마나 회로를 휘돌았다.

팔부터 시작해 머리, 심장, 온갖 장기들.

그리고 뻗어 있는 사지까지.

단탈리안이 뒤늦게 한숨을 내쉬었다.

“다행입니다. 근육을 강화한 선택이 당신을 살렸군요.”

신룡화는 여섯 가지 선택지가 있다.

근육, 눈, 비늘, 심장. 피, 뼈.

근육은 공격과 방어를 동시에 커버할 수 있는 선택지였다.

만약 태양이 신룡화(神龍化) 스킬을 이용해 선택한 요소가 근육이 아니라 눈이나 피, 심장이었다면 태양은 단탈리안의 마나에 옥죄여서 죽었으리라.

우웅.

단탈리안이 태양의 체내로 막대한 양의 마기를 밀어 넣었다.

그러자 태양의 신체가 회복되기 시작했다.

엉망진창으로 어그러진 사지는 물론이고, 과도한 마나를 운용하느라 뒤틀려 버린 마나 회로까지.

단탈리안이 작게 눈살을 찌푸렸다.

“차원 미궁의 회복 시스템을 너무 믿으시는 것 같군요. 마나 회로를 거칠게 다루는 건 장기적인 성장에 좋지 않습니다.”

마나 회로는 신체 부위와 비교하자면 연골과 같았다.

막 쓰면 닳아 버리는 연골처럼 마나 회로 역시 마구 다르면 내구성이 떨어지고, 나중에는 마나가 넘쳐도 마나를 운용하지 못하는 상황이 올 수 있었다.

물론, 온전히 다루지 못 하는 마나를 토해 내는 버릇 역시 좋지 않은 습관이다.

우드득, 우드득.

단탈리안은 직접 손을 써서 마나 회로의 뒤틀린 부위를 펴냈다.

"끄으으으윽."

마취 없이 진행하는 치료는 당연히 아프다.

태양이 저도 모르게 신음을 내었다.

단탈리안은 그런 태양의 반응에도 개의치 않고 중얼거렸다.

"태양, 당신이 발락과의 대련에서 이긴 건 맞습니다. 하지만, 알아 두셔야 할 겁니다. 당신은 우리에게 덤비기에는 한참 이릅니다. 뭐, 이젠 겪어 봐서 아시겠지만."

툭.

마나 회로를 치료한 단탈리안이 태양에게서 손을 뗐다.

"휴, 응급처치는 이것으로 됐습니다."

바닥을 짚고 일어선 태양이 고개를 꺾어 '퉤엣' 하고 피 섞인 침을 뱉어 냈다.

"빌어먹을."

-괘, 괜찮은 거 맞아? 방금 캡슐에서 몸이…….

"걱정하지 않으셔도 됩니다. 새로운 그릇에 담겼다지만, 몸과 영혼이 이어져 있어서 그런 겁니다. 플레이어 윤태양은 특이 케이스거든요."

-왜 태양이만 그런 거죠? 다른 플레이어들은 이런 일 없잖아요.

"플레이어 윤태양의 영혼은 유독 드세서, 차원을 넘었음에도 연결이 쉬이 끊어지지 않더군요."

단탈리안이 정중한 기색으로 태양에게 허리를 숙였다.

"죄송합니다. 플레이어 윤태양. 이렇게까지 할 생각은 없었는데, 급박한 상황이다 보니 저도 모르게. 당신을 죽이거나, 상처를 주려는 의도는 없었습니다."

태양은 아무 대답도 하지 못했다.

못할 수밖에 없었다.

학교에서 힘 센 아이가 약한 아이를 잔뜩 때려 패 놓고 사과하는 격이 아닌가.

약한 아이가 무슨 이유 때문에 덤볐든, 서열 정리를 당해 버린 이상 그건 의미가 없어졌다.

약한 아이는 힘 센 아이의 관용에 기대어 고개를 숙이는 것 말고는 할 수 있는 것이 없었다.

다시 말해, 태양은 졌다.

그리고 무력이 곧 권력으로 치환되는 차원 미궁에서 패자는 승자에게 따질 수 없었다.

'……기분은 확실히 더럽군.'

더러운 동시에 낯설었다.

태양의 무력이 열등하기 때문에 벌어진 이 상황 자체가.

킹 오브 파이터든, 현실이든, 차원 미궁이든 태양이 이렇게 열세에 놓인 적은 없었다.

태양이 모욕감에 절어서 남몰래 부들부들 떨고 있는 와중, 단탈리안이 무언가 생각난 듯 딱 하고 손가락을 마찰시켰다.

"아 참, 잊고 있었군요."

파라라라락.

단탈리안의 어깨 위에 떠 있는 책이 스스로 제 속살을 드러내기 시작했다.

"요즘 위원회에서 닦달이 조금 심해서 말이죠."

"지금…… 무슨?"

"FBI에서 당신을 구원자로 만들겠다고 했죠? 그걸 도와드리는 일의 일환이라고 보면 됩니다."

말과 동시에 책에 밝힌 붉은 보석에서 파동이 일었다.

쿠구구웅.

동시에 거대한 빛이 공간을 점유하기 시작했다.

그것은 기하학적인 무늬 수백 개가 겹쳐 만들어진 3차원 마법진이었다.

-어, 어라?

-지금 무슨?

현혜와 존이 동시에 놀랐다.

이유는 간단했다.

-진짜 FBI냐고오오오오오!

-윤태양 방송 언제 켜냐? 그때 올란다.

—?

—?

—뭐야.

—오. 왔다.

—오.

—태하!!

—태하!

—달하!

존이 FBI의 권력으로 막아 놓은 태양의 방송 채널이 갑자기 활성화되었기 때문이다.

“지구의 인간들 사이에선 ‘알 권리’라는 권리가 존재한다고 하죠?”

—지금 무슨…….

“우리가 한 이야기. 진짜 알아야 할 사람들은 여기에 있지 않습니까.”

—단탈리안! 경고하겠습니다. 지금 당장 멈추십시오! 그렇지 않으면…….

단탈리안의 의도를 깨달은 존이 놀라서 외쳤다.

얼마나 크게 소리쳤는지 기계음이 일부 깨질 정도였다.

단탈리안의 두 눈이 반달이 되었다.

“그렇지 않으면요?”

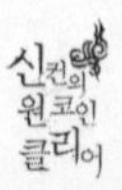

—당신은 미국, 그리고 세계의…… 아니, 잘못 들었습니다. 다시 한번…… 뭐라고요?

존의 목소리가 아득해졌다.

—뉴욕 타임스퀘어 전광판에 방송이 송출되고 있다고요?

"이봐요, 존. 당신들은 저를 막을 수 없어요."

타임스퀘어만이 아니었다.

미국, 영국, 중국, 한국.

각종 라이브 스트리밍 플랫폼.

그리고 SNS까지.

세계 곳곳의 권위 있는 방송사들의 회선이 동시에 탈취당했다.

TV뿐만 아니라 라디오도.

"다시 말씀드리죠. 미국, 그리고 세계. 당신들은 저 단탈리안을 상대로 원하는 그 어떤 목적도 달성할 수 없어요. 모든 건 제가 원하는 대로 될 겁니다."

존은 생각했다.

그들이 할 수 있는 최대의 방해는 태양의 방송 채널. 더 나아가서는 스트리밍 사이트를 해체하는 것 정도.

하지만 단탈리안이 마음먹고 정보를 전달하고자 한다면, 그들은 막을 수 있는가?

"전 여기서 당신들의 기술을 공부했습니다. 그런데 당신들은 어떻습니까? 나에 대해 압니까?"

모른다.

꿀꺽.

존이 마른침을 집어삼켰다.

부지불식간에 일어난 일.

이건 단탈리안의 과시였고, 또 협박이었다.

지금 당장 단탈리안이 지구에 찾아와 FBI 국장에게 마법이라는 비과학적 비대칭 전술 병기를 퍼붓는다면, 그들은 막을 수 있는가?

미국 대통령에게 암살을 시도한다면, 그들은 막을 수 있는가?

막을 수 없다.

최소한의 대처조차 할 수 없다.

존은 허리에 소름이 돋았다.

—뭔 상황이지.

—이 목소리 누구임?

—기계음 찢어지는 거 ㅈ 같은데. ㅡㅡ

—이 사람 설마 그 FBI인가 뭔가 그거 임?

—ㄹㅇ FBI가 윤태양 서버 다운시켰던 거?

—그나저나 우리 태양 그 사이에 무슨 고초를 겪었기에… 꼴이 엉망이시네. ㅜㅜ.

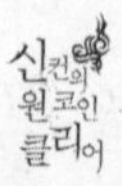

단탈리안이 싱긋 웃었다.

"친애하는 플레이어 윤태양의 시청자 여러분. 그리고 '게임' 단탈리안의 팬 여러분. 당신들에게 드리는 선물입니다."

파라라라라락.

책장이 다시 한번 넘어간다.

붉은빛이 일렁이고, 태양의 방송 채널 화면이 되감겼다.

-요즘 우리는, 마치 불(Fire)을 처음으로 접한 원시인이 된 것 같은 기분입니다.

…….

-우리가 당신에게 접근하지 않았던 이유는 간단합니다. 우리는 진작 당신이 유일한 희망일지도 모른다는 결론에 도달해 있었습니다…….

…….

"본론부터 말하자면 당신들의 예상이 맞습니다."

-예상이라면…….

"'게임 단탈리안'의 진실 말입니다."

FBI 요원 존의 기계 음성이 세계 각국 수뇌부의 현실을 적나라하게 까발렸다.

화면 속의 단탈리안이 연신 히죽이며 현혜와 대화하고, '게임' 단탈리안의 탄생 배경을 설명하며, '단탈리안 사태'에 관한 소감을 말했다.

—ㅅㅂ 이게 무슨 소리지.

—설마 게임이랑 현실의 단탈리안 사태랑 연관이 있다는 얘기인가.

—저 기계음이 저번에 열렸던 세계 정상 회의 언급하는 거 맞냐?

—기계음이 FBI라고?

—어질어질하네…

태양이 단탈리안을 바라봤다.

굳이?

왜?

눈빛만으로도 질문이 전해진 걸까.

단탈리안이 웃으며 대답했다.

"말했잖습니까. 위원회의 닦달이 심하다고요."

단탈리안이 '지구'라는 차원을 찾아낸 건 마왕들 사이에서도 대단한 일이었다.

지구는 70억이 넘는 영혼을 보유한 차원이었다.

고작 중세의 문명 수준에 머물러 있는 창천이나 에덴과는 비교할 수 없을 정도로 압도적인 숫자.

장난감, 먹이, 실험체.

영혼과 지성을 겸비한 생명체는 영혼의 질과 상관없이 쓰임새가 있다.

그래서 지구인들의 압도적인 숫자는 그것만으로 가치를 가졌다.

하지만 단탈리안은 '차원 미궁'으로 지구인을 유입한 것 외에는 아무 조치도 하지 않았다.

심지어 지구 차원의 출처를 철저하게 감췄다.

지구라는 노다지 광산을 찾아 놓고 채굴을 하지 않으니 주변 자산가들로부터 질타를 받을 수밖에.

그동안은 '차원 미궁'이라는 플랫폼을 통해 지구인을 유입했지만, 최근에는 그마저 실패했다.

"저도 다른 마왕들에 비해선 제멋대로 사는 편이지만, 그래도 최소한의 눈치라는 건 있어서 말입니다."

제1계위 마왕 바알을 비롯한 몇몇은 단탈리안으로서도 마냥 무시하기는 어려운 존재였다.

"당신에게는 마냥 나쁜 일이 아닐 겁니다."

"……지구인이 차원 미궁으로 들어오는 게?"

"150일의 시간제한은 미궁의 위원회에서 걸어 둔 제한입니다."

"뭐?"

"기존에 입궁한 3억의 플레이어 중 플레이어답게 행동하는 이가 몇이나 될 거라고 생각하십니까?"

태양은 침묵했다.

"추가로 들어오는 인원은 없고. 이미 들어온 인원은 공간만 차지하고, 악성 재고는 치워 버린다는 판단이었죠. 직접 들여온 저로서는 안타까운 일이지만 말입니다."

하지만 새로 들어오는 인원이 생기면 이야기가 달라진다.

당장 바뀌지는 않겠지만, 꾸준히 새로운 플레이어가 들어온다면 위원회에서도 150일 제한이라는 불합리한 제도를 철회하리라.

-하지만 150일 제한은 캡슐의 문제라고…….

"차원 미궁에 들어온 플레이어들은 이미 혼과 육체의 연결이 끊어진 상태입니다. 특이 체질인 플레이어 윤태양을 제외하면 모두."

-그럼 죽었다는 그 플레이어는……?

"150일이 지났으니 미궁에 규칙에 맞게 영혼이 사멸한 거죠. 돌아올 영혼이 사라지니 가사(假死) 상태에 빠져 있던 육체가 그대로 죽음에 돌입한 거고요."

'150일이 지나면 지구 출신의 플레이어는 죽는다.'는 규칙이 만들어졌다는 말이었다.

"그러니까, 150일이 지나서 죽었던 스트리머 플레이어는 조건을 만족하지 못해서 쉼터에서 죽었다는 이야기야?"

"그렇습니다."

"젠장, 전투도 없이, 쉼터에서 그냥 죽었다고?"

단탈리안이 의아한 얼굴로 되물었다.

"당신들도 자칫하면 그런 상황일 텐데요?"

—아, 그러네.

스테이지 클리어 조건을 만족하지 못하면 그대로 캐릭터는 사망한다.

당장 지금 이 스테이지에서도 살로몬이 조건을 만족하지 못했다면 태양과 란도 전투 없이 사망할 수 있었다.

여하간, 지구의 전문가들이 한 예측은 플레이어의 죽음이라는 결과에 원인을 끼워 맞추다가 생기는 흔한 오류였다.

150일이라는 조건은 맞췄지만, 그 원인은 사실 전혀 다른 곳에 있었던 것이다.

—하지만 아까 전에 육신과 영혼을 단절했다고…….

"네. 캡슐에 누워 있는 육신은 영혼과 육신이 단절됩니다. 가사 상태에 빠진 겁니다. 사실상 가상현실 게임에 접속해 있는 사람들이 모두 그렇죠."

—……하긴. 듣고 보니 '한계 가동 시간'에 관련된 기사는 죄다 추측이었네.

아마 오래된 기종일수록 한계 가동 시간이 길 거다.

곧 밝혀질 거다.

말뿐이었다.

연구 중이라고 했으나, 실제로 그에 관한 성과와 관련된 기사는 없었다. 그동안 캡슐의 비밀을 파헤치는 데 성공한 적이 없다 보니 사람들이 '언젠가는 알려 주겠지' 하는 심정으로 또 기다렸을 뿐.

툭.

말하는 사이, 과거 영상을 모두 재생한 화면이 현재를 조명했다.

단탈리안이 두 팔을 벌리며 외쳤다.

"보시다시피, 당신들의 운명이 단 한 남자의 어깨에 달렸습니다. 그렇습니다! 플레이어 윤태양! 미궁을 끝까지 오를만한 가능성을 가진 유일한 '지구인 플레이어'! 오호, 통제라! 지구는 어쩌다가 이런 비극에 도달하고 말았는가!"

과장된 연극 톤의 어조가 태양의 방송을 지켜보는 수십만, 수백만, 그 이상 숫자의 시청자에게 전달됐다.

"당신들은 지켜만 보고 있을 겁니까! 캡슐에 갇힌 3억의 사람들을 구하지 않을 겁니까! 윤태양에게 기댈 겁니까? 물론 그래도 좋습니다."

동시에 송출 화면이 툭, 하고 바뀌었다.

"제가 이 신체로 지구에 온다면, 저를 잡을 수 있을까요?"

-핵이나 폭탄과 같은 전술 무기라면 가능성이 있을지도 모르죠.

"핵요? 흠. 진심으로 뛰면 핵이 폭발하기 전에 핵의 폭파 반경을 벗어날 수 있을 것 같은데."

다시금 원래대로 돌아온 화면.

"도전하시죠!"

단탈리안이 수많은 시청자를 직시하며 물었다.

"초월적인 힘을 가지고 싶지 않습니까? 저 강대한 미국의 수뇌부도 두 손을 놓을 수밖에 없는 힘! 당신의 존재가 곧 핵보다 강력한 비대칭 전술 병기가 되는 겁니다!"

투둑.

태양의 채널이 잠시 깜빡거렸다.

단탈리안이 유쾌하게 웃었다.

"FBI의 방해 공작도 간단히 이겨 내는 힘! 지구에서는 불치병으로 알려진 병을 고칠 치유 마법! 혹은 죽은 자를 살려내는 소생의 기적! 세계 정복! 혹은 행성 테라포밍 기술! 모든 게 차원 미궁에 있습니다."

얼핏 들으면 콧방귀를 뀌고 무시할 만한 이야기.

하지만 이전에 틀어진 영상의 내용이 단탈리안의 말을 무시하지 못하게 했다.

지구 최강의 군사력을 가진 국가도 제어하지 못했다.

제어는커녕, 이렇게 직접 꼬리를 드러내기 전까지는 흔적도 잡지 못했다.

꼬리를 드러내고 나서도 그 어떤 조치도 취하지 못했다.

단탈리안은 어떤가.

짧은 사이에 전 세계의 모든 브라운관을 지배하고, FBI의 공세를 가볍게 이겨 내고 있었다.

초월자가 말하는 '모든 것'.

그것은 하나의 커다란 유혹이었다.

-단탈리안, 지금 즉시 방송을 중지하십시오.

차원 미궁으로 들어오길 종용하는 단탈리안.

그걸 방해하려는 FBI 선임 수사관 존.

일순간이지만 세계의 정보망을 제 손에 그러쥔 단탈리안.

그런 단탈리안에게 하지 말라는 말만 기계적으로 반복하는 존.

승패는 명확했다.

"차원 미궁은 힘을 부여하는 데 후합니다. 일반적인 인간이었던 플레이어 윤태양은 어느새 인간의 기준으로는 초월자가 되었지요. 72층 중 고작 21층만을 올랐는데 말입니다."

-단…… 치이이익.

존의 목소리가 대놓고 끊어지기 시작했다.

"차원 미궁을 올라 모든 것을 쟁취하십시오. 이곳에는 당신이 상상한 것 이상의 가능성이 잠들어 있습니다."

단탈리안의 입술이 매력적인 호선을 그렸다.

"저 단탈리안은 차원 미궁 1층에서 여러분들의 도전을 기다리겠습니다. 아, 추가로. 지금 새로 도전하시는 플레이어가 많다면, 150일의 시간제한은 없애 드릴 수도 있습니다."

마지막은 조금 3류 휴대폰 게임 광고 같았나.

"크흠."

작게 헛기침한 단탈리안이 표정을 유지했다.

이것으로 더 많은 플레이어가 유입될지는 모른다.

사실 어느 쪽이라도 상관없었다.

⁂

"휴, 이 정도면 닦달은 멈추겠죠."

현혜의 반응을 보아하니, 현실에서는 폭탄이 떨어진 듯 호들갑을 떨어 대는 모양이었다.

인 게임 플레이 상황과는 완벽히 정반대의 분위기.

'이걸 이제 게임이라고 불러야 하는지도 모르겠지만.'

여하간 차원 미궁 안에서의 진행은 차질이 없었다.

한참 떠들어 대며 지구에 '진실'이라는 이름의 폭탄을 내던져 버린 단탈리안은 곧 사라졌고, 란과 태양은 게임 단탈리안 제작사 본사 빌딩을 빠져나와 멍하니 시간을 죽이고 앉아 있었다.

무미건조하게 시간이 흘러 스테이지의 남은 시간이 0초가 되자 그레모리가 만들어 낸 인공 지구가 쨍그랑 하는 소리와 함께 깨져 나갔다.

[7-3 진실: 악마에 감염된 '회사 소속 인간'을 찾아 죽여라. - Pass]

[제한 1. CCTV를 비롯한 모든 시선에 살인 장면 목격 당할 시 실패.]

[제한 2. 시간제한 24시간. 남은 시간 - 00:00:00]

[제한 3. 악마에 감염된 인간이 언론과 접촉할 시 실패.]

[획득 업적 : 타고난 전략가, 익스트림 스포츠 - 맨몸 빌딩 등반,

CCTV 전용 EMP(물리), 뉴욕 시티 연쇄살인마, 인류를 농락하는 마왕의 하수인, 초월체 대면, 차원 미궁의 진실 발췌, 진실 클리어]

후두두둑.

[판도를 읽어 내고 최적의 결과를 향해 다가가는 능력이 인상 깊습니다. 플레이어 윤태양은 스테이지 적응이 타 플레이어에 비해 압도적으로 빠르고, 그것을 기반으로 재기발랄한 클리어 루트를 만들어 냅니다. 잔뜩 꼬아 놓은 클리어 루트를 보란 듯이 해체하고 최다 업적 보상을 챙겨 가는 모습. 오랜만에 스테이지 조립자로서 흐뭇했습니다.]

[획득 업적 : 그레모리 공인 S등급.]

[추가 보상 : 100골드.]

동시에 떠오른 2개의 시스템 창.

7-3 스테이지를 클리어했다는 업적 창과 그레모리의 층을 클리어했다는 마왕의 감상평 창이다.

가장 먼저 들어온 건 업적 창, 정확히는 스테이지를 클리어하고 나서 얻은 업적의 개수였다.

고작 8개.

어지간한 랭커들이나 얻을 수 있는 개수지만, 최근 태양의 행보와 비교하면 솔직히 실망스러운 숫자였다.

다음으로 태양의 눈에 들어온 건 한 업적의 이름이었다.

차원 미궁의 진실 발췌.

아마도 FBI 요원 존의 권유에 의해 들어간 제작사 본사에서 단탈리안을 만나면서 얻은 업적인 듯싶었다.

태양의 심기를 건드리는 건 두 글자였다.

발췌.

발췌란 무엇인가.

사전적 정의로는 이렇다.

글 가운데에서 필요하거나 중요한 부분만을 뽑아냄.

혹은 그런 내용.

진실의 '모든 것'이 아니다.

일부만 뽑아냈다.

그것이 발췌다.

단탈리안이 말했듯이 차원 미궁과 지구를 둘러싼 진실은 아직도 모두 밝혀지지 않았다.

현혜도 같은 글자를 보고 있었던 걸까.

평소의 발랄한 목소리가 아닌 낮은 목소리로 중얼거렸다.

—……알아내야 할 게 얼마나 더 많은 걸까.

태양이 손깍지를 껴서 뒤통수를 감쌌다.

"글쎄. 알아내고 나면, 감당할 수는 있을까?"

미궁을 오른다.

그 과정에서 별림이를 구하고, 종내에는 미궁을 클리어한다.

그리고.

'로그아웃.'

태양은 새삼 굉장히 중요한 질문을 하지 않고 있었다는 사실을 깨달았다.

아니, 정확히 표현하자면 묻긴 했었지만, 확답을 받지 못한 질문이다.

차원 미궁의 꼭대기에 오르면 로그아웃할 수 있는가.

단탈리안은 지구의 인간들에게 '광고'를 한답시고 차원 미궁의 끝에 도달하면 당연히 지구에 돌아갈 수 있는 것처럼 이야기하긴 했다.

하지만 그것으로는 당연히 아무것도 보장되지 않는다.

단탈리안은 교활한 마왕이었다.

당장 지구도 TV와 인터넷의 허위 광고가 판치는 세상에 다른 생명체도 아니고 마왕이 하는 말을 곧이곧대로 믿을 수 있을 리가 없었다.

정말로 꼭대기에 다 있는 걸까.

물론 태양도 알고 있었다.

지금 이 시점에는 미궁을 오르는 것 말고는 선택지가 없다는 것을.

꽈드득.

태양의 주먹이 굳게 쥐어졌다.

태양이 차원 미궁에서 쌓은 힘은 커다랬다.

체급을 낮춘 발락.

방심한 단탈리안.

차원 미궁이라는 판을 만들어 낸 초월자, 마왕에게 두 번이나 닿을 정도로.

이 순간, 태양은 남몰래 한 가지 목표를 더 세웠다.

차원 미궁의 꼭대기에 도달하고 그곳을 확인했을 때 모든 문제를 해결할 만한 실마리가 없다면.

'마왕을 죽여 패서라도 알아낸다.'

마왕은 강력한 존재였다.

기나긴 차원 미궁의 역사에서 역대 최고 페이스라고 치하받는 태양조차 장난감 다루듯 할 정도로.

하지만 닿지 않는 존재는 아니었다.

당장은 하늘처럼 높고 대지처럼 단단해 보이지만, 찌르면 피가 나는 존재이긴 했다.

방식이 어떻든지, 태양의 주먹이 마왕에게 닿은 것이 바로 그 증거였다.

태양이 시스템 창을 바라보며 남몰래 다짐하는 사이 깡마른 여인이 다가왔다.

제 56계위 마왕, 그레모리였다.

그녀는 타는 듯한 붉은 머리칼을 쓸어내리며 물었다.

"어떠셨나요?"

그레모리는 태양을 직시하며 물었지만, 태양은 대답하지 않았다.

오히려 란이 대답했다.

"방금 그 스테이지, 태양의 차원을 배경으로 한 것 맞죠?"

"그렇죠. 겪으셨듯이."

"그리고 차원 미궁이 어떻게 지구에 들어왔는가, 그 역사를 보여 준 것도 맞고요?"

그레모리가 고개를 끄덕였다.

"하아."

란이 한숨을 내쉬었다.

"창천도 이런 식이었을까요?"

"비슷합니다. 통합 쉼터에 가면 창천의 비밀을 아는 플레이어가 있을 겁니다. 그에게 물어보시죠. 직접 말해 주는 건 안 돼요. 규정에 어긋나거든요."

그레모리가 안타깝다는 듯 콧등을 찡그렸다.

이후, 네 플레이어와 한 마왕이 존재하는 공간에 침묵이 감돌았다.

침묵의 이유는 각자 달랐다.

다짐하는 태양.

충격받은 란.

혼란스러운 메시아와 별다른 반응이 없는 살로몬.

메시아는 방송을 통해 정보를 전달받았기에 상황을 따라갈 수 있었다지만, 아무것도 모르는 살로몬은 담담하게 기다리고 있을 뿐이었다.

그레모리가 안쓰러운 얼굴로 살로몬을 바라봤다.

"어쩌면 이번 스테이지는 당신에게 너무 생소한 이야기였을지도 모르겠군요."

살로몬은 이번 스테이지의 진실에 다가가는 과정에서 아예 배제되다시피 했다.

애초에 이 스테이지는 태양에게 진실을 가르쳐 주기 위한 스테이지였으니까. 하지만 그런 이유를 빼고 보아도 살로몬에게는 다른 세상 이야기였다.

살로몬의 세상에는 애초에 차원 미궁 게이트가 존재하지 않았다. 그것도 그럴 것이 그의 세계는 스테이지로 기능하는, 차원 미궁 그 자체였지 않았던가.

말하자면 살로몬의 세계는 에덴, 창천, 지구와는 환경 자체가 달랐다.

"플레이어 살로몬, 당신을 위한 스테이지도 마련해 보고 싶었는데, 미궁의 규칙으로 묶인 터라 다른 스테이지로 분리할 수가 없더군요."

미궁의 규칙.

파티 시스템을 이야기하는 것이었다.

같은 클랜의 플레이어들이 동시 입장하면 스테이지의 입장 인원 제한에 걸리지 않는 이상 같은 스테이지에 배정되는 것.

"……저도 바보는 아닙니다."

굳이 따지자면 살로몬은 스테이지의 비밀을 알아채고 미궁을 등반할 생각한 사람이었다.

그런 살로몬을 보며 그레모리가 처연하게 웃었다.

“네. 그래서 더 안타까운 거예요.”

그게 다가 아니니까.

태양이 차갑게 중얼거렸다.

“어차피 여기에서 말해 주지 못한다면, 의미 없는 일이야.”

“……그래요.”

“가자.”

태양이 가장 먼저 스테이지를 나서 통합 쉼터로 들어갔다.

메시아가 따라 들어가고, 그 뒤를 란이 이었다.

잠시 머뭇거리던 살로몬이 물었다.

“지금 그 말…… 안타깝다는 그 말말입니다.”

“네.”

“언젠가는 알 수 있는 겁니까?”

“……미궁의 꼭대기엔 모든 게 준비되어 있으니까요.”

“후우.”

딸칵.

담배를 꼬나문 살로몬이 연기를 뿜어내고는 통합 쉼터로 들어갔다.

그리고, 단탈리안이 나타났다.

“착잡한 얼굴이군요. 그레모리.”

“오, 단탈리안. 몸은 괜찮아요?”

단탈리안이 쓴웃음을 지으며 팔을 내저었다.
그의 팔에서 김이 뿜어져 나왔다.
육신이 아닌 영혼의 차원에서 받은 저항의 상흔.
초대받지 않은 차원에서 힘을 휘두른 대가였다.
"괜찮아지겠죠. 시간이 지나면."
"영웅 놀이는 초저녁에 떼신 줄 알았는데."
"위원회 쪽 장단도 맞춰 줘야 해서 어쩔 수 없었습니다."
단탈리안이 주머니에 팔을 집어넣었다.
그레모리가 단탈리안에게 물었다.
"살로몬과 같은 스테이지 출신의 플레이어가 또 올라올까요?"
"살로몬이라."
"키메리에스의 스테이지 차원 출신의 플레이어."
단탈리안이 잠시 고민하다 이내 대답했다.
"키메리에스는 같은 실수를 반복하는 유형의 마왕은 아니죠."
"역시 그렇겠죠?"
태양이 아니라 살로몬을 위한 스테이지를 준비했어야 했던 걸까.
그레모리가 붉은 머리칼을 쓸어올렸다.
"……솔직히 궁금합니다. 대체 왜 그렇게 진실을 알려 주는 데 집착하는 겁니까?"
그레모리가 단탈리안을 돌아봤다.

단탈리안이 능청스러운 표정으로 어깨를 으쓱였다.

"당신들의 감성에 맞춰서 이야기해 드리자면, 제가 보기에 차원 미궁은 극 중 극 같아요."

"극중극?"

"원래 목표는 따로 있고, 마왕이 잘 포장해 놓은 웃기지도 않은 판에서 플레이어들이 뛰어놀고 있잖아요. 전 그런 건 질색이에요. 주인공이 직접 괴수를 무찌르는 연극을 보고 싶은 거지, 주인공이 괴수를 무찌르는 연극을 하는 연극을 보고 싶은 게 아니라고요."

"저는 둘이 무슨 차이인지 모르겠습니다. 무슨 차이가 있나요? 재미만 있으면.."

"사실 재미 때문에 하는 일도 아니잖아요? 휴우. 몰입이 안 된다고 해 두죠."

그레모리의 대답이 퍽 만족스럽지 않았는지, 단탈리안은 작게 입술을 삐죽였다.

"거, 재미도 없는 일에 수고를 많이 쏟으십니다."

"하. 그쪽이야말로. 아, 이번엔 다른 의미로 묻죠. 몸은 괜찮아요?"

"……."

"하는 일이 얼마나 재미있으면 키우던 개한테 손찌검까지 당해요?"

"……."

"화끈하던데요? 당신, 순간 이성을 잃었죠?"

냉소적인 그레모리의 빈정거림을 단탈리안이 '하핫' 하고 웃음으로 넘겼다.

"웃겨요? 전 그들이 그럴 수도 있다고 보지만, 당신은 아닐 텐데? 같잖은 연기는 집어치워요. 역겨우니까."

단탈리안의 얼굴이 굳어졌다.

그레모리는 비웃음을 남긴 채 풍성한 머리칼을 휘날리며 어디론가 사라졌다.

그녀가 사라지고 나서.

단탈리안이 손으로 제 뺨을 어루만졌다.

태양에게 맞았던 바로 그 부위였다.

왜 순간 이성을 잃었을까.

'적어도 그 순간만큼은 위험하다고 생각했어.'

송곳이 심장을 겨눈 듯한 아찔함.

초월체, 마왕이 신변에 위협을 느낀 것이다.

이 얼마나 오랜만에 느껴보는 감정인가.

"……좋게 생각해야지. 이만한 인재가 나를 위해 싸우게 될 테니까."

"이야, 이거 어떡하지."

딸깍, 딸깍.

현혜가 모니터를 보며 중얼거렸다.

모니터에는 항상 보던 태양의 인 게임 상황이 아닌, 그저 사이트가 떠 있었다.

정확히는 뉴스 사이트다.

게임과 관련된 내용을 주로 다루는 여러 신문사의 기사를 종합해서 볼 수 있는 사이트.

현혜가 나름대로 신뢰하는 사이트, 잡지만 구독해서 만들어 놓은 구독 창이라고 볼 수 있겠다.

현혜는 게임 관련 분야에서 가장 권위 있는 신문인 게임 월드 저널리즘을 비롯해 여러 개의 인터넷 기사를 보고 있었다.

"……다 같은 내용이라서 1개만 봐도 될 것 같지만 말이지."

FBI 공식 발표, 윤태양, 인류의 희망.

3억 인류의 목숨을 쥔 남자.

단탈리안 사태의 진실.

세계의 특이점 도달. 이제까지와는 완전히 달라진 세상이 시작될 것.

단탈리안. 그리고 윤태양에 관한 이야기였다.

단탈리안 사태의 진실을 윤태양이라는 영웅으로 묻으려는 걸까, 기사들이 미친 듯이 쏟아지는 와중에도 태양의 이름이 눈에 띄는 기사가 점점 더 많아지고 있었다.

그나마 지라시에 흔들리지 않고 중심을 잡는 신문사들만 추려 놓은 현혜의 구독 신문도 이런 수준인데, 얼마나 많은 헛소문이 양산되고 있을지 가늠이 되지 않을 정도였다.

"이거, 감당되려나."

존은 거짓말을 하지 않았다.

이 수많은 기사 속에서 태양은 영웅이 되어 있었다.

딸깍.

"허, 이건 좀."

구약 유대 민족의 인구수보다 태양이 구하는 인구수가 더 많으니 태양이 예수보다 위대한 사람이 아니냐는 이야기까지 나오고 있었다.

심지어 SNS가 아니라 신문사에서 발간한 기사로.

현혜가 마우스를 툭툭 두드렸다.

이제까지 그래 왔듯 알아서 잘하겠지만, 그걸 안다고 걱정이 안 되는 건 또 아닌 법이다.

"그나저나 안 그래도 채팅들 많았는데. 눈 좀 아프겠네."

불평은 할 수 없었다.

그 안에 어떤 천금 같은 아이디어가 있을지 모르니까.

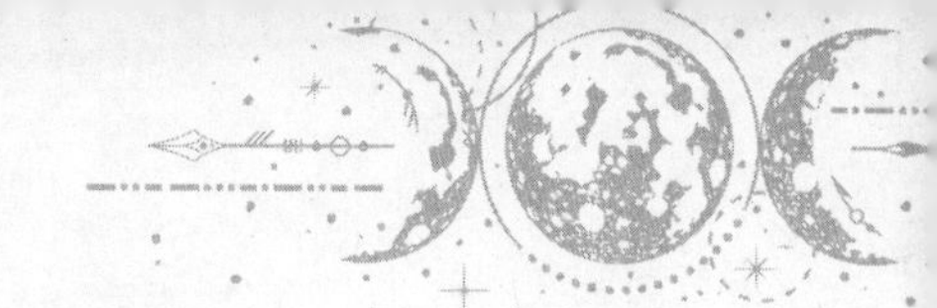

숨 고르기

통합 쉼터 여관.

"와, 이거 뭐냐."

방송 인터페이스를 활성화한 태양이 채팅 창을 보며 중얼거렸다. 아직 태양의 방송이 열리지도 않았는데, 채팅이 미친 듯이 올라오고 있었다.

'진실' 스테이지에서 단탈리안이 저지른 짓의 여파였다.

–윤태양 방송 켜!

–달님 목소리 듣고 싶다.

–아니, 얘는 방종 하는 습관을 좀 고쳐야 돼.

–ㄹㅇ 어차피 현생도 안 사는데. 그냥 24시간 방송하면 안 되

나?

—저 고연수는 스트리머 달님의 캠 방송을 기다립니다.

원래부터 있던 태양의 방송 시청자.

—인류의 영웅! 응원합니다. :)

—한국 정부 차원에서 전문가를 모집해 차원 미궁 클리어 대책 전문반을 만들어야 합니다. 그리고 윤태양은 정부의 계획에 협조해야 합니다.

—뭔 소리야. 이미 윤태양 방 시청자 중에 이 게임 랭커들 다 모여 있는데.

—고작 게임 랭커가 뭘 아나? 전문적으로 훈련받은 전술, 전략 교관이 필요한 건데.

—윤태양은 이미 잘하고 있지만, 전문가의 말을 들으면 더 잘할 수 있습니다.

태양이 하는 일의 무게를 깨닫고 진지하게 접근하는 사람들.

—저 지금 들어가려는데 태양님, 150일 안에 끝낼 자신 있는 거 맞아요?

—접속하실 분? 빨리 들어가서 초능력 얻어야지.

—ㄹㅇ 개꿀이네? 윤태양이 게임 클리어하면 지금 접속한 사람 싹 다 초능력자 될 수 있는 거 아님?

—태양 님, 저 방송 1일 차부터 봤는데, 층수 따라잡으면 파티

해 주실 수 있나연.

–후원 1천만 원 할 테니까 저 좀 캐리해 주시면 안 돼요?

–3억 인류를 구원할 메시아한테 못하는 말이 없네.

–메시아 아님. 세이비어(SAVIOR)라고 부르셈.

–태양 더 세이비어. ㅋㅋㅋㅋㅋㅋㅋ.

–아니, 지금 그게 문제가 아니라니까? 지구가 공격당하고 있다니까? FBI 뭐 하냐고 진짜!

–그걸 왜 여기서 난리야…

과도한 시선 집중으로 자연스럽게 생긴 어그로 분탕들.

다른 종류의 시청자도 많았지만 태양의 채팅 창은 이 세 종류의 채팅이 말 그대로 삼위일체를 이루어 혼돈의 카오스를 만들어 내고 있었다.

"어질어질하네."

몇몇 채팅을 발견한 태양이 눈살을 찌푸렸다.

"설마 단탈리안의 그 개소리를 믿고 단탈리안에 접속하는 사람들이 있지는 않겠지?"

–……있다는 모양이야. 그것도 꽤 많이.

태양이 이마를 짚었다.

"와, 멍청한 사람이 그렇게나 많다고?"

–응. 그나저나 채팅 보여?

"단어 몇 개 정도? 뭐 보이기도 전에 내려가는데 어떻게 읽어

이걸."

—너 별명 생겼다.

"별명?"

—응. 세이비어라고.

세이비어.

SAVIOR.

구조자. 혹은 구세주, 구주를 뜻하는 단어. 메시아(Messiah)와 마찬가지로 서양에서 예수를 뜻하는 단어이기도 했다.

태양이 질색을 하며 되물었다.

"갑자기 그딴 오글거리는 별명이 생겼다고? 왜?"

—세계 곳곳에 네 방송이 생중계됐잖아. 그리고 나서 게임 월드 저널리즘에 기사가 났거든. 야, 개네가 이번에 헤드라인을 뭐라고 뽑았는지 알아?

"뭐라고 뽑았는데?"

—세이비어, 인류를 구하라.

"오, 하나님 맙소사."

태양의 얼굴이 붉어졌다.

아닌 게 아니라, 중학교 2학년 시절에도 세이비어니 흑염룡이니 하는 상상을 질색하던 게 바로 태양이었다.

현혜가 실실 웃었다.

—뭘. 킹피의 신, 투신. 이런 거보다는 훨씬 낫네.

"난 그것도 오글거려서 싫어했거든?"

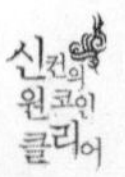

실제로 킹 오브 피스트 관계자 중에 태양을 그런 호칭으로 부르는 사람은 없었다.

왜? 태양이 그걸 가만히 두고 보지 않았으니까.

—그래도 어쩔 수 없어. 게임 월드 저널리즘을 시작으로 공영 방송사에서 죄다 너를 그렇게 부르기 시작했거든.

태양이라는 이름도 나쁘지 않았지만, 이런 별명이야말로 대중에게 쉽게 각인되는 법이다.

태양이 이마를 짚었다.

"……별명 얘기는 그만하자. 머리 아파. 그나저나 단탈리안에 접속한 사람들. 많아? 몇 명이나 된데?"

—아직 정확한 통계가 잡히지는 않은 모양이야. 그런데 한국만 봐도 최소 20명이라던데.

20명.

단탈리안의 그 말 같지도 않은 광고에 20명이나 되는 사람이 날파리처럼 차원 미궁에 뛰어들었단다.

심지어 한국에서만 최소 20명.

인구가 말도 안 되게 많은 중국이나 인도. 미국과 같은 곳에서도 같은 일이 발생했다고 생각하니 저도 모르게 한숨이 나올 지경이었다.

—정부 차원에서는 접속 못 하게 막고는 있다는데 어떻게. 가상현실 캡슐을 죄다 회수할 수도 없고.

"하긴 당장 이거 없으면……."

현대 가상현실 캡슐의 위상은 과거 컴퓨터가 사회생활에 차지하던 위상 그 이상이었다.

여가, 취미 활동은 물론이고 가상현실 캡슐을 통해 전적으로 직장 생활을 하는 인구도 셀 수 없이 많았다.

“그나저나 어떡하냐. 그 사람들. 아니 진짜 죽고 싶어서 작정한 건가. 도대체 왜 접속하는 거야?”

―솔직히 나도 잘 이해는 안 되는데, 채팅 보니까 너 때문인 거 같기는 하더라. 정확히는 요즘 네 폼 때문에.

“나 때문이라고?”

현혜의 말을 정리하자면, 요즘 태양의 폼이 하도 물이 오르다 보니 바깥에서 보기엔 넉넉하게 깰 수 있을 거 같아 보인다는 이야기였다.

―그 사람들이 접속한 지 150일이 되기 전에 너부터 150일이 될 거 아니야. 사실상 네가 차원 미궁을 클리어해 줄 거라고 믿고 접속하는 거지.

이게 무슨 해괴한 개소리람.

―어떤 사람들은 공짜 초능력 가챠라고 떠들어 대던데? 차원 미궁이야 어차피 네가 깨 줄 거고. 그동안 단탈리안을 플레이해서 스킬 몇 개를 얻어 놓으면 지구로 돌아와서 말 그대로 초능력자가 되는 거니까.

“아니, 아무리 그래도 판돈이 목숨인데…….”

―솔직히 그 사람들이 정말로 그렇게 생각하는지는 모르지. 그

냥 채팅은 그렇다고.

"만약 진짜 그렇게 생각하고 접속한 거라면……. 와, 생각의 방향 자체가 다른 거네. 그 사람들은."

-뭐, 우리가 걱정한다고 달라질 건 없지. 오히려 나쁘지 않을지도 몰라.

"왜?"

-단탈리안이 그랬잖아. 지구에서 추가 플레이어 유입이 많아지면 차원 미궁 위원회에서 150일 제한을 풀 거라고.

현혜의 말에 태양이 볼을 긁적였다.

맞는 말이긴 한데, 그 점을 두고 좋아하자니 약간 마음이 걸렸기 때문이다.

세이비어라는 별명 때문에 심성이 신성해지기라도 한 걸까.

-하여튼, 네가 죽을 둥 살 둥 하면서 클리어했으면 모르는데 기록이란 기록은 죄다 깨부수고 주변 플레이어들도 깨부수고. 어? 마왕도 때려 부수고 그러니까 이런 상황이 된 거지.

현혜가 마왕을 언급하자 태양의 표정이 굳어졌다.

저도 모르게 어깨에 힘이 들어간다.

마왕과 태양의 간극.

저번 진실 스테이지에서 그 차이를 여실히 느꼈기 때문이다.

'……발락은 정말로 제한을 걸어서 그나마 상대가 됐던 거였어.'

같은 마왕의 힘을 빌려서까지 때린 혼신의 일격은 가뿐하게 무용지물이 되었다.

이후 제압당하는 과정은 더 처참했다.

손가락 하나 까딱하자마자 아무런 대처도 하지 못하고 당했다. 세 살배기 어린이와 성인 간의 격차보다도 심한 정도.

—태양아?

"아, 어."

태양은 진실 스테이지를 클리어하고 나서 결심했었다.

'차원 미궁의 꼭대기에 도달하고 그 곳을 확인했을 때 모든 문제를 해결할 만한 실마리가 없다면 마왕을 죽여 패서라도 알아낸다.'고.

하지만 머리를 식히고 생각해 보니, 그렇지 않더라도 마왕을 상대할 만한 무력은 반드시 필요했다. 당연히 지구로 돌아가고 나서도 마왕의 간섭이 지속될 것이기 때문이다.

침략 당하지 않으려면 침략자와 동등한 수준으로 올라서야만 했다.

태양이 세운 두 번째 목표는 어쩌면 첫 번째 목표인 '차원 미궁의 클리어'보다 훨씬 험난하고, 높은 길일지도 몰랐다.

하지만 걸어야 했다.

"그리고 그걸 위해서는 스펙업이 필요하고."

—어?

"아니. 잠깐 다른 생각을 좀 했어. 이제 움직이자. 방송 켜고, KDCR 만나고."

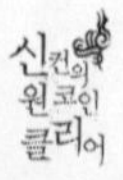

'불꽃' 클랜의 클랜장 KDCR.

큰 키의 흑인은 태양이 19층에 도전할 때 돕겠다고 나섰었다.

그때 태양은 인선 지원을 거절하는 대신 카드, 장비 등의 물품을 구해 달라고 했었다.

"영웅 시너지 카드 구해 뒀으려나."

—좋은 물건을 구하기는 했을 거야. 디시전 쇼에서 너 덕분에 챙긴 골드가 한두 푼이었어야지. 근데 영웅 시너지는 모르겠다. 그건 진짜 워낙에 귀해서.

태양이 고개를 끄덕였다.

돈이 아무리 많아 봐야 매물이 없으면 구할 수 없는 법이다.

—태하!

—오, 왔다.

후웅.

태양이 통합 쉼터 여관의 텔레포트 게이트에 몸을 맡겼다.

B등급 클랜 불꽃의 클랜 하우스.

클랜장 KDCR의 집무실.

KDCR은 심각한 얼굴로 책상을 내려다보고 있었다.

'길어야 세 달.'

KDCR의 남은 수명이었다.

KDCR뿐 아니라 '불꽃' 클랜원들 대부분이 같은 처지였다.

애초에 태양은 단탈리안 사태가 일어나고 일주일이나 지나서 접속했고, 불꽃의 클랜원들은 평범하게 게임을 즐기다 갇히게 된 경우이니, 당연한 일이다.

그런 이유였다.

태양이 아무리 절정의 폼을 보여 줘도 '불꽃' 클랜의 분위기가 초상집과 다름없는 건.

태양보다 남은 시간이 적은 이상 불안할 수밖에 없는 것이다. 그리고 유저들의 불안은 태양에게 줄 카드와 장비를 구하는 열정으로 이어졌다.

불꽃에 가입하지 않은 채 홀로 생활하던 플레이어들도 제 생활의 질을 떨어뜨리며 십시일반으로 골드를 모을 정도로.

단탈리안 사태가 일어난 후 '불꽃' 클랜의 전력이 이렇게 집약된 적이 없었다.

툭.

KDCR이 책상에 놓인 카드를 톡톡 두드렸다.

'덕분에 구했다.'

무려 영웅 시너지가 달려 있는 유니크 등급 아이템.

S등급 클랜인 천문과 아그리파 기사단, 강철 늑대 용병단과의 경쟁을 뿌리치고, 디시전 쇼에서 모은 골드를 모조리 털어서

얻어 낸 카드.

[용사의 망토(U) : 맷집 +2, 신성 +1, 영웅 +1]

[스킬 - 용사의 의지 : 포기하지 않는 한 의식을 잃지 않는다.]

"옵션 하나는 깨끈하게 잘 빠졌군."

KDCR이 감탄했다.

시너지 중에서도 상위 티어로 분류되는 신성과 최상위 티어로 분류되는 영웅이 동시에 붙은 것도 모자라 심지어 정신 계열 CC에 면역, 정신 강제 각성이라는 사기적인 옵션이 패시브 스킬로 내장되어 있다.

게다가 장비화하면 등 부위에 든든한 방어력까지 보장하고,

그나마 잔가지 시너지라고 할 만한 맷집 시너지는 다른 카드와 조합하지 않아도 성능을 발휘할 수 있게 2개짜리로 붙어 있다.

KDCR은 장담할 수 있었다.

차원 미궁을 오르는 플레이어로서 이보다 만족스러운 카드는 찾기 어렵다.

"뭐, 윤태양은 올라오면서 그보다 좋은 옵션의 카드도 얻었던 것 같다만."

유니크 등급 카드 스톰브링어의 내장 스킬, '폭풍의 정령 군주 아라실 소환'은 역대 발견된 카드 스킬 중 가장 사기가 아니

냐는 이야기가 많았다.

"사용하는 플레이어가 윤태양이라서 그렇게 보이는 건지도 모르지만 말이지."

18층을 클리어하고 얻은 레전드 등급 카드는 말할 것도 없고.

KDCR이 한쪽 벽면을 바라봤다.

KDCR이 준비한 물건은 카드 하나가 끝이 아니었다.

말 그대로 '불꽃' 클랜의 재산은 물론이고, 클랜원들의 사적인 재산도 대부분 털어서 물건을 장만했기 때문이다.

카드, 아티팩트, 성능 좋은 일반 장비까지.

용사의 망토 카드를 제외하고도 클랜이 준비한 카드와 장비는 많았다.

"오, 이것도 마음에 드는데?"

벽면 반대편에서 KDCR이 준비한 물건을 뒤적거리는 태양의 목소리가 넘어왔다.

용사의 망토는 진작 확인했고, 전력으로 사용할 만한 물건을 확인하고 있었다.

덜그럭. 덜그럭.

양손 가득 카드와 장비를 챙긴 태양이 KDCR 앞으로 걸어 나왔다.

-크, 좋아. 이 정도 스펙이면 거의 최전선, 50층 대에 도전하는 플레이어랑 비슷하겠는데?

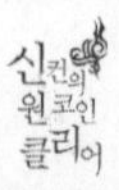

현혜의 들뜬 목소리에 채팅 창이 주르륵 내려간다.

-더 하지. 시너지 합쳐 놓은 거 보면 최고 기록 갱신하던 KK랑 비교도 안 될 거 같은데.

-일단 레전드 등급이 있는 게 넘사긴 함 ㅋㅋ.

-유니크 둘, 레전드 하나. 나머지는 다 레어 ㄷㄷㄷㄷ.

-아니, 레어 등급 카드가 쩌리로 보이는 게 말이 되냐고 ㅋㅋㅋㅋ.

물건을 가지고 걸어 나오던 태양이 문득 중얼거렸다.

"이거, 적응할 수 있으려나?"

불꽃 클랜에서 준비한 장비, 카드의 퀄리티가 생각보다 너무 좋았다.

용사의 망토 카드 말고도 바꿔야 할 카드가 2~3개는 더 생길 정도.

여기서 문제가 발생했다.

카드를 바꿔 넣으면 적용되는 시너지도 바뀌고, 내장된 스킬도 바뀐다.

하지만 정작 태양은 이 스킬들을 한 번도 사용하지 못한 스테이지에 입장해야 하는 처지가 되는 것이다.

특히 스킬.

쉼터는 스킬 사용이 금지되는 공간이다.

시너지야 오랫동안 착용하는 것으로 어떻게든 적응한다고 쳐도, 스킬을 한 번도 사용하지 못하는 건 디메리트가 컸다.

KDCR이 고개를 끄덕였다.

"그거라면 준비한 게 있다."

무공

차원 미궁의 규칙.

쉼터에서는 스킬을 사용할 수 없다.

여기서 중요한 할 건, 스킬과 스킬화(化)의 구분이다.

스킬.

차원 미궁에서 얻은 카드, 아티팩트를 이용해 발휘하는 기술이다. 반면 스킬화(化)라는 개념은 플레이어 본인이 자력으로 체득한 기술에 마나가 깃들어 스킬처럼 발휘되는 기술을 이야기한다.

정리하자면 쉼터에서 스킬화(化)는 일어날 수 있었지만, 스킬은 사용할 수 없었다. 물론 스킬화(化)를 이용해 무력으로 다른 플레이어에게 상해를 입히는 일은 불가능했다.

통합 쉼터를 비롯한 모든 쉼터에서 플레이어는 전투할 수 없다는 규칙 역시 있기 때문이다.

그렇다면 왜 이런 규칙이 있는 걸까.

"똑같지 뭐. 마왕 놈들의 변덕, 그런 거 아니겠어?"

—내 생각도 그래. 쉼터에서 카드와 아티팩트를 교체하고, 적응까지 다 해 놓고 나오면 정작 스테이지에서 볼 맛이 떨어진다는 거지.

언제나처럼 플레이어가 아니라 마왕 편의적인 시스템이 만들어 낸 부조리였다.

그리고 예외적으로, 이 부조리는 해결할 방법이 있었다.

KDCR이 태양에게 종이를 내밀었다.

"임시 연습실 입장권이다."

—헉, 임시 연습실 입장권. 상당히 비쌌을 텐데.

임시 연습실.

투기장을 제외하면, 차원 미궁에서 스킬을 사용할 수 없다는 조건을 유일하게 벗어나는 지대.

—어렸을 적 학교 선생님 같네. 학교에서 휴대폰 하지 마! 근데 엄마한테 전화할 일 있으면 선생님한테 와. 쓰게 해 줄게.

—친구들 때리지 마! 누가 잘못하면 선생님이 때린다.

—ㄹㅇㅋㅋ 어른들 마음대로.

—하긴. 마왕 입장에서 보는 플레이어나 선생님이 보는 애들

이나 ㅋㅋ.

-요즘은 아니지 않음?

-에잉! 요즘... 어린것들은... 이래서...

태양이 종이를 받아 들자 KDCR이 설명을 보충했다.

"천문의 임시 연습실이다. 시간은 30분."

"천문?"

태양의 눈썹이 들렸다.

"임시 연습실은 S등급 클랜의 특권이다."

"특권?"

"그래, 특권."

A등급과 S등급 클랜들에게 주어진 '클랜 시너지' 외에도 높은 등급의 클랜에게는 각종 혜택이 주어졌다.

가령 A등급 이상부터는 스테이지를 클리어하고 다음 층으로 향할 때 선택하는 3개의 문 중 하나, 치유의 문의 성능이 좋아진다든가, 클랜 등급이 높아질수록 클랜 전용 상점에서 좋은 카드가 나올 확률이 높아진다든가 하는 식이다.

클랜 시너지를 제외하고는 전투에 직접적으로 도움이 되는 혜택이 거의 없는 것이 옥에 티기는 했다. 물론, 높은 클랜의 진짜 의의는 좋은 혜택이 아니라 모인 플레이어들에 있다.

"그러니까, S등급 클랜 친구들은 이 혜택을 다른 플레이어들에게 돈을 받고 판다는 말이지?"

"그래. S등급 클랜은 돈을 벌어서 좋고, 플레이어들은 스테이지에 들어가기 전에 전력을 확인할 수 있으니 좋고."

"얼마짜린데?"

"300골드."

"하!"

태양이 저도 모르게 코웃음을 쳤다.

그가 1층부터 21층까지 모은 골드가 833골드였다.

심지어 한두 번을 제외하고는 모조리 금화의 방에 들어가고, 마왕에게 좋은 평가를 받아 100골드, 많게는 200골드까지 뜯어내면서 모은 돈이었다.

"그렇게 모은 돈이 이 임시 연습실인가 뭔가를 세 번도 이용하지 못하는 수준이라고?"

KDCR이 어깨를 으쓱였다.

그로서도 어쩔 수 없는 일이었다.

수요는 A등급 이하 플레이어 대부분.

공급은 S등급 클랜 세 곳.

자본주의의 아주 간단한 원리.

수요는 많은데 공급이 적다면 가격이 오른다.

"그래도 300골드는 너무 많은 거 아니야?"

"네가 개인적으로 수급한 골드만 생각할 게 아니라, 이미 통합 쉼터에 유입돼서 도는 골드도 생각해야지. 당장 네 유니크 카드만 팔아도 3,000, 5,000 골드는 우습게 나올걸? 이건 경매장

에서 1만 골드였고.”

탁.

KDCR이 태양에게 용사의 망토 카드를 던지며 말을 이었다.

“30분. 많은 시간 아니야. 막상 들어가서 맞추려고 하면 터무니없이 적게 느껴질 거다. 쓸 만한 스킬인지 확인해 보고 그거 기반으로 시너지 맞추고 조합하는 거 생각보다 머리 깨지는 작업이거든.”

-맞지, 맞지. 거기에 장비가 몸에 맞는지 확인하는 것도 생각보다 오래 걸리고.

현혜가 긍정했다.

연신 고개를 끄덕이고 있는지 옷자락 스치는 소리가 슬쩍슬쩍 넘어왔다.

“플랜을 적어도 3개는 넘게 세워 놓고 가는 걸 추천한다.”

생각이 복잡해지자 태양이 신경질적으로 머리를 긁적였다.

“확 씨. 어차피 22층 스테이지도 영혼 수련장이잖아. 수련장. 거기서 맞춰 보면 안 되나?”

-갑자기 무슨 멍청한 소리야? 거기에서 얼 안 타려고 지금 준비하는 거라니까.

“그래 봐야 수련장인데.”

-미쳤어? 거기서 실험하고 앉아 있게? 삐끗해서 실패하면 그대로 카드 슬롯 하나 공짜로 날아가는 거야.

현대적으로 꾸며진 통합 쉼터 중심부를 약간만 벗어나면 서양적인 분위기의 건축물들이 나타나기 시작한다.

유렵의 유적지에 가면 볼 법한 건축물들.

에덴 출신 플레이어들이 만든 작품이었다.

태양은 그곳에서 걸음을 멈추지 않고 더 걸었다.

방향은 동쪽으로.

창천 차원 출신 플레이어들이 만들어 낸 공간은 그곳에 있었다.

–와. 여긴 언제 봐도 예쁘네.

–근데 예쁘기만 함.

–창천 출신 아니면 텃세 ㅈㄴ 심함 여기.

–ㅇㅇ 틈만 나면 바가지 씌우려고 하고.

–전형적인 시골 인심 느낌.

소무림(小武林).

나무를 심어 숲을 만들고, 자연과 조화롭게 건물은 배치한 고즈넉한 마을.

"현혜야, 채팅 창 사람들이 왜 이렇게 싫어하는 거야?"

–음. 다른 차원 출신 플레이어 입장에서는 진짜 불친절한 게 많

거든. NPC들이 무공을 훔쳐 배우려고 들어온 사람 취급하더라고.

"아, 하긴."

대부분의 유저는 무공을 배워도 사용할 수 없지만, 창천의 NPC들은 그걸 모른다. 쉼터에서야 데면데면한 채 스쳐 지나가면 끝이지만, 스테이지에서는 서로 죽고 죽여야 하는 관계.

자연히 폐쇄적인 성향이 나타날 수밖에 없었다.

—출신지도 다르고 일면식도 없는 이방인의 방문을 반길 리가 없는 거지. 그래서 천문 클랜의 임시 연습실 출입권을 따낸 게 신기하네. 원래 걔네는 팔아 주지도 않는 애들인데.

"못 들었어? 나한테 줄 거라니까 팔아 줬다고 하잖아."

태양이 짐짓 뻐기듯이 어깨를 으쓱거렸다.

—하긴 떠오르는 '태양'한테 잘 보이고 싶은 건 당연한 거지.

—ㄹㅇㅋㅋ.

—천문 클랜원? 스테이지에서 만나면 끔살이쥬. ㅋㅋ.

—솔직히 24층에서 운룡이랑 맞다이 까는 거 보고 싶긴 하다. ㅋㅋ.

—ㄹㅇ. 그땐 나름 비등했는데 이제는 ㅈ 바르겠지?

—아! 레전드 등급 카드 먹었잖어. ㅋㅋ.

—근데 운룡은 스테이지 안 올라가자너.

—그르네. ㄲㅂ.

천문의 클랜 하우스는 소무림에서도 가장 깊숙한 곳에 자리했다. 하지만 찾는 것은 어렵지 않았다.

누가 보기에도 가장 커다랗고 화려한 건물이 곧 천문의 클랜 하우스였기 때문이다.

"거의 궁궐이네, 궁궐."

태양의 얼굴을 알아본 경비병이 용건을 말하기도 전에 문을 열었다. KDCR의 말대로, 이미 이야기가 된 사항인 듯했다.

"연습실은 이쪽입니다."

경비병은 태양을 안내했다.

태양은 딱히 경계 태세를 취하지는 않았다.

스킬 사용과는 별개로 쉼터에서 전투는 금지.

이 조항만큼은 이제까지 발견된 그 어떤 특권으로도 무시할 수 없다는 걸 알았기 때문이다.

오히려 천문 소속의 플레이어들이 태양을 경계했다.

—ㄷㄷ.

—무수한 악수의 요청이…

—악수 요청은 안 하시네.

말은 걸지 않았지만 호승심과 적개심이 섞인 그 눈빛들, 태양은 그들 사이에서 자신이 어떤 존재인지 알 것 같았다.

"뭐, 킹피에서랑 다를 것도 없네."

-뭐가?

"쳐다보는 거. 대회 나갔을 때 다른 선수들이 그랬던 거랑 똑같아서."

-아, 하긴.

월드 챔피언십에서 처음으로 우승한 이후, 태양은 항상 가장 강력한 우승 후보였다.

이 정도의 경계는 당연하다는 듯이 받고 다녔었다.

태양이 문득 중얼거렸다.

"확실히 S등급 클랜이 다르긴 하네."

"그래?"

"응. 눈빛들이 살아 있긴 하잖아."

저잣거리의 일반 플레이어들과는 확연히 다르다.

그들의 눈빛에 담긴 감정은 선망과 질투에 가까웠다.

다르게 말하자면 그들에게는 향상심이 없었다.

이미 태양이 최고라는 것을, 자신이 그의 밑에 깔렸다는 현실을 인정해 버렸기 때문이다.

하지만 천문의 플레이어들은 달랐다.

이들은 태양을 제치고 그 위에 오르고 싶어 했다.

태양이 씨익 웃었다.

"괜찮네. 여기 친구들."

그때 커다란 기파가 태양을 짓눌렀다.

"윤태양, 오랜만에 보는군."

천문의 천안(天眼)부장(영입부장), 악도군이었다.

후웅.

태양의 기파가 악도군에게 저항했다.

악도군의 기파를 벗어나지는 못했지만, 그렇다고 악도군에게 찌그러지지도 않는 단단한 기.

악도군의 이마에 골이 파였다.

"여기서부턴 내가 안내하지."

화려한 전각들 사이에서 유일하게 현대의 콘크리트와 에덴의 분위기가 섞여 있는 건물.

임시 연습실이었다.

건물 내부는 다른 건물들처럼 철저하게 창천의 분위기로 마감되어 있었다. 그러니까, 동양풍이라는 이야기다.

자그마한 방으로 태양을 안내한 악도군이 방 중앙에 놓인 촛불에 불을 붙이며 말했다.

"정확히 2각이다. 그 이상의 시간은 허용하지 않는다."

2각.

1각에 15분이니 2각이면 30분이 맞다.

"확인."

쿠웅.

태양이 가져온 보따리를 바닥에 내려놓았다.

스킬이 내장된 아티팩트가 우수수 쏟아졌다.

"잘도 구했군. 불꽃에서 상가와 경매장을 들쑤셨다더니, 너 때문이었나."

광.

악도군이 문을 닫고 나섰다.

✦

콰아아아앙!

임시 연습실의 벽에 커다란 상흔이 생겼다.

주먹을 휘두른 태양이 벽면을 바라보며 만족스러운 미소를 지었다.

"이것도 낙찰. 더 없나?"

—……없어. 이대로 들어가면 돼. 으아아……. 머리털 다 빠질 것 같아…….

태양의 말과 동시에 방 중앙의 촛불이 꺼졌다.

예상대로 30분은 빡빡했다.

콰앙.

"나와라, 윤태양."

악도군이 특유의 무뚝뚝한 말투로 태양을 재촉하러 들어왔다가 눈을 크게 떴다.

"이건?"

"좀 험하게 썼는데, 괜찮죠?"

"……고작 2각을 알차게도 보냈군."

장착하지 않은 아티팩트들을 자루에 대충 쓸어 담은 태양이 창천의 클랜 하우스를 나섰다.

그리고 클랜 하우스의 문 앞에서 중얼거렸다.

"스테이터스."

[스테이터스…….]

[카드 슬롯]

1. 용사의 망토(U): 맷집 +2, 신성 +1, 영웅 +1

2. 수도승의 허리띠(R): 민첩 +1, 근력 +1, 신성 +1

3. 성 베르단디의 기도문(R): 신성 +3

4. 스킬 : 스톰브링어(U): 민첩 +2, 영웅 +1, 검사 +1

5. 광전사의 돌진(R): 근력 +1, 민첩 +1, 버서커 +1

6. PUNMFV(Physical Upgrade Nano Machine For Vampire)-3000(U): 근력 +1, 맷집 +1, 민첩 +1, 흡혈 +1

7. 신룡화(神龍化)(L): 근력 +2, 맷집 +1, 버서커 +1, 영웅 +1

[스킬 - 용사의 의지: 포기하지 않는 한 의식을 잃지 않는다.]

[스킬 - 베르단디의 기도: 플레이어의 공격에 멸악(滅惡) 속성을 부여한다.]

[스킬 - 스톰브링어(Storm Bringer): 폭풍 소환(暴風 召喚) : 폭풍의 정령 군주 아라실이 플레이어 윤태양의 신체에 임합니다. (쿨타임 48시간)]

[스킬 - 돌진: 적을 향해 이동할 시 행동 가속 보정. 적이 등을 보였을 시 행동 가속 2배 보정.]

[스킬 - 머신 활성화: 마나를 소모하여 근력, 맷집, 민첩 중 하나의 시너지를 선택해 시너지의 등급을 한 단계 높인다.(단, 6파츠 미만의 시너지에만 해당한다.)]

[스킬 – 신룡화(神龍化): 발락의 신체 여섯 가지 중 하나를 선택하여 소환한다.]

[시너지]

근력(2/4/6) – 힘 보정/힘 추가 보정/공격 시 잃은 체력 비례 추가 데미지 보정

맷집(2/4) – 체력, 물리 방어력 보정/체력, 물리 방어력 보정

민첩(2/4/6) – 민첩 보정/민첩 추가 보정/기척 차단 보정

신성(2/4/6) – 모든 공격에 20% 추가 피해/모든 공격에 20% 추가 피해

영웅(3) – 적 스텟 총합이 플레이어의 스텟 총합보다 높을 때 플레이어는 모든 스텟 50% 증가

흡혈(2) – 준 피해에 비례해 체력 회복

[특전]

…….

"크ㅇㅇㅇ."

웅장하다.

만족스러워서 저도 모르게 감탄사가 터져 나오는 스테이터스 창이었다.

근력 6시너지, 민첩 6시너지, 신성 6시너지.

거기에 6번 슬롯에 들어가 있는 유니크 등급의 카드, PUNMFV의 스킬을 이용해 시너지를 강화하면 4시너지인 맷집도 전투 중에는 사실상 6시너지로 기능한다.

무려 4개의 시너지를 완전체라 불리는 6시너지로 맞춘 것이다. 거기에 더해 사기급 시너지라고 불리는 영웅 시너지까지.

3개의 레어, 3개의 유니크, 그리고 1개의 레전드 등급 카드가 조합되었는데 단 하나의 시너지 낭비도 없었다.

-하. 아름답다, 아름다워.

게다가 새로 교체한 2개의 레어 카드, 베르단디의 기도문과 광전사의 돌진에 내장된 스킬 역시 태양의 입맛에 쏙 들었다.

베르단디의 기도는 신성 6시너지와 궁합이 좋은 '멸악' 속성을 부여해 주고, 광전사의 돌진은 그렇지 않아도 빠른 태양의 속도를 더욱 올려줄 수 있는 패시브 스킬이었다.

-다 인정하겠는데 레어 등급 카드 저거 뭐냐고 ㅋㅋㅋㅋ.

-ㅋㅋㅋ 살다살다 시너지 3개가 1개에 몰빵되어 있는 카드를 다 보네.

-ㄹㅇㅋㅋㅋ 아니 베르단디 님은 생전에 뭘 하셨기에 신성에만 시너지가 3개냐?

-저거 구한 게 더 신기하네. ㅋㅋㅋ.

-KDCR이 힘 좀 썼지. 방송 봤었는데 저거랑 영웅의 망토

얻을 때 거의 영화 한 편 찍었음. ㅋㅋ.

현혜가 들뜬 목소리로 말을 덧붙였다.

–광전사의 돌진은 전투할 때도 좋은데, 설거지할 때 진짜 좋을 거야.

"설거지?"

–상처 입고 도망가는 적을 추적할 때 말이야. 그런 걸 얼마나 잘 처리하느냐에 따라 업적 개수가 달라지는 법이거든.

"아, 하긴."

추격할 때 기동성이 보장되는 건 적을 처치하고 얻을 보상의 질과 직결되는 법이다.

플레이어건, 적이건 상관없이 귀한 물건을 가지고 있을수록 더욱 기를 쓰고 도망치니까.

바뀐 건 카드만이 아니었다.

태양의 장비도 모조리 바뀌었다.

태양이 입고 있는 청색 가죽점퍼와 가죽 바지는 50층에서 나타난 보스급 마수 알칸파흐의 가죽을 통합 쉼터 장인 거리 최고의 장인이 무두질해 만들어 낸 수제 아티팩트였으며, 목걸이는 결벽증에 걸린 마녀 파를레가 개발한 30초마다 착용자의 정신을 정화하는 '정신 청소기'였다.

그 외에도 보조 무구보다는 방어구를 든든하게 갖췄다.

장비를 교체하면서 전체적으로 공격, 강화에 기울어진 세팅이 되었기 때문이다.

실제로 맷집 시너지를 빼면 방어, 생존에 관련된 시너지는 흡혈 정도였다.

태양의 스킬과 시너지 콘셉트가 전체적으로 공격적이니 장비에서 방어력을 챙기는 쪽으로 콘셉트를 맞춘 것이다.

—솔직히 반인반룡 특전에서 주는 지력 1까지 남김없이 맞추고 싶긴 한데, 이건 구조적으로 불가능한 것 같아.

"이 정도로 충분하지. 게다가 영혼 수련장 스테이지를 클리어하면 카드 슬롯 하나 더 얻잖아? 거기서 또 추가하면 되니까."

태양이 기분 좋게 웃고 있는데, 뒤에서 한 남자가 나타났다.

"플레이어 윤태양."

"엉?"

태양이 뒤를 돌아보았다.

천문의 원년 멤버.

뇌제(雷帝) 운룡이 태양에게 손짓했다.

"잠깐 나 좀 보지."

운룡은 천문의 클랜 하우스로 되돌아가지 않고 소무림 깊숙한 곳으로 들어갔다.

"어, 운룡? 지금 어디까지 가는지……."

"따라와라. 곧 나온다."

"아니, 그렇게 말해 봐야……."

운룡은 태양의 말을 무시한 채 걸었다.

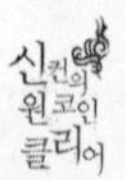

태양은 멋쩍은 표정으로 뒤통수를 한 번 긁고는 그를 따라갔다.

–어… PTSD가 오려고 해…
–주머니에 얼마 들었더라…
–조졌다… 학습지 먼저 살 걸… 왜 괜히 게임한다고 오락실에 들러 가지고.
–교통카드 어제 충전했는데, 엄마한테는 뭐라 그러지…

천문 클랜원은 물론이고, 다른 플레이어들이 보이지 않을 정도로 인적이 드문 곳에 도착해서야 운룡은 걸음을 멈췄다.
그리고 태양을 향해 서책을 던졌다.
텁.
서책이라고 칭하는 게 맞을까.
사람의 손으로 구멍을 뚫고, 실을 묶어서 만든 것 같은 조악한 수준의 종이 더미였다.
"이건?"
"수련해라."
"수련?"
종이 더미를 펼친 태양의 표정이 변했다.
표정이 나타내고 있는 감정은 두 가지였다.
놀라움, 그리고 의문.

"뭐야? 이 그림은?"

책에는 사람이 그려져 있었다.

—사람이 어떤 동작을 취하고 있고, 이건 혈관인가? 아니, 혈관이라고 보기는 좀 그렇고. 뭐지?

운룡이 덤덤한 표정으로 말했다.

"내 무공, 정의행(正義行)이다."

"네 무공이라고?"

"익혀라."

태양의 어안이 벙벙해졌다.

—아니, 이게 무슨 소리지.

—운룡 선생님 템포가 너무 빠릅니다. 저희가 이해할 수 있게 설명을 좀…

—윤태양이 잘되면 좋은 건 맞는데요… 이건 경우가 조금 없어서 그렇습니다…

운룡이 말을 이었다.

"내 무공, 클랜전에서 베꼈었지. 여전히 사용하고 있나?"

"어?"

"사실 물을 필요도 없다는 걸 알고 있다. 사용하고 있겠지."

그냥 주먹질하는 것보다는 내공을 실어서 주먹질을 하는 게 효과적이다.

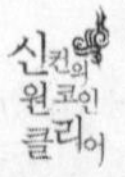

주먹질뿐만 아니라 달리기, 숨쉬기, 다른 모든 것들이 그랬다. 무공이란 결국 인간이 한계를 확장하기 위해 만들어 낸 기술이니까.

마법과 무공 중에 무엇이 우위인가, A 무공과 B 무공 중 뭐가 더 효율적인 무공인가는 고민할 여지가 있다.

하지만 그냥 주먹질과 내공을 담은 주먹질 중 뭐가 더 낫냐는 질문에는 고민할 필요가 없다.

특히나 무려 역대 플레이어 중 가장 높은 성장 포텐셜을 가졌다고 평가받는 태양이다.

그런 재능을 가진 플레이어가 가진 능력을 활용하지 못할 리가 없었다.

"형(形)을 베끼고 그 위력을 끌어내는 데는 성공했지만, 계속 그런 방식으로 사용하다간 혈도가 남아나지 않을 거다."

"어?"

"중요한 건 원리를 이해하고 사용하는 거다. 혈도는 생각보다 그렇게 튼튼한 기관이 아니야. 언젠가 한계에 달해서 그때 후회하면 늦는다."

"잠깐, 잠깐, 잠깐만."

태양이 운룡의 말을 끊었다.

"바로 결론부터 말하지 말고, 기 승 전. 어? 차근차근 설명해 봐. 당황스럽잖아."

길을 걷고 있는데 갑자기 누군가 손을 붙잡으면서 1천 원을 쥐여 주면 어떨까? 기분이 좋을 것이다.

1만 원은? 역시 기분이 좋을 것이다.

하지만 그 돈이 100만 원이라면 어떨까?

1천만 원이라면?

5만 원권 지폐가 가득 들어 있는 여행용 캐리어라면?

자본주의에 논리에 찌든 사람이라면 당연히 껄끄러워한다.

왜?

우리는 일한 만큼 가져간다고 교육받아 왔기 때문이다.

태양 역시 그랬다.

그는 창천 출신의 NPC들에게 무공이 어떤 의미인지 분명히 알고 있었다. 그렇기에 자신의 비전이라고 할 수 있는 무공을 내놓은 운룡을 온전히 믿지 못했다.

아니, 믿을 수가 없었다.

태양의 질문을 예상했다는 듯 운룡이 얼굴을 찌푸렸다.

"그냥 받으면 안 되나?"

"그냥? 사실 익히면 온몸의 혈도가 터져서 폭사하는 그런 내용일 수도 있는 거잖아."

"그런 거라면 익히는 과정에서 알아보겠지. 넌 네 재능을 그렇게 모르나?"

"말 꼬지 말고 설명할 거면 설명해. 아니면 말고. 이 책은 그냥 버리고 가겠어."

태양의 어조에서 확고함을 읽은 운룡이 결국 항복했다.

"어디에서부터 설명해야 할지 모르겠군. 일단 들어라."

"그렇게 나오셔야지."

"결국 인간족 플레이어의 운명은 결속된다."

"어?"

태양의 한쪽 눈썹이 들썩였다.

운룡이 그럴 줄 알았다는 듯한 표정으로 말을 이었다.

"내가 긴 시간 동안 미궁을 오르지 않았다는 이야기는 들었을 거다."

"들었지. 긴 시간 동안 X밥들만 패고 다니는 양아치라고."

-태양아, 말을 좀…….

왜? 맞는 말이잖아.

태양이 당당한 태도로 운룡을 바라봤다.

그 모습에 운룡이 피식 웃었다.

"그래. 그랬었지. 이유는 알고 있나?"

"모르지, 그건."

"나는 미궁을 오르는 데 관심이 없었기 때문이다. 나는 다른 이들과 달리 반드시 이루어야 하는 중요한 목표가 없어. 그냥 방해 없이 무공 수련을 하고 싶어서 들어온 거지."

"아하."

운룡의 전투 기술은 다른 플레이어들에 비해 우월했다.

그것도 확연히.

태양이 겪은 바에 따르면, 이제까지 태양이 상대한 적들 중에서 기술적으로는 가장 완성된 플레이어가 운룡이었다.

아, 물론 발락과 단탈리안은 당연히 제외다.

“보통 위층의 플레이어들은 아래에서 올라오는 플레이어들에게 자신들의 전황을 이야기해 주지 않는 것은 알고 있나?”

“아. 대충은 알고 있어.”

모두가 그런 것은 아니지만, 대부분 그랬다. 당장 다음 층에 관한 정보만 머릿속에 집어넣기도 힘들기 때문이다.

한 번 쉼터에 들르고 나면 3개의 스테이지를 클리어해야 다시 도착할 수 있다.

당장 22, 23, 24층을 올라가야 하는 플레이어에게 50층의 전황을 알려 줘 봐야 머리만 복잡해진다. 하물며 비슷한 특성의 괴수를 만나 헷갈리기라도 한다면 그것만큼 최악의 상황도 없다.

“하지만 나는 달랐지.”

“아, 하긴. 그것도 그렇고 당신, 원년 멤버라던데?”

“그래. 딱히 나는 그렇게 생각하지 않지만, 나의 희생 덕분에 천문의 다른 동료들이 득을 본 것도 사실이기도 하니까. 동료들은 나에게 이런 저런 이야기를 해 줬지. 나는 위층이 어떤 상황인지 안다.”

–아.

현혜가 감탄사를 내뱉었다.

운룡이 위층의 상황을 명명백백히 알고 있다면 그의 행동이 어느 정도는 이해됐다.

"37층부터는 이제까지와 완전히 달라진다."

"뭐?"

"엘프와 오크라는 이종족이 등장하기 시작하지."

1층부터 36층까지는 말하자면 인간 플레이어들의 경쟁이다.

다른 카테고리로 정의해 보자면, '개인전'이라고도 할 수 있다.

물론 모든 스테이지가 개인전이라고 할 수는 없었다.

공동의 적을 상대하거나 재해로부터 살아남는 스테이지도 분명 존재했고, 저번 '진실' 스테이지처럼 플레이어가 공동의 목표를 달성하지 못하면 실패하는 스테이지도 존재했으니까.

하지만 초반부의 콘셉트가 '개인전'이 아니라고 부인할 수는 없었다.

스테이지는 마왕들의 성향에 따라 그 내용이 달라지고, 대부분 마왕은 플레이어들끼리 서로 죽이는 것을 선호했다.

미궁의 초반 상황만 봐도 그렇다.

당장 좋은 카드를 가지고 있다고 소문이 나면 주변의 플레이어들에게 노려지기 일쑤이지 않던가.

그리고 20층대에서도, 태양은 워낙 기량이 압도적이라 상대적으로 덤벼드는 이가 적었을 뿐이지, 증명되지 않은 플레이어에게 달려드는 하이에나는 많았다.

하지만 37층부터는 달랐다.

37층 이후의 스테이지에서 만난 대부분의 인간은 동료였다.

물론 아닌 경우도 있기는 하지만 대부분 스테이지 차원에서 그렇게 설정됐다.

그 말인즉슨, 장기적으로 봤을 때 당장 사이가 좋지 않은 플레이어라도 성장하면 좋다는 뜻이다.

태양과 같이 성장 포텐셜이 큰 플레이어라면 더더욱.

“너에게 패배한 뒤에 마음을 바꿨다. 난 미궁을 오를 거야. 지금 당장은 아니겠지만, 넌 언젠가 내가 등을 맡길 잠재적인 동료다.”

“그래서 내 성장을 돕겠다?”

“그래.”

“네 말이 맞다면, 하. 솔직히 난 이해가 잘 안 돼. 왜 편을 갈라서 싸우는 거야? 그냥 다 같이 클랜 하나로 통합해서…….”

“우리는 그런 생명체지 않나. 제국을 만들고, 권력을 차지한 인간들은 그 자리에서 내려오려고 하지 않지.”

클랜장이라는 명예.

클랜원과 다른 플레이어를 휘두르는 특권.

손쉽게 구할 수 있는 자원.

그런 권한은 일단 쥐고 나면 내려놓기 어려운 법이다.

실제로 지구도 그랬다.

효율만을 추구했다면 전 인구의 언어를 통합하고, 모든 단위 기준을 통일하며, 화폐 역시 그렇게 해야 했다.

하지만 그러지 않았다.

아니, 못 했다.

"더 큰 문제는 너무 오랜 시간 동안 55층이 뚫리지 않았다는 거다."

운룡의 말에 현혜가 거들었다.

—맞아. 파이가 고정되어 버리니까, 그 안에서 손익을 나누고 싸우다 보니 더 크게 싸우게 된 거지.

"말하자면 지금 차원 미궁은 전쟁이 지속되면서 자연스럽게 생긴 소강상태다. 36층 밑에서 인간들끼리의 분쟁이 가속화된 건 그런 배경이 있지. 물론 가장 큰 문제는 스테이지를 설계한 마왕에게서 찾는 게 맞긴 하겠지만."

"음, 그건 의미 없는 이야기지. 와, 그럼 뭐, 좋은 재능이 있는 플레이어를 죽이는 건 진짜 멍청한 짓이네?"

운룡이 고개를 끄덕였다.

"맞다. 그래서 우리 천문도, 아그리파 기사단도 다른 플레이어들을 죽이는 행위는 하지 말자는 기조가 강하다."

"물론 다 통제를 따르지는 않겠지. 몰살은 업적을 얻기 가장 쉬운 방법 중 하나니까."

"그래. 강철 늑대가 특히 그렇다. 이번에 같이 스테이지에 들어갔으니 너도 어느 정도는 느껴 봤지 않나?"

"아아."

강철 늑대처럼 올라오는 플레이어를 견제하는 집단이 있다.

반면 아그리파 기사단처럼 견제하지 않는 집단도 있다.

문제는 이 두 집단의 행동력이었다.

죽이면 안 된다고 생각하는 사람들은 무관심으로 대응한다.

견제하는 사람들은 적극적으로 견제한다.

결국 눈에 보이는 것은 강철 늑대 용병단 같은 클랜들뿐인 것이다.

"뭐, 상황은 대충 알겠네. 너는 그런 진영 논리에 휘둘리지 않는 인간이라는 거지?"

"그래."

태양이 납득한 눈치이자 운룡은 무공서에 대해 설명을 늘어놓았다.

"책의 앞면에 혈도에 대한 기본을 다 적어 놓았다. 주석은 최대한 줄이고 그림으로 그려 뒀으니 이해하는 게 어렵지는 않을 거다."

"오케이."

"정의행은 총 7식까지 있지만, 적혀 있는 건 6식까지다. 1식부터 6식을 완벽하게 익힌다면 7식을 깨달을 수 있을 거다. 아, 그리고 가장 뒤에는 천뢰굉보에 대해서 그려 놨다."

"오."

태양이 서책을 넘겨보다가 슬그머니 물었다.

"그런데, 심법은 없네?"

"심법?"

"너는 마나 쓸 때 번개가 꽈릉꽈릉 하잖아. 그거 멋있던데."

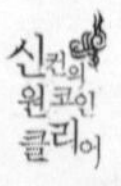

무림인에게 독문심법을 내놓으라는 요구를 이렇게 아무렇지 도 않게 하다니.

운룡이 피식 웃었다.

"확실히 무림에 대해서 하나도 모르는군."

"아, 실례였어? 그럼 미안하고."

"아니, 몰라서 한 실수를 가지고 책을 잡는 건 멍청한 짓이다. 그리고 넌 심법이 필요 없다. 기의 수발은 이미 자유롭고, 차원 미궁은 심법이 아니더라도 내공을 차고 넘치게 모을 수 있는 환경이니까."

파라락.

이 의미 모를 그림들이 무공을 익히는 데 도움이 되는 것들이라니. 처음에는 지렁이를 그어 놓은 그림책처럼 느껴졌는데, 지금은 천고의 보물처럼 느껴졌다.

"내가 무공을 넘겼다는 건 비밀로 해라. 귀찮아지니까."

"아, 당연하지."

"……솔직히 천문은 강철 늑대 용병단보다야 낫지만, 아그리파 기사단처럼 고결하진 못하다. 이번 일이 걸리면 책잡는 사람이 많을 거야. 너는 이미 클랜전에서 내 무공을 베껴 낸 전적이 있으니, 스스로 깨달았다고 하면 아무도 의심하지 않긴 할 거다만, 걸리지 않게 조심해 줬으면 좋겠군."

태양이 고개를 끄덕였다.

운룡이 아무리 영향력이 있다지만, 결국 그 역시 최고 층수는 20층대인 플레이어다.

층수가 높을수록 발언권이 강해지는 건 당연지사.

이번 일은 운룡으로서도 어느 정도 부담을 가지고 한 일이 틀림없었다.

"뭐, 하여간 고맙다. 잘 배워서 써먹어 보도록 하지."

"아, 그리고."

운룡이 등을 돌리려던 태양을 붙잡았다.

"응?"

"영혼 수련장은 허투루 보내면 후회하는 스테이지다. 슬롯 하나 얻었다고 대충 넘기지 말고, 제대로 해라."

"뭐야. 책 하나 줬다고 벌써 스승 노릇을 하는 거야?"

"……그런 게 아니다."

태양이 어깨를 으쓱였다.

"물론이야. 나는 대충 하는 사람이 아니거든."

태양이 골목길을 빠져나갔다.

파라락.

서책의 그림이 넘어갔다.

무공이라.

재밌겠는데?

원래 계획은 천문의 훈련장에서 수많은 카드를 테스트해 보고 곧바로 22층에 도전하는 것이었다.

하지만 운룡과의 만남 이후, 태양은 계획을 미뤘다.

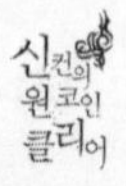

—태양아, 우리 시간 부족한 거 알지?

"알지. 내가 봤을 때 이거, 시간을 투자할 만한 가치가 충분히 있어."

지렁이처럼 그려진 사람 형태의 그림.

처음에는 그 의미를 몰랐지만, 이제는 알았다.

그림은 무협 용어로 말하자면 '신체 내부에 존재하는 온갖 혈도의 위치'였다. 점이 워낙 많다 보니 선처럼 보이고, 그 선이 구불구불하다 보니 지렁이처럼 보였던 거다.

태양은 글자라고는 한 자도 적혀 있지 않은 그림책을 탐독했다.

—ㅎㅎ 우리 수준에 맞네.

—ㄹㅇㅋㅋ 글자 봤으면 바로 어질어질했을 건데 그림만 있으니까 좀 낫긴 하다.

—NPC들이랑 언어 차이가 있었나?

—ㅇㅇ 있음. 근데 읽으면 시스템 창 팝업으로 해석 나옴.

—다른 세계 사람들임. NPC라고 부르지 마셈.

—ㅋㅋㅋㅋㅋ 예전에 NPC 죽이는 영상 올린 사람들살인 죄로 벌 받아야 된다는 사람 있던데, 너도 그럼?

—생각해 보니까 예전에는 이런 글자 가지고도 막 갓겜이라면서 찬양했었는데 ㅋㅋ.

—당시엔 혁명이었음. 언어학자들 막 눈 뒤집어지고.

—언어를 창조했느니 어쩌니 했는데 ㄹㅇ 다른 문명이었네. ㅋㅋㅋㅋㅋㅋㅋ.

이 책의 필자가 운룡일까. 아니면 다른 사람일까.

태양은 운룡일 거라고 추측했지만, 확신할 수는 없었다.

확신할 수 있는 건 한 가지였다.

글자가 아니라 그림으로 모든 내용을 표현한 이유.

"이거, 애초부터 무공에 문외한인 사람에게 주려고 작성한 책이야."

무공은 모르되 마나 활용에는 숙달이 된 사람.

말하자면 태양 같은 사람. 혹은 에덴 출신의 플레이어들과 같은 사람을 대상으로 쓴 게 분명했다.

다르게 생각하면.

—천문이나, 다른 창천 출신 클랜들 사이에서 다른 출신 플레이어에게 무공을 전수하자는 말이 나왔었던 모양이네.

"그래."

하지만 현실은 어떤가?

창천 출신 플레이어들은 제 무공을 감추기에 급급했다.

그나마 에덴과 창천 출신의 플레이어가 고르게 섞여 있는 S등급 클랜 아그리파 기사단에서 무공을 가르치기는 한다지만, 그들 역시 내부의 인원들에게만 전수하고 끝이다.

"어쩌면 이게 당연한 걸지도 몰라."

당장 지구에서의 사례만 봐도 그렇다.

힘들게 개발한 기술을 무료로 세계에 배포하는 사람은 극히 일부분일 뿐이고, 그 일부분 중에서도 대다수는 멍청하다며 비웃음을 받을 뿐 인정받지 못한다.

하물며 차원 미궁은 무력이 곧 권력이 되는 세상이다.

통합 쉼터에서야 무력이 부족한 사람도 사람대접을 받으면서 살 수 있지만, 스테이지에 진입하면 그 취급은 말 그대로 끔찍해진다.

마법, 무공과 같은 차원의 특색이 짙은 기술이 교류되지 않는 건 어쩌면 당연한 일일지도 몰랐다.

–그렇게 생각하니까 운룡이 좀 대단한 거 같기도 하고.

–배포가 크시네.

–'네가 커야 내가 큰다'.

–네커내커 ㄷㄷ.

태양은 혈도에 대해서는 전혀 모르지만, 마나를 다루는 데에는 확실히 일가견이 있었다.

15개의 업적을 받고 '마나 인지 감각'을 얻기 전부터 본능적으로 마나를 다뤘던 그 재능은 걸음마를 할 때부터 수련한 에덴, 창천 출신의 플레이어를 가볍게 따라잡았다.

그랬던 태양이기에 처음 보는 무공서를 이해할 수 있었다.

"와, 이랬던 거구나."

같은 오른팔의 마나 회로에도 여러 가지 혈도가 뚫려 있었다.

태양이 1개라고 '인식'하고 있던 마나 회로는 사실 대여섯 개의 샛길이 갈라지고, 만나고 다시 만나는 통로였다.

그리고 그 샛길에는 각각의 특성이 있었다.

어떤 샛길은 통로의 탄력이 강해서 집어넣은 마나가 빨리 흐르고, 어떤 샛길은 포용력이 강해서 다량의 마나도 여유 있게 머금어 낸다.

이 정도의 정보로도 태양은 자신의 고칠 점을 찾아낼 수 있었다.

왜 과도한 마나를 집어넣었을 때 마나 회로가 버티지 못했는가. 탄력 있는 마나 회로이든, 포용력이 강한 마나 회로이든 똑같이 집어넣었으니까.

탄력 있는 마나 회로에는 상대적으로 조금만, 포용력이 강한 마나 회로에는 상대적으로 더 많이 집어넣었다면 더 많은 마나를 감당하고 활용할 수 있었으리라.

태양은 곧바로 실험에 돌입했고, 실제로 드래곤 하트 하나 분량의 마나를 머금는 일에 성공했다.

"좋네, 이거."

태양은 그 재능을 기반으로 무공서가 설명해 주는 혈도 이론을 몸으로 확인했고, 맞았음을 확신했다. 그렇게 혈도의 기본을 알려 준 서책의 다음 내용은 본격적이었다.

본격적이라 함은 운룡의 무공, 정의행을 설명하는 내용이었다는 뜻이다.

운룡의 말대로 정의행은 6개의 초식으로 이루어져 있었다.

[정의행(正義行) 1식 - 통천(通天)]

[정의행(正義行) 2식 - 관심(貫心)]

[정의행(正義行) 3식 - 지폭(地爆)]

[정의행(正義行) 4식 - 천굉(天轟)]

[정의행(正義行) 5식 - 오행(五行)]

[정의행(正義行) 6식 - 육합(六合)]

"운룡은 원래 창잡이 아니었나?"

태양이 고개를 갸웃거렸다.

서책에는 창이 그려져 있지 않았다.

운룡이 권사(拳士)인 태양을 위해서 어레인지한 무공을 준 걸까?

아니면 원래 정의행이란 주먹으로 펼치는 무공이었던 걸까?

결론부터 말하자면, 둘 다 아니었다.

"중요한 건 형(形)이 아니구나."

신체의 모양이 중요한 것이 아니다. 중요한 것은 얼마만큼의 내공이 어떤 혈도를 어떤 세기로 타느냐다.

가령, 1식 통천(通天)은 둔탁하고 넓은 마나 회로에 마나를 많이 집어넣는다.

이는 통천이 공간을 통째로 밀어낸다는 목표에 적합한 마나를 뿜어내기 위해서다.

하지만 2식 관심(貫心)은 다르다.

관심의 목적은 찌르기.

적의 방어를 뚫고 살을 파내는 데 목적이 있는 기술이다.

그렇기에 관심은 탄력이 강력한 마나 회로에 마나를 집어넣어 상대적으로 적은 양이라도 뾰족하게 뿜어내는 것이다.

정의행이 이런 무공인건지 모든 무공이 그런지는 모르지만, 확실한 건 이 과정을 주먹으로 펼치든, 창으로 펼치는 결과는 대동소이했다.

"원래는 이 마나 회로에 이름이 하나하나 다 있는 거겠지?"

-그치. 에덴 플레이어들은 마나 회로라고 부르고, 창천 플레이어들은 혈도라고 부르는데 그 2개가 같은 거니까.

"음, 이름을 알면 좋을 텐데."

-알 필요 있어? 네가 기능을 체득하고 적재적소에 쓸 수만 있으면 되는 거 아니야?

태양이 멋쩍게 뒤통수를 긁었다.

"알면 왠지 더 멋지잖아."

-ㄹㅇㅋㅋ.

-가오는 못 참지. ㅋㅋ.

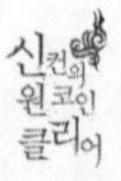

—아. '태양혈'을 사용해 버렸나.

—태양혈을 왜 사용함. 무협 1도 모르네. ㅋㅋ.

—아는 척 ㄴ.

그렇게 며칠이 지났다.

정의행(正義行) 1식 - 통천(通天).

뻐엉!

윤태양식 어레인지가 아닌, 운룡이 펼치던 온전한 통천이 허공을 때렸다.

기술을 사용할 때마다 으레 느껴지던 저릿저릿한 감각은 없었다. 오히려 사용한 마나 회로가 시원하게 자극되어 깔끔한 뒷맛이 남았다.

"좋아."

태양의 입가에 기분 좋은 미소가 저절로 베어 나왔다.

혈도의 역할을 숙지했다.

그리고 정의행이라는 무공을 사용할 때 어떤 혈도를 통해 마나를 움직여야 하는지, 즉 마나의 올바른 경로를 배웠다.

그러고 나니 운룡의 무공에서 형만 베껴 내는 게 왜 위험한 짓인지, 그리고 얼마나 위험한 짓인지도 깨달았다.

"마나 회로의 특성을 생각하지 않고 무작정 마나만 밀어 넣었으니……."

내구성이 약한 회로는 상하고, 강한 회로는 그 특성을 절반도 활용하지 못했다.

마나를 잘 다룬다고 뻐기고 다니던 시절이 부끄러울 정도였다.

"그래도 이 정도면."

정의행이라는 무공.

1식부터 6식의 초식.

태양은 탐구를 통해 이 초식들이 어떤 의도를 가지고 만들어진 기술들인지 깨달았다.

겉핥기라지만 배웠다고 말할 정도의 수준이 된 것이다.

1식 통천은 밀어내기.

2식 관심은 힘을 한 점에 모아 찌르기.

3식 지폭은 방어를 무시하고 타격을 입히기. 다른 말로 하면 발경.

4식 천굉은 부수기.

5식 오행은 적의 공격을 흘리기.

6식 육합은 충격을 가두어서 피해를 증폭시키기.

"으음, 솔직히 5식이랑 6식은 솔직히 잘 모르겠단 말이지."

태양이 턱을 쓰다듬으며 고민하자 채팅이 좌르륵 올라왔다.

—슬슬…

—벌써 일주일임.

—다음 스테이지 언제 가냐? 그때 올란다.

-ㅅㅂ 사람들 죽어 가는데 뭐 하고 있냐고!!!

-진짜 답 없네. 자기 좋자고 3억 명 목숨 담보로 걸어 놓고 뭐 하는 짓이냐 이게.

-이런 사람한테 인류의 목숨이 걸렸다고?

-말세다 말세…

일주일.

짧은 시간 만에 채팅 창의 여론이 이렇게나 바뀌었다.

처음엔 태양의 극적인 변화에 웃고 떠들던 시청자들.

태양이 답보 상태에 빠지자 곧바로 태도를 바꾸고 태양을 매도하고 있었다.

솔직히 실상은 답보라고 말할 것도 아니었다.

분명히 성장하고 있는데 가시적인 성장이 없어진 것뿐.

'뭐, 원래 그런 애들만 모인 곳이니까.'

강철 늑대 용병단과 같다.

나쁜 마음을 먹은 이들의 행동은 잘 보이고, 아그리파 기사단처럼 그나마 정상적인 생각을 하는 사람들은 채팅을 치지 않으니 보이질 않는다.

태양은 가볍게 채팅에 신경을 껐다.

"흐음."

그렇다고 태양이 시간이 촉박하다는 사실을 모르는 건 아니었다. 태양은 150일 제한은 유효하다는 것도, 시간은 계속 지나고 있다는 것도 분명히 인지하고 있었다.

'그걸 알면서도 매달릴 수밖에 없는 건데.'

마왕과 태양의 간극은 하늘과 땅만큼이나 넓었다.

태양이 올라야 할 층은 아직 51개나 남았지만, 그 안에 마왕을 따라잡을 수 있을까?

확신할 수 없었다.

그래서 조급했다.

일순간이지만, 지구의 사람들이 차원 미궁에 많이 유입되었으면 좋겠다고 생각할 만큼.

하지만 그런 태양의 백기를 들게 하는 사람은 있었다.

-태양아, 이제는 진짜 가야 해.

"쓰읍, 알았어."

현혜였다.

에덴과 창천이 실제로 존재하는 차원이고, 그들이 진짜 사람이라고 해도 스테이지는 변하지 않는다.

기존 플레이어들이 쌓았던 기록 역시 여전히 유효하다.

차원 미궁에서 현혜는 태양의 행동에 나침판이 되어 줄 존재였다.

적어도 태양은 그렇게 생각했다.

"그래. 가야지, 가야지."

태양이 여관에 비치된 대련장을 나서며 입맛을 다셨다.

현혜가 재촉하지 않았다면, 무공을 연구하느라 일주일을 더 보냈을지도 몰랐다.

"쓰읍."

태양이 대여한 A등급 방은 시설이 좋았다.

대련장과 연구실, 여타 여가 시설과 숙박 시설이 모두 구비되어 있을 만큼.

"살로몬! 란!"

그리고 살로몬과 란은 태양이 무공서를 탐독하는 동안 A등급 방의 값진 연구 시설을 열심히 활용하고 있었다.

후우우웅!

커다란 바람이 일더니 태양 휘감았다.

"어?"

놀란 태양이 반사적으로 저항했지만, 바람은 태양을 놓아주지 않았다.

후우욱!

부지불식간에 연구실로 들어온 태양.

연구실 바닥에 가부좌를 틀고 앉은 란이 눈을 감은 채 중얼거렸다.

"이제 됐어? 가려고?"

"아, 어."

태양이 얼떨떨한 얼굴로 대답했다.

란의 짓이라는 걸 금방 깨닫고 힘을 빼기는 했지만, 일순간 태양의 저항을 무력화할 만큼 강력한 바람이었다.

그것보다 더 놀라운 건 그 과정에서 여관 안에 있는 그 어떤 집기도 움직이지 않았다는 것.

태양의 놀란 시선에 란이 씨익 웃었다.

"나도 놀고만 있지는 않았거든."

카드와 장비 지원은 태양에게만 이루어진 것이 아니었다.

란과 살로몬이 태양의 동료라는 사실은 방송을 통해서 널리 알려졌다.

불꽃 클랜원들은 태양의 장비뿐만 아니라 란과 살로몬, 메시아에게 각각 특색에 맞는 장비를 구했다.

—물론 너만큼은 아니지만.

태양이 당연하다는 듯 고개를 끄덕였다.

"유니크 등급 카드 8개는 솔직히 못 바라지. 양심에 찔려서."

웃는 란의 옆에서 살로몬이 마치 과학자처럼 스포이드를 활용해 검정색 냄비에 붉은 용액을 떨어뜨리고 있었다.

란이 살로몬을 가리키면서 억울하다는 듯 중얼거렸다.

"이 녀석은 너 수련하는 내내 이거 연구만 하더라."

"이거?"

"용혈(龍血). 드래고닉 랩 스테이지에서 얻은 특성. 내 비늘의 특성은 강도랑 마나 전달력이 좋다. 끝. 솔직히 좋긴 한데 간단하거든? 근데 용혈은 연구를 해도 해도 끝이 없다나 봐."

툭.

후우웅.

냄비에서 불이 뿜어져 나오고, 연기가 즉시 불을 제압했다.

실험이 끝난 살로몬이 목을 꺾으며 대답했다.

"아직 뚜렷한 성과는 없어. 전에 태양이 말해 준 효능을 발견한 데에 그쳤다. 뭔가 다른 마력 반응을 발견하긴 했는데, 아직 특정하진 못하겠고."

"오, 그래도 뭐가 발견은 한 거야?"

"발견했다고 말하기도 부끄럽다. 용혈을 활성화한 채 인간일 때의 내 마력, 란의 마력, 그리고 네 마력을 공진동 시켜서……."

"아, 미안."

사과한 태양이 장난스럽게 웃었다.

"나중에 실험 끝나면 결과만. 느낌 알지?"

"……너한테는 안 가르쳐 줄 거다."

살로몬이 콧등을 찡그리며 시가를 베어 물었다.

란이 기지개를 켜며 자리에서 일어났다.

"다음 스테이지. 이제 가는 거야?"

"그래. 메시아도 불러서."

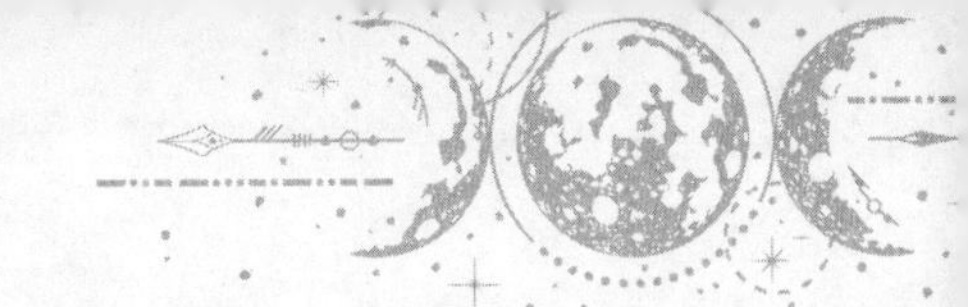

영혼 수련장

—태양아, 우리 그거 생각해 봐야 해.

"아, 그거."

—응, 윤룡이 그랬잖아. 영혼 수련장 대충하지 말라고.

정확히 말하자면 영혼 수련장은 허투루 보내면 후회하는 스테이지라고 했다.

—물론 네가 매사에 대충하는 성격이 아니라는 건 나도 알긴 아는데…….

현혜의 목소리가 기어들어 갔다.

"뭐가 걸리는 건데?"

—영혼 수련장. 유저들 사이에선 그냥 난이도가 조금 있긴 한데 무난한 스테이지로 꼽히거든?

"보상도 특별한 거 없고?"

심지어 업적도, 다른 업적 루트 없고 한 층당 1개.

"이론적으로는 최대 8개? 적네."

-그렇지. 그게 다라고 알고 있거든? 그런데 운룡이 말하는 거 보면 꼭 뭐가 더 있는 것처럼 말해서 말이야.

영혼 수련장.

22층에 입장하는 모든 플레이어가 겪어야 하는 스테이지다.

그 말인즉슨, 고층인 주제에 데이터가 상당히 쌓인 스테이지라는 걸 의미했다. 그런데 현혜는 모르고 운룡은 아는 다른 무언가가 있다는 건.

"확실히 이상하네."

밝혀진 바로, 영혼 수련장 스테이지는 말 그대로 수련장이었다. 시험관이라고 부르는 사람도 있었다.

내용은 심플했다.

8개의 시험이 준비되어 있고, 플레이어는 1개부터 시작해 시험을 치른다. 목숨을 위협하는 종류의 시험이 아니라, 플레이어의 기량을 측정하는 종류의 시험.

첫 번째 시험을 통과한 플레이어는 다음 시험을 도전하거나 포기하고 스테이지를 클리어하는 선택을 할 수 있었다.

1~3번째 시험을 클리어한 플레이어에게는 영혼 수련장 하수 업적이 주어지며 노말 등급 이하의 카드만 채워 넣을 수 있는 슬롯 하나를 얻었다. 그리고 4~6번째 시험을 클리어한 플레이

어에게는 영혼 수련장 중수 업적이 주어지며 레어 등급 이하의 카드만 채워 넣을 수 있는 슬롯 하나를.

7번째 시험은 고수 업적과 유니크, 8번째는 영혼 수련장 달인 업적과 레전드 슬롯을.

"고수랑 달인은 한 개씩밖에 차이가 안 나네?"

-그만큼 어렵다는 거지.

플레이어는 각자 할 수 있는 선에서 도전하고, 한계라고 생각되는 시점에서 도전을 멈추면 되는 굉장히 플레이어 친화적인 시스템이었다.

물론 도전하면 성공하거나 죽거나 둘 중 하나를 선택해야 한다는 점에선 여전히 악질적이었지만, 1단계 시험만큼은 22층에 올라온 그 어떤 플레이어라도 클리어할 수 있을 정도로 쉽다는 걸 생각하면 확실히 놀랍다.

현혜가 말을 이었다.

-운룡이 한 말, 사실 어느 정도 예상이 가는 게 없지는 않아.

"뭔데?"

-이제까지 유저들이 찍은 수련장 최고 등급은 중수거든. 운룡이 말한 건 그 이상의 등급에서 얻을 수 있는 보상이 아닐까?

"엥? 중수? 그것밖에 안 돼?"

현혜가 당연하다는 듯이 말을 이었다.

-생각해 봐. 실패하면 죽는다고. 중수나 고수나 달인이나 어차피 업적은 하나 취급이야. 카드 슬롯도 레어급이면 충분하고.

"아, 하긴. 그러네. 스킬 슬롯을 죄다 유니크로 채우는 건 솔직히 말도 안 되긴 하지."

당장 자력으로 유니크 카드와 레전드 카드를 얻고, B등급 클랜 불꽃이 총력을 기울여 카드를 구해 준 태양도 슬롯에 레어 카드가 섞여 있는 실정이다.

—거기에 4단계부터는 난도가 꽤 차이 나게 뛰거든. 3단계도 어려운 시험이 꽤 있고.

말하자면 판돈(목숨)은 말도 안 되게 큰데, 리턴이 적은 거다.

—솔직히 너한테도 레어 등급 카드만 얻고 말라고 할 생각이었는데.

"그래? 왜? 나는 솔직히 유니크 등급 카드로 꽉 채울 수 있을 거 같은데?"

—성 베르단디의 기도문. 그거보다 시너지 좋은 유니크 카드 거의 없을걸?

태양이 저도 모르게 고개를 끄덕였다.

한 카드에 시너지가 3개나 몰려 있는 경우는 극히 희귀하다.

심지어 그 시너지가 굉장한 범용성을 지닌 '신성' 시너지이기까지 하니 성 베르단디의 기도문 카드는 이 이유 하나로 어지간한 카드 이상의 전략적 가치를 지녔다.

"그치. 거기에 시간도 지체했고."

—그것도 그렇고.

태양이 고개를 내저었다.

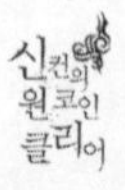

사실 관련된 내용을 운룡에게 더 묻고 싶었지만, 만나지 못했다. 클랜 하우스는 클랜원이 아닌 이상 허락 받지 못하면 들어갈 수도 없는 곳이기 어쩔 수 없었다.

"에이, 복잡해. 일단은 들어가 보자. 그나저나 메시아는 대체 언제 오는 거야?"

"도착했다."

"빨리 빨리 좀 다녀 인마!"

"크흠."

메시아가 침음을 내뱉고, 넷은 유리 막시모프의 클랜 전용 스테이지 출입문에 모였다. 공용 스테이지 출입문을 사용할 수도 있었지만, 이미 유명인사가 된지라 시선이 불편했다.

란이 주변을 슥 둘러보고는 입을 열었다.

"유리 막시모프는 안 보이네?"

"최상층 원정을 하고 있다는 모양이야."

살로몬이 대답했다.

"55층에서 답보 상태라며. 원정대는 하는 게 뭐야?"

"37층을 넘어가면 스테이지가 다른 식으로 바뀐다더군."

"어떤 식으로?"

살로몬이 고개를 까딱거리며 태양을 가리켰다.

태양이 어이없는 표정으로 대답했다.

"내가 무슨 자판기냐? 버튼 누르면 대답해 줘야 해?"

"에이, 알잖아."

란이 장난스러운 어투로 졸랐지만, 태양은 시크하게 대답했다.

"떽. 나중 되면 알게 돼. 지금 알 필요 없어! 머리만 복잡해져."

"아아~ 알려 주면 안 돼?"

"이게 어디서 애교를 부려? 떽!"

[8-1 영혼 수련장: 단계별로 도전하고, 보상을 얻어 가라.]

영혼 수련장은 수많은 정육면체의 향연이었다.

진행 방법은 간단했다.

한 플레이어가 하나의 정육면체를 선택하고 들어간다.

1단계 시험을 클리어하면 해당 정육면체에 작은 정육면체가 하나 더 생겨난다. 그리고 2단계를 클리어하면 또 더 작은 정육면체가 생겨나는 식이다.

모두 클리어하거나 플레이어가 도전을 포기하고 스테이지를 클리어하면 정육면체는 사라지지만, 각 단계를 클리어하면 나와서 쉴 수 있기 때문에 스테이지에는 이렇게 정육면체의 탑이 난무하게 되었다.

['멈뭄미' 님이 50,000원을 후원하셨습니다!]

[담신믄 네모네모 멈뭄미와 눈미 마주치고 말맜습니다. 담신믄 미제 네모네모 멈뭄미믜 저주로 돔그란 글자를 칠 수 멊습니다. 멈멈!]

-네모네모빔.

-점신 나갈 것 같마.

-멈마 나 멈마를 멈마라고 못 부르는 몸미 되머 버렸머…

-드립 한 번메 모만뭔믈 태뭐?

말하자면 영혼 수련장은 모든 플레이어가 들어가지만, 혼자서 클리어하는 스테이지라는 이야기다.

수련장에서 실패하지 않는 이상 클리어 후 다음 스테이지로 가는 문은 동일했다.

-이 구조가 무얼 의미하느냐. 다른 플레이어의 성과를 지켜볼 수 있다는 뜻이지.

"성과를 지켜봐?"

-봐봐, 직관적이잖아.

탑이 몇 층인지가 플레이어의 능력을 증명한다.

바깥에서 입장하는 걸 지켜보면 클리어 시간도 측정할 수 있다.

영혼 수련장은 스테이지인 동시에 플레이어의 현재 능력을 정밀하게 측정할 수 있는 공간이기도 했다.

그렇기에 클랜들은 성적이 좋지 않은 플레이어나 무소속의 플레이어를 고용해서 22층 플레이어들의 성적을 기록하기도 했다. 1단계 자체는 별로 어렵지 않으니 1단계만 클리어하고 나머지 플레이어의 성적을 기록하는 것이다.

—유저들한테도 시켜서 ㄹㅇ 꿀 알바였지.

—그거 알바 개 꿀이었는데.

—ㄹㅇㅋㅋ

—걍 기록해 오면 보상을 줌?

—ㅇㅇ S등급이나 A등급 클랜들이 시키는데 하면 레어 등급 카드 줬음. 무소속 NPC들 지금도 하는 애들 있을걸?

—아니, 레어 등급 카드를 준다고?

—그거 받아 놓고 4단계 도전하다가 죽는 애들 진짜 많았는데 ㅋㅋㅋㅋ.

그때 한 정육면체를 둘러싼 무리에서 환호성이 들렸다.

"와, 아무리 3단계라지만 3분 만에 클리어라고?"

"시간이 중요한 게 아니야! 저 모습을 봐. 땀 한 방울 안 흘렸어."

"역시 수인족인가."

"A등급이라더니, 확실히 다르네."

콰앙.

정육면체의 석면을 거칠게 박차고 나온 백호랑이 인간.

파카였다.

–저 녀석도 22층인가?

"느리네. 우린 운룡 덕분에 일주일이나 쉬었는데."

–에이, 느리진 않지. 저게 평균적인 속도야. 우리는 빨리 넘어간 스테이지가 둘이나 있잖아.

대련. 그리고 진실 스테이지.

대련은 채 1시간이 걸리지 않았고, 진실 스테이지 역시 24시간이라는 제한 시간이 걸린 스테이지였다.

파카는 주변을 둘러보더니 이내 다시 정육면체 속으로 들어갔다.

"쉬는 시간도 필요 없다는 건가……!"

"1, 2단계도 아니고 3단계를 3분 만에 통과했다라, 거기에 쉬지도 않고 정육면체에 재돌입. 이건 정말 물건인데."

"참나. 수인족 중에 물건 아닌 놈 있었어?"

"그중에서도 저건 특출 나다고. 클랜에 영입 시도는 해 보라고 설득해 볼까? 길들일 수만 있다면……."

"예끼. 말도 안 되는 소리 말게. 물려 죽은 사람 숫자를 봐, 이 사람아!"

그때 태양 일행에게 한 플레이어가 다가왔다.

란이 눈을 동그랗게 뜨고 다가오는 플레이어를 바라봤다.

"어, 당신은!"

플레이어가 태양에게 구십 도로 허리를 숙이며 정중하게 인사했다.

"오래간만입니다. 16층에서 뵀었죠."

"아아."

천문 산하 미르바 클랜의 플레이어.

만찬장 스테이지에서 플레이어들을 이끌던 교관.

이절검 고영이었다.

"기억납니다. 그때 드래곤 못 잡아서 어떻게 됐어요?"

"하하."

고영이 멋쩍게 웃었다.

만찬장 스테이지에서 성룡을 잡은 집단은 태양과 강철 늑대뿐. 마리아나-아발론 연합과 고영의 미르바 클랜은 성룡을 잡지 못했다.

"질책은 당했습니다만, 상황을 들어 보시고는 참작해 주셨습니다."

"그건 다행이네요."

"스테이지에서의 일은 아직도 감사하게 생각하고 있습니다."

"아니, 뭘. 저도 좋자고 한 일인데."

그때 세 플레이어가 태양 일행에게 접근했다.

역시 만찬장에서 만났던 강철 늑대 용병단의 3인방.

도허티와 아쥬르, 그리고 로시.

"아니, 무슨 만남의 광장이야?"

로시가 특유의 무표정한 얼굴로 태양에게 인사를 건넸다.

"오랜만이네요."

"그쪽도."

"건승을."

"어."

이쪽은 감사할 건 이미 다 고맙다고 얘기를 해서인지, 그냥 넘어갔다.

아는 얼굴이 보여 인사를 온 느낌이랄까.

란이 인상을 찌푸렸다.

"저건 뭐야. 기분 나빠."

"뭐가?"

강철 늑대 3인방과 합류한 노인이 태양을 노려보고 있었다.

조용하지만 깊은 눈빛이 심상치 않게 이글거리는 것이 강렬하게 다가왔다.

"저거 왜 저래?"

메시아가 무심하게 중얼거렸다.

"클랜전에서 네가 이카로스를 죽였잖아."

"그런데?"

"저 남자의 이름이 다이달로스다. 이카로스, 다이달로스. 느낌이 오지 않나?"

"뭔 느낌이 와?"

"이카로스는 다이달로스의 아들이었다."

태양의 입이 꾹 닫혔다.

NPC를 죽였다는 생각으로 벗어 두었던 죄책감이 고개를 쳐들었다.

이제는 변명할 수 없다.

그들은 사람이었다.

태양, 별림과 다를 바 없는.

⁂

클리어하면 '하수'라는 업적을 주는 정육면체의 초반 3단계는 말하자면 육체의 제어 능력을 평가하는 시험대였다.

후웅.

태양이 생각하자 그의 앞에 커다란 정육면체가 생겨났다.

동시에 플레이어들의 시선이 쏠렸다.

초유의 S+등급 플레이어다.

평가를 위해 투입된 플레이어들이 태양의 객관적인 전력을 확인할 기회를 놓칠 리가 없었다.

쿠웅.

태양이 걸어 들어가자 석면이 저절로 바스러졌다.

본인의 정육면체가 아니었다면 딱딱하게 굳어 태양의 진입을 막았을 것이다.

석면 안으로 들어오니, 공간은 바깥보다 넓었다.

"공간 마법이라도 걸린 건가?"

-그런 거겠지. 여기도 마왕이 만든 거니까.

"젠장, 얼마나 대단한 거야."

태양이 투덜거리면서 앞에 놓인 표지판을 보았다.

1단계, 뛰어넘어라.

태양이 표지판을 읽음과 동시에 태양 앞의 지반이 쿠웅! 하고 내려앉았다.

깎아지는 듯한 절벽이 족히 30M는 이어지고, 그 반대편에 다시 땅이 보였다.

-도약형인가! 시작이 좋네.

30M는 엄청나게 긴 거리가 맞았지만, 22층까지 올라온 플레이어의 육신은 인간의 경지를 뛰어넘은 지 한참이었다.

그 사이에서도 괴물 같은 업적을 취득한 태양이니 발을 삐끗하더라도 성공하리라.

태양이 제 손을 내려다보며 중얼거렸다.

"꽤나 본격적이네. 마나도 막아 놨어."

-마나는 4단계부터 사용할 수 있을 거야.

"아하."

투둑.

태양은 가벼운 발놀림으로 30M를 가볍게 뛰어넘었다. 그러자 공간이 바스러지며 태양이 스테이지 바깥으로 나왔다.

후두둑.

뒤를 돌아보니 정육면체가 있다.

"이런 식이구나."

1단계를 바로 클리어하는 건 놀랍지도 않은지, 플레이어들이 태양을 주시했다.

태양은 머리를 긁적이고는 다시 정육면체로 들어갔다.

쉴 필요도 없을 정도로 쉬웠기 때문이다.

후두둑.

다시금 석면이 부서지고, 태양 앞에 나타나는 표지판.

2단계, 100 대 1.

—와 이거…

—이거 진짜 ㅋㅋㅋㅋ.

—윤태양 조진 거 아님?

—나무 공포증 생김.

—인형 공포증이겠지.

—몰라 목각 인형 공포증. 아무튼.

쿠우웅.

굉음과 함께 바닥이 마룻바닥으로 뒤바뀌었다.

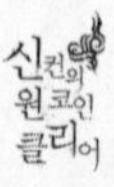

"바닥이?"

—중요한 건 그게 아니야. 앞을 봐!

콰드득.

두 번째 시험은 첫 번째처럼 플레이어가 주도적으로 움직일 수 있도록 기다려 주지 않았다. 정신을 차려 보니 수많은 목각 인형이 태양을 향해 달려들고 있었다.

—어쩐지 첫 끗발이 좋더라니.

"이 인형들 100개를 때려 부수면 되는 거야?"

—어!

"직관적이고 좋네!"

후웅.

태양이 목을 비트는 동시에 단단한 나무 재질의 주먹이 볼을 스쳤다.

—두 번째 스테이지라고 방심하면 안 돼! 제일 센 놈은 네 절반이야!

육체 제어 파트, 2단계 시험 100 대 1.

100개의 목인(木人)을 상대로 승리해야 하는 시험이다.

목인의 능력치는 플레이어의 능력치와 비례했다.

약한 녀석은 플레이어 능력치의 10분의 1이고, 강한 놈은 절반까지.

말하자면 랜덤으로 능력치를 가졌다.

-아니, 2단계는 깨는 사람 많다고 하지 않음?

-이거 깨는 사람 의외로 많음.

-이걸 깨는 사람이 많았다고…?

-ㄷㄷ.

비례의 역설이다.

일반 플레이어의 22층 기준 평균 업적 개수는 30개다.

많아도 50개.

10분의 1짜리 목각 인형은 고작 업적 3개~5개분의 능력치를 가진 인형이 되는 것이다. 이는 건강한 보통 사람, 전문 운동인 정도와 별 다를 바 없는 수치다.

다른 말로 하면, 약하게 책정된 인형은 전투에서 1인분을 못 한다는 뜻이기도 했다.

하지만 태양은 상황이 달랐다.

태양의 업적은 208개.

10분의 1이라고 해도 업적이 20개다.

능력치가 10분의 1에서 2 정도 책정된 목각 인형이 같은 층의 플레이어 정도 되는 스펙이 되어 버리는 것이다.

태양이 상대하기에 조무래기처럼 보이기는 해도 전투에 손을 거두는 건 가능한 수준.

건장한 성인 남성은 세 살짜리 어린 아이 수백 명이 와도 못 막는다. 하지만 성장기에 막 들어선 중학생이라면 십수 명 정도로도 성인 남성을 능히 제압할 수 있다.

—물론 태양이는 일반 성인 남성이 아니라 격투기 선수지만, 100명을 연달아 상대해야 하니까…… 뒤엣!

"으왓!"

콰아앙!

태양이 몸을 날리고, 마룻바닥에 박살 나며 파편이 비산했다.

어지간한 플레이어는 가볍게 압도하는 속도의 인형.

몸을 날린 태양이 사납게 웃었다.

"오랜만에 몸 한번 시원하게 풀겠네!"

콰드득.

정권이 단단한 나무를 정확히 반으로 쪼갰다. 손맛이 찰지지만, 온전히 좋아만 하고 있기엔 아직 적이 많았다.

태양이 본능적으로 허리를 굽히며 스텝을 밟았다.

쿠웅.

킹 오브 피스트의 프로게이머 시절부터 지겹도록 밟아 온 초월 진각. 정신과 의사가 보면 병을 의심할 정도로 정밀하게 제련된 움직임이 태양의 체중 이동을 완벽하게 에너지로 치환시켰다.

뻐엉.

등 뒤에서 공기를 터뜨리는 강력한 발길질이 터져 나왔다.

태양은 이를 무시하며 안면부가 박살 난 목각 인형의 복부에 주먹을 박아 넣었다.

마나를 사용할 수 있어 스킬화(化)가 이루어졌다면 '하이퍼 드래곤 블로'라며 증강 현실이 나타났을 일격이었다.

콰지지직.

업적 100개짜리 목각 인형의 상체와 하체가 분리됐다.

"아무리 인형이라지만 머리통을 부숴 놨는데도 움직이냐."

-태양아, 앞에!

"알고 있어."

마나를 다루게 된 뒤로 이렇게 육체만으로 전투한 게 얼마만인지 모르겠다.

"캐논 폼이니, 스톰브링어니."

후웅.

본능적으로 허리를 비트니 그림처럼 목각 다리가 짓쳐들어왔다.

"사파지 사파. 싸움이라면 이렇게 치고받는 맛이 있어야지!"

덥석.

짓쳐 든 목각 다리의 발목을 자연스럽게 돌려 부수고 내던진다.

저항하는 힘을 보아하니 대략 업적 40개짜리 정도다.

콰지직.

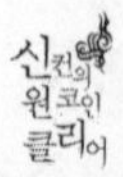

나무 메이스가 된 목각 인형이 다른 목각 인형과 함께 부서지고, 태양의 주먹이 또 하나의 목각 인형을 박살 냈다.

이어지는 오버 핸드 라이트 훅.

콰앙!

또 한 인형의 머리통이 그대로 박살 나고,

바디 블로우.

콰아앙!

몸통이 터져 나가고.

돌려차기.

가드한 양팔이 통째로 뭉개졌다.

영화에서나 나올 법한 시원한 전투 장면에 채팅 창이 좌르륵 내려갔다.

—캬.

—이거제.

—킹피 고인물 냄새 미쳤네.

—그냥 싸우는데 킹피가 보이냐.

—윤태양은 전설이다…

후드드득.

손을 터니 나무 잔해가 묻어 나왔다.

태양이 주변을 둘러봤다.

"이게 끝이야?"

어느새 주변엔 목각 인형 대신 수많은 장작더미만 남아 있었다.

태양이 왜인지 아쉬운 표정으로 정육면체를 나섰다.

"여어, 나왔나."

정육면체 바깥으로 나오자 반대편에서 시가를 뻐끔대고 있던 살로몬이 손을 들어 인사했다.

"어, 살로몬. 너도 쉬고 있었어?"

"몸을 쓰는 건 내 전문이 아니잖나. 피곤하더군."

후욱.

살로몬이 담배를 내뱉으며 태양의 정육면체에 등을 기댔다.

"그러고 보니 마법을 주로 사용하는 플레이어들에겐 초반이 오히려 난관인가? 큰일인걸."

"난관까지는 아니고. 오랜만에 마력의 도움 없이 몸을 쓰자니 조금 피곤하다 정도? 오히려 네가 생각보다 고생한 몰골인데?"

"어? 아아."

무려 100개의 인형과 드잡이질을 하고 왔으니 당연한 반응이었다.

땀도 나고, 복장도 어지러웠으니까.

"오랜만에 몸 좀 풀었지."

태양의 얼굴에서 흘러넘치는 여유와 만족을 느꼈는지, 살로몬이 피식 웃었다.

"해 준 걱정이 무색하군."

"마음만 받을게. 야, 담배꽁초는 여기에 버리지 마라. 냄새나니까."

"벌써 들어가나?"

"막 몸 좀 풀리려니까 끝나더라고."

태양은 다시금 스테이지 안으로 들어갔다.

3단계, 따라 하기.

표지판이 등장하고, 채팅이 다시 한번 좌르륵 내려왔다.

–야 이거 조졌다.

–시간 좀 쓰겠네.

–윤태양은 운이 좋은지 안 좋은지 모르겠음. 이런 건 귀신같이 제일 어려운 거 걸리더라.

–안 그래도 무공 어쩌고 하면서 시간 ㅈㄴ 날렸는데. 또 시간 날리게 생겼네.

–아니, 이거 클리어는 할 수 있음?

–ㅋㅋㅋㅋㅋ 보는 맛은 있겠다 그래도.

–보는 맛은 있을 건데… 시간이…

–나무 인형 PTSD 시즌 2.

육체 제어 3단계, 따라 하기.

말 그대로다.

따라 하면 된다.

무엇을?

"……이걸?"

태양이 좋지 않은 물체를 씹은 표정으로 앞에서 빙글빙글 돌고 있는 목각 인형을 바라봤다.

목각 인형은 마치 발레리나처럼 우아하게 턴을 하더니, 백조처럼 점프를 뛰고 깃털처럼 착지했다.

그런 다음 손을 곧게 내뻗으며 움직임을 이어 갔다.

"지금 나보고 춤추라는 거야?"

—어. 참고로 이거 20분 넘어.

—아 ㅋㅋ 마왕이 까라면 까야지 어쩔 거냐고.

—ㄹㅇㅋㅋ.

—댄스 타임 개꿀 ㅋㅋ.

—이런 거 할 바에는 그냥 사쿠란… 뭐였드라? 그거 춰 주시면 안 돼요?

—농담하고 자빠졌네. 여기 꿀팁 이런 거 없음?

—모든 플레이어가 다 뽀록으로 깬 스테이지인데 팁이 어디 있음.

—별생각 없이 하다 보면 우연히 깨지는 스테이지인 게 팁임.

—뭔 소리야. 모르면 모른다고 하든가.

영혼 수련장에서 시험에 실패하는 경우는 세 가지다.

시험 도중 다쳐서 사망하거나, 아사(餓死)하거나 혹은 탈진사(脫盡死)를 하거나.

현혜가 말을 이었다.

—이거, 춤도 춤인데 우습게 볼 시험 아니야. 정확히 따라 한다고 능사가 아니거든.

"무슨 소리야?"

—저 춤을 1cm 오차도 없이 따라 춰도 클리어가 안 된다고.

영혼 수련장 스테이지에서 가장 큰 비중을 차지하는 탈락 원인은 부상으로 인한 사망이다.

전체의 60% 정도.

그렇다면 아사와 탈진사의 비중이 전체의 40% 정도가 된다는 이야기다. 그리고 태양이 들어온 '따라 하기' 시험은 아사와 탈진사를 가장 많이 시킨 시험이었다.

—……그래도 깰 순 있을 거야. KK도 깼고, 별님이도 깼고, 제수스도 깼으니까. 심지어 나도 깼었고.

"응? 그럼 상관없는 거 아니야? 네가 깬 걸 내가 못 깰 리는 없잖아."

—문제는 그냥 운으로 깼다는 거지.

"운?"

—응, 운.

깬 사람은 많지만, 깬 사람 중에 왜 통과했는지 모르는 사람이 대부분이다.

아니, 대부분이 아니라 전부 그랬다.

—KK가 공식적으로 그렇게 말했었어. 제수스랑 본인도 이거 어떻게 깼는지 모른다고.

“흠.”

—무언가 기준이 있다는 것 같은데, 그걸 제대로 짚어 낸 사람이 없어.

“그냥 하다 보니 됐다?”

—어. 그런 느낌 있잖아. 초등학교 음악 시간에 단소 불 때.

단소.

리코더와 함께 초등학생들의 음악 시간 추억을 장식하는 악기 중 하나다.

특이한 점이 있다면 대충 불면 소리가 나기는 하는 리코더와는 달리 단소는 소리를 낼 때 연습을 거듭해야 했다.

연습하다 보면 소리가 나긴 한다.

하지만 처음으로 성공했을 때 왜 소리가 나는지 이해하는 학생은 거의 없다.

‘하다 보니’ 나는 것이다.

“그러니까 단소로 비유하자면 유저 중에서 원할 때 소리를 내는 경지까지 간 사람은 없다는 거고?”

—살짝 그런 느낌?

타닷, 타다다닥.

목각 인형은 거친 동작과 부드러운 동작, 절도 있는 동작과 흐느적거리는 동작을 반복하다가 이내 정지했다.

그러더니 이내 다시 처음 등장했을 때처럼 발레리나 턴을 시작하는 목각 인형.

"이제 한 사이클 돈 건가?"

—응.

"현혜야, 잠깐만 송출 꺼 봐."

—어?

"내가…… 춤은 잘 못 추거든."

—아. 프라이버시. 이건 또 이해해 줘야지.

툭.

태양의 채널이 검은 화면이 되었다.

—??

—???

—선생님?

—이건 아니지.

—선생님~ 문 좀 열어 보세요~.

—허허, 넘네 선?

아니, 왜.

부끄러운 장면은 좀 검열 편집해야지.

이제 전 세계인이 다 보는 방송인데.

20분이나 되는 긴 동작.

태양은 세 사이클 만에 익혔다.

―금방 외웠네.

“어려운 동작은 아니니까.”

물론 현혜의 말대로, 외웠다고 시험이 곧장 클리어되지는 않았다.

태양이 지금부터 해야 할 건 우연히라도 단소의 소리를 내는 일이다.

‘그래도 우연보다는 방법을 알고 내는 게 좋지.’

타닷, 탁.

20분.

짧다면 짧지만, 길면 긴 시간이다.

프리젠테이션 준비를 맡아 본 학생들은 안다.

발표할 때도 혼자 목소리로 3분을 꽉 채우기가 쉽지 않다는 것을.

20분간 진행되는 만큼 동작은 많고 다양했다.

발레에서 따온 듯한 동작도 있었고, 한국의 전통 무용 탈춤에서 따온 듯한 동작도, 러시아에서 개발한 격투기 시스테마에서 따온 듯한 동작도 있었다.

'물론 내 경험 때문에 그것들이 비슷하다고 느끼는 거겠지만.'

왼손을 쭉 뻗고, 이내 접으며 한 발자국 앞으로 점프.

그리고 랜딩(땅 짚기).

이후 몸을 휘돌리고, 발을 차올리며 다리를 한번 찢고, 다시 제자리로.

의미는 알 수 없었다.

아니, 알 것도 같은가?

뭔가 2% 부족한 느낌.

뭔지 알알 것 같은데 얄밉게 생각이 안 나는 느낌.

"아으, 뇌가 간질거리는 기분이야."

—응?

"답답하다고."

잡힐 듯 말 듯.

동작에 숨겨져 있는 무언가가 태양의 감각 마지노선에서 줄타기를 하는 느낌이었다.

태양이 미간을 찌푸린 채 네 번째 사이클을 시작했다.

네 번째 사이클.

그 말인즉슨, 태양은 20분씩 세 번, 도합 1시간 동안 집중한 채 목각 인형의 춤만 따라 췄다는 이야기였다.

현혜가 팔을 괸 채 화면을 바라봤다. 정확히는 화면 속에서 춤과 비슷한 동작을 진지한 얼굴로 따라하고 있는 태양을.

–생각보다 잘 추네.

태양의 몸이 빙글빙글 돈다.

원래부터 이런 일을 했던 사람인 양, 자세와 기색이 자연스럽기 그지없었다.

태양의 원래 신체와 동기화된 탓에 갖게 된 긴 팔과 긴 다리가 우아한 곡선을 그리며 허공을 휘저을 땐 자기도 모르게 탄성이 나올 정도였다.

그때 태양의 턱에서 물방울이 떨어졌다.

한두 방울이 아니라 다발로.

후두둑.

–어?

화면을 보던 현혜가 굽은 허리를 반듯하게 세우며 화면을 응시했다.

100개의 목각 인형을 부술 때에도 이마에 땀이 맺히는 정도였던 태양이다.

명백한 이상 현상.

–태양아?

육체적 거리는 아주 멀리 있지만, 방송 시스템 덕분에 항상 귀 바로 옆에서 말하는 듯했던 청명한 음성.

현혜의 목소리가 아득하게 아른거린다.

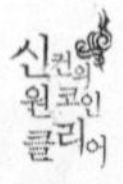

태양은 그녀의 목소리를 들으며 자신이 굉장한 몰입 상태에 빠져 있다는 것을 자각했다.

자각해 버렸다.

무아지경(無我之境).

얼핏 보면 무협지에서나 나오는 판타지스러운 단어이지만, 생각보다 현대인과 가까운 단어다.

평소에는 클리어하지 못하던 초고난도의 리듬 게임을 아무렇지도 않게 해낼 때.

한 문제에 극도로 몰입해서 1시간 혹은 2시간 정도의 긴 시간이 30초처럼 느껴질 때.

혹은 축구 경기를 하던 중 말도 안 되는 일체감을 느끼며 상대 선수를 제쳐낼 때.

흔하지는 않지만, 지구에 사는 현대인들도 살면서 한 번쯤은 이런 경우를 겪는다.

아니, 사실 꽤 여러 번.

물론 그런 상황을 겪고 나서 '무아지경을 겪었어!'라며 호들갑을 떨지는 않는다.

'와, 방금 뭐지?', '나 좀 대단했는데?'라고 자축할 뿐.

여하간, 우리가 무아지경이라고 일컫는 이런 상황의 공통점은 무엇일까. 여러 가지가 있겠지만, 그중 가장 확실한 한 가지 특징이 있다.

'지금 내가 어떻게 하고 있지?'라는 생각이 들면 몰입 상태가 깨진다는 것.

바로 지금 태양이 그랬다.

툭.

"아."

후두둑.

땀에 흠뻑 젖은 태양이 동작을 멈췄다.

-태양아, 괜찮아?

"아, 어."

말을 마친 태양이 이마를 훔쳤다.

얼마나 많은 땀을 흘린 것인지 손바닥에 물기가 흥건하게 묻어났다.

태양이 서 있던 마룻바닥은 다른 곳보다 색이 진해져 있을 지경이었다.

-너 땀이 왜 그렇게 많이 나지? 아까는 안 그랬잖아.

"아쉽다."

-어?

태양이 제 손을 내려다보았다.

미세하게 떨린다.

아무리 마나를 사용하지 못한다지만, 업적만 200개를 머금은 신체가 부하라도 일으키는 듯이 떨린다.

"뭔가 잡을 것 같았는데."

-내가 방해한 거야?

“아니, 그건 아니야.”

태양은 현혜를 탓할 생각이 없었다.

집중이 깨진 이유는 현혜가 말을 걸어서 그런 것이 아니었다.

그랬다면 처음에 중얼거렸을 때 깨졌어야지.

집중력이 떨어지고, 그래서 현혜의 목소리가 들려온 거다.

몰입이란 게 원래 그렇다.

“한 번 더 해 보지 뭐.”

태양이 앞에서 딸깍거리며 춤을 추는 목각인형을 등지고 섰다.

동작의 숙지는 진작에 완벽하게 끝냈다.

타닷.

태양의 몸이 우아한 턴 동작을 시작으로 움직이기 시작했다.

-태양아.

“잠깐만, 쉿.”

태양의 말에 현혜가 입을 다물었다.

태양은 가볍게 미소 짓고는 계속 움직였다.

움직임과 동시에 몸을 관조했다.

현혜가 걱정하는 이유.

갑자기 흐르는 땀 때문이었다.

언제 땀이 났지?

왜 땀이 났지?

그 정도로 격렬한 움직임이었나?

아니었던 것 같은데.

이유는 모르겠다.

생각을 곱씹으면서 계속 움직였다.

점프, 랜딩.

턴, 정지.

때로는 절도 있게.

때로는 유연하게.

일련의 행동이 태양의 정신을 다시금 몰입 상태로 집어넣었다.

후욱.

팟, 파팟, 팟.

태양의 근육질 신체가 허공을 휘젓고, 옷깃이 바람에 나부끼는 소리만이 시험장 안을 채운다.

동작을 진행하면 할수록 태양은 체감했다.

'무거워.'

신체에 부하가 가해진다.

어려운 동작이 아닌데, 몸이 버티질 못한다.

다르게 말하자면 힘들다.

마치 평생 운동이라고는 해 본 적 없는 청년이 군대에 와서 피티 체조를 하는 것처럼.

"허억, 허억."

급기야 입에서 단내가 뿜어져 나오기 시작했다.

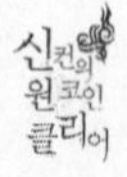

왜?

고작 이 동작들이 업적 200개를 머금은 신체가 견디지 못할 만큼 힘든 동작인가?

이유는 알 수 없었다.

다만 확실한 것 하나.

움직이는 것은 점점 힘들어졌다.

태양은 계속해서 동작을 진행했다.

무려 200개의 업적을 머금은 육체지만, 신체의 한계는 생각보다 빠르게 찾아왔다.

'아니, 사실은 꽤 길게 추고 있었을지도 모르지.'

몰입에 빠진 개인에게 체감 시간은 객관성 있는 지표가 되지 못한다.

후두둑.

빗방울 같은 땀을 흘리며 태양은 움직였다.

한계에 도달하면, 인간의 집중력은 최고점까지 치솟는다. 그리고 한계를 넘거나 정신이 버티지 못하면 급격히 떨어진다.

태양이 필사적으로 정신을 부여잡으면서 신체 내부를 관조했다.

극한의 몰입 상태가 그걸 가능하게 했다.

손끝의 솜털 하나까지 느껴지는 인지.

그 솜털 하나의 움직임까지 관여할 수 있는 제어.

후욱.

호흡하던 태양의 눈이 동그랗게 떠졌다.

❧

후드드득.

이제는 2개의 미니 정육면체를 머리에 인 태양의 정육면체의 한 면이 부서져 내렸다.

땀에 흠뻑 젖은 태양이 정육면체 바깥으로 걸어 나왔다.

“몇 시간이야?”

“5시간.”

“3단계라지만, 이렇게 오래 걸리나?”

“케이스 바이 케이스잖아. 그냥 노가다로 시간만 뺏는 시험도 있고 그러니까. 그런데 몰골을 보니…….”

“안에서 목욕이라도 하고 왔나? 뭐 저리 젖어 있어?”

“아무리 그래도 S+등급 플레이어인데, 저렇게 고생을 했대?”

“엄청 대단한 플레이어라고 소문이 자자하던데 헛소문이었나?”

“에이, 그렇다고 하기에는 저 남자한테 와서 인사하고 간 사람들 면면이…….”

태양이 땀에 젖은 앞머리를 쓸어 올렸다.

“현혜야, 네가 통과할 수 있었던 이유, 알았다.”

—응?

"일단 방송 켜고."

비밀은 '기'였다.

기 혹은 마나.

"인형이 춰 대던 움직임은 창천 차원 플레이어들의 표현을 빌리자면, 내공 없이 펼쳐 낸 무공이야."

–무공?

"그래, 무공."

움직임에 따라 신체가 자연스럽게 마나를 퍼 올리려고 하는데, 시험장에 마나가 없다.

그게 곧 신체의 과부하로 이어진 거다.

하지만 현혜, 제수스, KK를 비롯한 유저들은 아마 신체가 반응하지 않았을 가능성이 컸다.

애초에 '마나'에 익숙하지 않기 때문에 움직임과 상관없이 신체가 마나를 퍼 올리려고 하지 않았던 게 분명했다.

그렇기에 그들은 '우연히' 무공을 완벽하게 따라 해도 과부하가 없었었다.

"단소 입구에 대고 대충 바람을 세게 불어 넣었는데 우연히 소리가 난 거지."

–해명해.

–해, 명, 해.

–절, 대, 해, 명, 해.

—녹, 화, 본, 보, 여, 줘.

"참나. 뭘 해명하라는 거야?"

태양이 좌르륵 내려가는 채팅 창을 가볍게 무시하며 생각을 이어갔다.

목각인형의 움직임은 분명 무공과 흡사했다.

마나의 움직임을 유도한다는 측면에서 분명 그랬다.

무공을 몰랐다면.

운룡이 태양에게 정의행의 무공서를 넘겨주고 태양이 이를 받아 익히고 스테이지에 들어오지 않았다면 태양 역시 한참이나 더 헤맬 뻔했다.

사실 엄밀히 말하자면 목각인형의 움직임은 무공과 비슷했지만 무공은 아니었다.

그냥 마나의 유동을 유도하는 움직임이었을 뿐.

"유저들한테만 불리했던 거지."

지구에서 무예에 관련된 가르침이라고 해 봐야 격투기가 끝이다. 물론 지구의 격투기는 굉장히 효율적인 기술이다.

태양이 증명했다.

에덴, 창천 출신의 플레이어도 태양의 세련된 주먹 앞에 공평하게 무릎을 꿇지 않았던가.

—그건 그냥 네가 너무 잘 쳐서…….

"아무튼."

하지만 격투기는 마나와는 전혀 상관이 없었다.
지구가 애당초 그쪽으로 발달하지 않았기 때문이다.
"운룡이 말한 게 이런 거였을까?"
태양이 다시금 제 손을 내려다보았다.
시험을 클리어할 때 그 마지막 감각.
극한으로 몰입된 정신이 내공 없이 행동을 구현하고, 이제까지 움직여온 관성을 어떻게든 비틀어 짰던 춤을 완성했다.
그 과정에서 느꼈던 '인지'와 '제어'.
"……확실히 환상적인 감각이긴 했어."
이게 운룡이 말했던 걸까.
확신할 수는 없었다.
다만, 이제야 3단계다.
8단계까지 이런 경험을 몇 번이나 더 한다면 무공에 대한 이해는 확실히 더 깊어질 것 같았다.

4단계부터는 마나 제어 능력을 평가하는 시험대였다.

4단계, 마나 유동 능력 측정.

제목 그대로의 시험이었다.

일정 이상의 마나량을 한 번에 움직일 수 있어야 통과하는 시험.

일정 이상의 마나량을 보유해야 하고, 또 그 마나를 한 번에 움직일 수 있는 제어력이 있어야 하기 때문에 마냥 쉽다고는 볼 수 없는 시험이다.

물론, 태양에게는 아니었다.

후두둑.

4단계 시험이 30초 만에 끝났다.

3단계 시험에서 겪은 일이 있었기 때문에 태양은 시험을 빨리 끝내고 싶지 않았지만, 야속한 시험장은 태양을 그대로 뱉어내 버렸다.

반사적으로 마나를 일으켰더니 그대로 테스트가 통과되어 버렸던 것이다.

—드래곤 하트를 2개나 처먹었으니…….

"쩝. 뭔가 있었을 것도 같은데."

5단계.

마나 간수 능력 측정.

후우우우웅.

스테이지가 마치 빨래 통처럼 돌아가기 시작했다.

돌아가면서 태양의 마나를 빨아들이는 주변 환경.

—슬슬 진짜 어려워진다.

–KK 여기서 3번 죽지 않음?

–ㅇㅇ.

–가챠 실패 스테이지.

–하지만… 이 남자는 어떨까?

–윤태양은 다르지~.

5단계 시험은 마나 인지 감각이 인지 능력은 보장하지만, 제어 능력은 보장하지 않는다는 사실을 뼈저리게 느끼게 해 주는 시험이었다.

KK가 사실상 공략 불가를 선언하면서 유저들이 '영혼 수련장은 4단계까지가 국룰'이라고 알려지게 한 원인이기도 했다.

"쓰읍."

인식하지 않아도 마나가 저절로 움직여 빠져나가는 경험은 태양으로서도 처음이었다.

태양은 배운 것을 즉시 써먹었다.

운룡의 책에 적혀 있던 혈도에 마나를 불어넣고 움직이게 한 것이다.

"인식하지 않은 마나가 저절로 움직인다면, 가진 모든 마나를 운용하면 되는 거지."

실로 무식한 발상.

태양은 혈도 곳곳에 마나를 보내면서 시험을 통과할 뿐 아니라 단편적으로만 알고 있던 혈도를 다시 한번 되새겼다.

그리고 그렇게 마나로 신체를 한 바퀴 돌리고 나니 왜인지 상쾌함까지 느꼈다.

물론 무협지에 관한 지식이 그다지 깊지는 않았던지라 그것이 운기조식(運氣調息)이라는 행위인지도 몰랐던 태양은 5단계 시험을 클리어하고 나온 란과 이야기하며 뒤늦게 그것을 알았다.

란이 경악해서 빽빽 소리를 질러 댔다.

"아니, 운기조식을 운기조식인지도 모르고 했단 말이야?"

"어. 문제 있어?"

"문제 있지. 많지!"

마나 회로와 마나. 혹은 혈도와 기.

명칭과는 상관없이 굉장히 예민한 것이고, 예민한 신체 기관이다.

기가 발달한 에덴, 창천에서는 팔이 잘린 것보다 팔의 마나 회로가 다친 것을 더 큰 부상으로 볼 정도였다.

특히나 운기조식은 전신의 혈도를 한 번에 사용하는 행위였다.

"자칫하면 주화입마(走火入魔)에 걸린다고. 주화입마가 뭔지는 알아?"

"어, 나쁜 거지."

"마나가 역류하는 거야. 마나 회로에서 마나가 정방향으로 돌지 않고 역방향으로 뒤집혀 들어온다고."

"엥? 방향도 정해져 있어? 나는 자유롭게 쓰는데?"

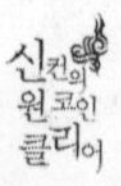

"방향은 자유롭지. 하지만 내기를 불어넣으면 그 순간만큼은 결정이 되는 거잖아."

빈 파이프는 오른쪽에서도 물이 들어올 수 있고, 왼쪽에서도 물이 들어올 수 있다.

"주화입마는 네가 막히거나 비정상적인 세맥으로 내기를 인도하면 일어나는 일이야."

뻥 뚫린 파이프인 줄 알고 다량의 물을 집어넣었는데 사실 막혀 있었다면?

결과는 뻔하다.

파이프가 펑 하고 터진다. 그리고 여기서 파이프는 운기를 하고 있던 시전자의 마나 회로다.

"말하는 거 들어 보니까 소주천(小周天)도 아니고 대주천(大周天)을 돌린 모양인데, 너 진짜 큰일 날 뻔한 거야."

"소주천? 대주천?"

"생각해 보니까 너, 환골탈태 업적 때문에 임독양맥이랑 생사현관이 다 열렸었구나? 와, 운이 좋았어. 하늘이 너를 살렸다, 진짜."

진지한 얼굴로 중얼거리는 란을 보며 태양이 콧등을 찡그렸다.

"좀 알아먹게 설명해 주면 안 되나?"

"아니, 생각해 보니까 어이없네. 너 무공 연구한답시고 일주일 넘게 처박혀 있었었잖아. 그때 뭐 한 거야? 이런 것도 모르면서 무공을 배웠다고?"

"배웠지. 보여 줘?"

뻐엉.

정의행 1식 통천이 영혼 수련장의 허공을 찢어발겼다.

"휴, 너 잠깐만 앉아 봐. 속성으로만 알려 줄게. 대충."

"어? 나 들어가려고 했는데. 야! 나 시간 없어!"

"나도 알아! 그래도 알 건 알아야지! 혈도 다 박살 난 다음에 후회할래? ……이 정도 개념은 알고 쓰란 말이야. 알았어?"

무공의 기본에 대해 알려 준 란이 씩씩거리며 자신의 정육면체로 돌아갔다.

"아니, 알려 줄 거면 진작 알려 주든가. 쉼터에서 일주일 동안 있을 때는 아무 말도 안하고 연구실에 박혀 있었으면서……."

-태양아, 그건 너도 마찬가지잖아.

"그래도. 내가 무공 연구하는 거 알았으면 진작 가르쳐 줄 수 있었잖아."

태양이 투덜거렸다.

물론 왜 상황이 이렇게 됐는지는 잘 알고 있었다.

무공을 배운다는 사람이 설마 기본적인 상식도 없을 거라고 생각하지 못했겠지.

-생각해 보니까 개웃기네. 운전 독학한대서 그러려니 했는데 액셀이 뭔지 모름. ㅋㅋㅋ.

—아니, 이거 밟으면 앞으로 나가는 거 알고 있다고! 그거면 된 거 아니야?

—ㅋㅋㅋㅋㅋㅋㅋㅋㅋㅋ 비유 들으니까 란 심정이 이해가 확 가네. ㅋㅋㅋㅋㅋㅋ.

—액셀이 뭔지도 모르는 놈이 수동으로 기어 변속을 하고 있으니 얼마나 얼탱이가 없었을까. ㅋㅋㅋㅋ.

—수동 기어 변속이 뭐야. 운룡 무공 바로 따라했는데 ㅋㅋ 시속 100km에서 360도 드리프트도 하는 거지 그 정도면.

—그 정도임?

—ㅇㅇ 얘기 못 들음? 운룡이 무공 완성도 하나만 치면 거의 통합 쉼터 최상급이랬잖음.

태양이 한참 생각을 거듭하다가 이내 머리를 헝클었다.

"이거 헷갈리네."

—뭐가?

"1단계, 4단계는 진짜 얻을 만한 게 없었어."

—그건 인정.

도약.

그리고 마나 유동 능력 측정.

말하자면 신체 스펙을 체크한 거다.

"2단계에서는 그냥 신나게 싸우고 왔고, 5단계에서는 나도 모르게 처음으로 운기조식을 했지."

—응. 그게 왜?

"솔직히 나는 이 시험이 내 행동을 그쪽으로 유도했다고 생각하거든?"

몸 안에 있는 모든 마나를 제어하는 방법은 태양이 생각하기에 운기조식 밖에는 없었다.

"물론 마법사의 경우라면 강력한 마법을 사용함으로써 몸 안에 있는 마나를 소비할 수 있었겠지."

—그렇지?

"그런데 이번 스테이지 이름이 뭐야? 영혼 수련장. 수련장이잖아."

—수련장이 뭐?

"수련장. 기술을 닦아서 단련하는 곳! 스테이지는 다 이름값 하잖아. 안 그래?"

—꼭 그렇지는 않…….

딱.

태양이 저도 모르게 손가락을 마찰시켜 소리를 냈다.

때로는 말을 하면서 생각이 정리되기도 한다.

지금 태양이 그랬다.

"야. 이거 맞는 것 같은데?"

—그 화법.

—뭐가 맞는 것 같은데?

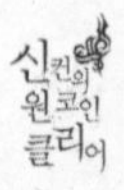

-아오. 또 혼자 북 치고 장구 치네.

-얘 사회생활 안 해 봤냐?

-전문 스트리머 아니었잖음. 이해 점.

-답답해. 답답해. 딱딱 아니, 나 답답해!

-실례지만, 지금 채팅 창이 불타고 있습니다.

생각의 정리를 마친 태양이 번쩍 고개를 들었다.

"현혜야, 이거 시험 종류 몇 개나 있다고 했었지? 1단계, 2단계, 3단계 순으로 차이 나던가? 미안. 말해 줬었는데 까먹었어."

꽤나 흥분했는지, 태양은 빠른 속도로 물어 왔다.

현혜가 차분하게 대답했다.

-아니. 그럴 수도 있지. 무조건 6개 고정이야. 근데 루트 같은 게 있는 것 같더라고. 1단계에 걸리는 시험에 따라서 후에 나오는 시험이 달라지는데, 아까 말해 줬지? 5단계에 네가 걸릴 것 같은 시험 3개.

"아니, 지금 그게 중요한 게 아니야. 그 루트라는 거, 100% 정확한 거야?"

-음, 정확하진 않아. 대략 90% 정도 맞기는 하는데, 다른 시험이 걸릴 확률도 꽤 있어.

"그리고 대부분 그런 경우는 유저들이고?"

-어, 맞아. 어떻게 알았어?

태양이 씨익 웃었다.

"들어 봐."

태양은 지금 시험의 절반을 치렀다.

육체 제어 능력 부문.

1단계, 도약.

2단계, 100 대 1.

3단계, 따라 하기.

마나 제어 능력 부문.

4단계, 마나 유동 능력 측정.

5단계, 마나 간수 능력 측정.

"1단계와 4단계의 공통점. 뭔 거 같아?"

―음. 피지컬 테스트?

"내 생각도 그래. 1단계는 육체를 얼마나 잘 단련했는지 보는 시험이고, 4단계는 마나를 얼마나 많이 쌓아 놨는지."

타고난 것은 바꿀 수 없다.

차원 미궁에서는 성장할 여지가 있다고는 하지만, 당장 시험에 들어간 이상 자신의 근력과 마력을 더 높은 수치로 만들 방법은 없다.

"다른 말로는 자격 심사라고도 할 수 있겠지. 이 시험을 볼 자격이 되는지. 네가 말했듯이, 자격 심사는 꽤 후한 편이라 거의 다 통과하는 모양이고."

―2단계랑 5단계는?

"테크니컬 테스트. 100 대 1은 육체로 하는 전투를 얼마나 잘

하는지 확인하는 시험이었던 거지. 마나 유동 능력 측정은 마나를 얼마나 잘 다루느냐를 측정하는 거고."

—오…… 그럴듯한데?

"그리고 앞의 두 시험을 데이터 삼아서 해당 플레이어에게 가장 적절한 시험을 내주는 거 아닐까? 하는 게 내 가설이야."

감탄하던 현혜가 반문했다.

—그럼 아까 유저들이 예외로 분류되었던 건?

"유저들은 마법도, 무공도 애매하게 사용해. 알잖아?"

—아.

"시험하는 입장에서도 헷갈릴 거야. 와, 이 자식 움직이는 거 보니까 딱 봐도 마법 계열이네, 하고 던져 놨더니 마법 계열이 할 법한 마나 컨트롤이 전혀 아니니까."

정육면체에서 마왕을 비롯한 미궁 관련자는 전혀 보이지 않는다. 보이는 건 오로지 플레이어들뿐.

"결국 영혼 수련장은 무인 체제로 돌아간다는 건데, 그럼 마왕이든 마왕의 하수인이든 그놈들이 깔아 놓은 프로그램 비스름한 게 있다는 거거든. 에덴 냄새도 안 나고 창천 냄새도 안 나는 놈들이 나와서 분탕을 치니 프로그램이 오류를 일으켰다. 난 이렇게 보는 거지."

—확실히. 그거라면 4, 5단계에서 플레이어들이 죽어 나갔던 이유가 어느 정도 이해가 되네. 육체 제어 능력 부문에서 프로그램은 유저를 마법사 플레이어라고 상정하고 그에 맞는 시험대에 올

려봤는데, 유저들은 마법의 마 자도 모르지.

"전사나 무인이라고 상정해도 비슷해. 기를 능숙하게 다루는 유저는 정말 몇 없잖아."

태양이 대답 대신 고개를 끄덕였다.

"맞는지 간단한 증거가 필요할 것 같아."

—증거?

"주변에 있는 놈들한테 물어보는 거지. 어떤 시험을 배정 받았는지 비교 분석해 보면 되잖아."

태양이 주위를 둘러봤다.

그때 반대편에서 환호성이 터져 나왔다.

"6단계! 6단계 클리어!"

"젠장. 이젠 나도 흔들리는데…… 영입하자고 보고 올려야 되나?"

"늦었어, 친구. 난 이미 다 썼거든."

백호랑이 인간, 파카였다.

"딱 좋네. 전형적인 육체파 플레이어. 저 녀석부터 간다."

—……지금 파카한테 간다고? 쟤가 했던 말 기억 안 나?

"나지. 얼마나 됐다고."

'Endless Express' 스테이지의 끝자락에서 파카는 태양을 보며 말했었다.

'인간, 다음 스테이지에서 마주치면 죽는다. 운 좋은 줄 알아라.'라고.

태양이 피식 웃었다.

"현혜야, 내가 질 것 같냐?"

—농담 아니야 태양아. 쟤도 A등급 플레이어야. 거기에 전투력이면 절대로 안 빠지는 수인족이고. 너도 많이 쌓았지만 22층까지 올라오면서 얼마나 업적을 더 쌓았을지 모르는데 괜히 긁어 부스럼 만들 필요가……. 야! 야! 내 말 안 들려? 야, 윤태양!

태양이 파카에게로 다가갔다.

동시에 몰려 있던 수많은 플레이어가 모세 앞의 홍해처럼 갈라졌다.

태양은 일반적인 플레이어 사이에서는 건드려서는 안 되는 유저다. 특히나 통합 쉼터도 아닌 스테이지에서라면 더더욱.

전투가 벌어지고 있지는 않았지만, 이 정육면체만 가득 쌓인 공간은 분명히 '영혼 수련장'이라는 이름의 스테이지였다.

괜히 객기를 부리다가는 그대로 목숨을 잃을 수도 있는 것이다.

쿠웅.

태양이 드래곤 하트 2개분의 거대한 마나로 주변을 짓눌렀다.

홀로 앉아 휴식을 취하던 파카가 눈을 떴다.

"오랜만이야."

"……다시 만나면 죽인다고 했을 텐데."

둘의 만남에 주변이 술렁이기 시작했다.

"뭐, 뭐야 지금? 파카랑 윤태양이랑 일면식이 있었어?"

"그런 낌새는 없었잖아. 통합 쉼터에서 마주친 적은……."

"클랜전! 클랜전 때 만난 사인가?"

"아니야. 파카는 준결승에서 윤룡에게 패배했어. 윤태양은 마주치지도 않았다고!"

"뭐야 그럼!"

"뭐긴 뭐야! 밑에 스테이지에서부터 이미 만났던 사이인 거지!"

털썩.

파카 앞에 주저앉은 태양이 물었다.

"너, 6단계 클리어했다면서?"

호랑이 특유의 세로 동공이 태양을 직시했다.

"범은 두 번 말하지 않는다."

"쩝. 좋게 좋게 얘기하면……."

신곡의 간섭.

마나의 기척을 읽은 태양이 반사적으로 머리를 뒤로 뺐다.

우드드드득.

태양의 머리가 위치하던 그대로 일그러졌다.

누구에게 물어도 같은 대답을 들을 정도로 선명한 살의가 느껴지는 일격.

"……화끈하네."

태양이 곧바로 품에 손을 집어넣었다.

[빨리 감기 – 신체를 가속한다. (쿨타임 12시간)]

시계가 똑딱거리며 돌아가고 두 번째 증강현실이 나타났다.

[위대한 기계장치(The Greatest Machinery)의 태엽이 빠르게 감깁니다. (쿨타임 12시간)]

[플레이어 윤태양에게 빨리 감기 3단계 버프가 부여됩니다.]

3단계, 15초 12배.

파카가 어떤 시험을 치렀는지 궁금해서 물어봤다.

사실 거짓말이다.

파카가 이렇게 반응할 줄 알고 있었다.

'언젠가 해야 되는 일. 미리 하는 게 마음 편하지.'

태양은 약간 더 멀리 봤다.

정확히 서술하자면, 37층에서 파카와 같은 팀의 플레이어가 되는 상황까지 봤다.

툭.

태양의 신형이 사라졌다.

"크릉!"

파카가 본능적으로 등을 돌림과 동시에 턱에 주먹이 날아들었다.

쿠웅.

정의행(正義行) 1식 - 통천(通天).

빼엉!

용수철처럼 튀어 나간 태양의 주먹이 흠결 없는 클린 히트를 먹였다.

하지만 백호랑이의 탄력적인 목 근육은 충격을 견뎌 냈다.

태양이 사납게 웃었다.

"걱정 안 해도 돼. 난 너 죽일 생각 없으니까."

위층으로 가면 다 같이 짝짜꿍해야 하는데, 죽이면 쓰나.

기만 눌러 둬야지.

"크르릉!"

혈족계승(血族繼承): 백호(白虎).

약간 튀어나온 정도로 그쳤던 파카의 이빨이 길어진다.

동시에 파카가 앞발을 휘둘렀다.

'느려.'

쿠웅.

이에 태양은 진각과 동시에 주먹을 내뻗었다.

초월 진각 - 선풍권(旋風拳).

빼억.

백호랑이의 가죽 깊숙이 타격을 박아 넣었다.

"크르릉!"

이 정도는 버틸 수 있다는 듯, 콧김을 내뿜는 파카.

하지만 태양의 수는 여기에서 끝이 아니었다.

천뢰굉보(天牢轟步).

꽈릉.

정의행(正義行) 3식 - 지폭(地爆).

정의행(正義行) 1식 - 통천(通天).

등을 점한 태양이 스텝으로 지폭을 밟고, 오른손을 뻗어 통천을 펼쳤다.

빼엉, 콰앙!

"크아아앙!"

후웅!

직후 위빙으로 파카의 앞발을 아슬아슬하게 벗겨 내고 다시금 팔을 휘둘렀다.

상체를 눕힌 채 그대로 상대의 턱을 가격하는 기술.

굳이 이름을 붙이자면, 위빙 레프트 핸드랄까.

정의행(正義行) 2식 - 관심(貫心).

빼억.

태양의 주먹이 파카의 관자놀이에 꽂혔다.

충격을 타고 들어가는 일격인 만큼 제대로 마나를 담았다면 즉사했겠지만, 태양의 목적은 살인이 아닌 계도다.

파카는 일순간 선 채로 정신을 잃었다.

자세를 바로 한 태양이 씨익 웃었다.

정의행(正義行) 1식 - 통천(通天)×15!

뻐뻐뻐뻐엉!

구경하는 플레이어들이 주먹의 파도를 보며 입을 떠억 벌렸다.

길지만 짧은 15초가 지나고.

"크르르르르."

흰자만 남았던 파카의 눈동자가 돌아왔다.

그를 바라보던 태양이 입꼬리를 비틀어 올렸다.

"근성이 제법이네."

말없이 태양을 바라보는 파카.

태양이 어깨를 으쓱였다.

"기억해 놔. 너 지금 여기서 나한테 서열 정리 당했다."

"무슨 개소리를……."

"그리고 대답해 주기 싫으면 마. 다른 애한테 물어보면 되니까. 참나, 쪼잔하기는."

입술을 삐죽인 태양이 자리를 떴다.

"……."

혼자 남은 파카가 그를 지켜보다가, 이내 정육면체 안으로 들어갔다.

"미, 미친……."

"방금 내가 뭘 본 거야?"

"파카가 이긴 건가?"

"진 거지, 병X아! 뭘 본 거야? 한 대도 못 때리고 처 맞기만

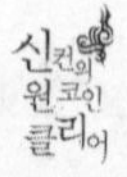

했잖아.”

“그런데 윤태양이 먼저 자리를…….”

“죽이긴 싫으니까 자리를 뜬 거겠지.”

“아니, 경쟁자를 안 죽이고 자리를 뜬 다고?”

“이유는 우리야 모르지. 쟤네는 우리랑 사고방식이 다른 족속들이야. 이카로스랑 다이달로스 생각 안 나?”

후두둑.

파카가 정육면체 안으로 들어오자 무너진 벽면이 다시 생성됐다.

털썩.

파카가 생성된 벽에 털썩 기대앉았다.

“빌어먹을.”

파카가 입은 피해.

늑골 전체 손상.

가슴 부위 근육 전체 손상.

양어깨 근육 파열.

목 근육 파열.

턱뼈에 잔금.

뇌진탕 증세.

윤태양이 입은 피해.
없음.
졌다.
압도적으로.
같은 시간 동안 인간 윤태양만 압도적으로 강해지고, 백호랑이 파카는 도태된 것이다.
"크아아아아아아아아아아아앙!"
크아아아아앙!
크아아아앙!
크아아앙!
분노에 찬 백호랑이의 포효가 6개의 정육면체를 진동시켰다.
태양은 파카가 정육면체 안으로 들어가 버렸지만 상관없었다.
미르바의 교관 출신 플레이어 고영.
강철늑대 출신의 세 플레이어 로시와 아쥬르, 도허티.
거기에 원래 태양의 동료인 란과 살로몬, 메시아까지.
태양과 연이 닿은 사람이 이만큼이나 있었으니까.
이들은 가설을 대입해 보기에 딱 좋은 후보군이었다.
기량이 뛰어난 만큼 주특기도 명확했기 때문이다.
란과 살로몬, 로시와 아쥬르는 마법 계열 플레이어.
고영과 도허티는 물리 계열 플레이어.
결론부터 말하자면, 예상대로였다.

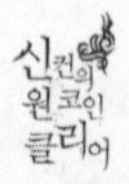

로시와 아쥬르가 겪은 시험과 고영과 도허티가 겪은 시험은 현혜가 분류한 A 루트, B 루트로 나뉘었다. (메시아는 정육면체 바깥으로 나오지 않아서 물어보지 못했다.)

—그런데 후보군이 너무 적지 않음?

—상관없지. 이미 쌓인 데이터가 있으니까.

—근데 그 데이터에는 플레이어가 마법계인지 무인계인지 적혀 있진 않잖아. ㅇㅅㅇ.

—구분이 안 되어 있을 뿐이지, 루트가 두 가지로 명확하게 나눠져 있잖아. 님 빡대가리임?

—ㅇㅇ 윤태양은 나온 결과를 토대로 추론한 거임. 처음부터 가설을 설정한 게 아니라.

—설명해 주는데 입은 왜 이렇게 걸어. ㅋㅋ.

"그러니까, 내 가설에 따르면 이번 시험이 진짜란 말이지."

육체 제어 3단계 시험, 따라 하기는 무공의 원리를 체험시켜 줬다.

이는 태양이 직접 몸으로 겪고 알아낸 사실이다.

플레이어들은 마력 제어 3단계 시험에서 따로 얻은 것은 없다고 했다.

하지만 그것은 차원 미궁에서 직접적으로 준 보상이 없다는 뜻이지, 플레이어 개인의 깨달음이 없었다는 말은 아니었다.

태양이 그에 관한 이야기를 직접적으로 언급하며 물어본 건 아니었기 때문이다.

"자아, 알아보자고."

—예상되는 테스트는 '저항' 혹은 '풍선'이야.

"저항은 버티기, 풍선은 마나 밀어 넣기?"

우드득.

가볍게 목을 꺾은 태양이 정육면체 안으로 들어갔다.

이미 다섯 번이나 낡은 표지판이 한 계단 오른 숫자와 함께 태양을 반겼다.

표지판에 적힌 글자는 태양의 예상대로였다.

6단계, 저항.

—저항. 흐음.

"깬 사람 있다고 했나?"

—없어. A 루트에서 유저가 통과한 6단계 시험은 틀린 동작 찾기 하나밖에 없어.

"이런, 그거 아쉽네."

클리어한 사람이 없다.

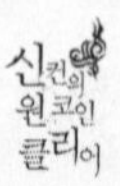

그런 말을 하는 현혜도, 아쉽다고 중얼거리는 태양의 얼굴에도 아쉬움이나 당황 같은 것은 없었다.

예상대로였기 때문이다.

"높네."

태양이 앞에 놓인 피라미드 형태의 제단을 바라보며 중얼거렸다.

마나 제어 능력 부문, 6단계 시험 저항.

테스트는 간단했다.

저 제단의 꼭대기에 올라가는 순간 마력이 내리꽂힌다.

3분 동안.

그 3분을 버텨 내면 클리어다.

—이거 윤태양한테는 오히려 쉬운 거 아니냐?

—ㄹㅇㅋㅋ.

—윤태양은 드래곤 하트 2개나 먹었잖아. 다른 플레이어들이랑은 시작 지점이 다른데.

태양 역시 같은 생각이었다.

단순히 마력이 내리꽂히고 그것을 견뎌 내는 것이라면 쉬울 수밖에 없다. 태양의 마나 보유량은 동층의 그 어떤 플레이어보다도 압도적이니까.

'하지만 단순히 마나 보유량을 측정하는 시험이었다면 6단계

가 아니라 4단계 때 나왔겠지.'

투웅.

태양이 몸을 가볍게 튕겨 제단을 올랐다.

목을 꺾어야 꼭대기를 바라볼 수 있는 높은 제단을 단 세 걸음 만에 올라온 태양은 이내 제단의 꼭대기에 올라섰다.

중앙에 있는 발바닥 모양의 홈에 양발을 맞추는 순간.

쿠우웅.

마력이 내리꽂히기 시작했다.

"현혜야, 시간 되면 말해 줘."

―응. 30초마다 세기가 더해질 거야. 한 25초쯤 되면 말해 줄게.

"오케이."

서 있는 태양의 표정엔 한 점의 미동도 없었다.

한 10초나 지났을까.

―어때?

"쉬워."

태양이 곧장 대답했다.

하지만 태양의 그런 여유는 딱 30초까지였다.

쿠웅.

30초가 지나는 동시에 태양의 무릎이 반쯤 굽혀졌다.

직전과 비교하면 말도 안 되게 강력해진 마력이 태양을 짓눌렀다.

태양의 가슴에 자리 잡은 2개의 드래곤 하트가 덜컹거리면서

급하게 맥동하기 시작했다.

태양은 과거 발락을 상대하며 부러졌던 라이트 세이버를 최대로 시동하는 것만큼이나 커다란 마나를 심장으로부터 끌어올렸다.

마나가 몸을 휘돌기 시작하자 내리꽂히는 압박이 상대적으로 견딜 만해졌다.

굽은 무릎이 점점 펴지더니 이윽고 일직선이 되었다.

"후우."

예상대로.

테스트는 절대 평가가 아니라 상대 평가였다.

100, 200과 같은 고정 수치의 마나를 견디는 것이 아니라 플레이어의 기량에 비례하여 쏟아지는 마나의 수치가 달라진다면 갑자기 말도 안 되게 강력해진 마나의 압력을 설명할 수 있었다.

–55초.

쿠우웅.

현혜의 말 직후, 압력이 가중됐다.

쿵쾅, 쿵쾅.

생명의 위협을 느낀 2개의 드래곤 하트가 과열되어 미친 듯이 마나를 내뿜어 대기 시작했다.

심장이 펌핑하여 전신의 모세 혈관에 피를 내돌리듯이, 드래곤 하트가 펌핑하여 전신의 마나 회로에 마나를 공급했다.

면적이 큰 회로에는 많이.

작은 회로에는 조금.

탄력적인 회로에는 우악스럽게.

부드러운 회로에는 조심스럽게.

쿠드드득.

태양이 발을 집어넣은 홈이 더욱 깊어졌다.

태양은 차근차근 전신의 마나를 휘돌려 압력에 대항했다.

그래도 아직은, 할 만하다.

시간은 빠르게 지났다.

1분을 넘어, 1분 30초. 그리고 2분까지.

시간이 흐를수록 태양의 얼굴이 굳어 갔다.

이것보다 더 강해진다고?

어려울 거라는 건 알았는데 아무리 내 능력치에 비례해서 강해진다고 해도 이건 너무…….

2분 30초째.

쿠우우우웅!

강력해진 압박에 태양의 무릎이 다시 한번 굽어지기 시작했다.

"끄으으으윽!"

저도 모르게 들어간 힘에 폐에서 공기가 빠져나왔다.

우드드드득.

태양의 몸에서 뼈 소리가 나기 시작했다.

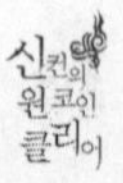

굽었던 무릎이 다시 펴지기 시작했다.

태양의 근육이 굽으려는 뼈를 억지로 붙잡고 버텼다.

마력이 아니라, 육신의 힘으로.

'내가 사용할 수 있는 기술은 다 썼어.'

다음은 무엇인가.

육체다.

드래곤 하트와 마나 회로는 갈아 넣었지만, 아직 육체는 갈아 넣지 않았다.

몸으로.

깡으로 버틴다.

후우욱.

입에서 김이 나왔다.

신진대사가 극도로 활발해져서 신체가 발열을 시작한 것이다. 일반적인 현상은 아니었고, 신체에 좋은 작용을 하지도 않으리라.

아득해지려는 정신과 무너지려는 몸을 가까스로 부여잡은 태양의 입술 사이에서 한 줄기 핏물이 흘러내렸다.

물론 의도적으로 한 짓이었다.

쇠 맛의 액체가 정신을 일깨우려 했지만, 눈앞이 자꾸만 아득해졌다.

"끄으으으……."

태양은 본능적으로 깨달았다.

버틸 수 있는 것도 여기까지다.

이제 딱 한 가지 수단이 남았다.

스킬.

마왕 발락의 신체를 소환하는 기술. 신룡화(神龍化).

폭풍의 정령군주 아라실과 그의 휘하 바람 정령을 소환하는 스톰브링어.

'하지만 안 돼.'

본능적으로 알았다.

아니, 본능이 아니다.

귀납적으로 추론할 수 있었다.

이 '영혼 수련장'이라는 스테이지를 겪어 왔음으로.

스킬을 사용할 수 있지만, 스킬을 사용하면 얻어 가지 못한다. 적어도 이 시험에선 분명히 그랬다.

유저들의 루트 분포만 이상했던 이유.

태양이 겪었던 1단계 도약 테스트에서 본신의 능력이 아니라 카드로 얻은 스킬을 통해 클리어했기 때문이다.

2단계, 100 대 1 테스트에서도 마찬가지다.

아티팩트에 내장된 마법을 써 대고, 스킬 카드로 얻어 낸 버프를 펑펑 써 댔기 때문이다.

그 어떤 멍청이도 수련장에서 진검을 들고 샌드백을 향해 휘두르지는 않는다.

'스킬을 사용하지 않아야 뭔가 얻어 간다.'

어떤 마왕답지 않은 마왕인지는 모르겠지만, 영혼 수련장은 말 그대로 플레이어에게 무언가 알려 주려고 만든 스테이지가 분명했다.

'저항' 테스트 역시 플레이어의 마력 수준에 따라 난이도가 달라진다는 사실 역시 확실했고.

하지만 압도적인 압력이 태양의 목숨을 위협하는 작금의 현실 역시 사실이었다.

그래서 태양은 저울질할 수밖에 없었다.

태양을 짓누르는 마력은 분명히 이렇게 말하고 있었다.

'네가 얻으려는 그 성취, 목숨보다 중요해?'

이가 악물렸다.

자존심이 포기하려던 그의 행동에 자꾸만 제동을 걸었다.

'영혼 수련장은 다른 스테이지랑 다르잖아. 분명히.'

악의는 없다.

오직 플레이어의 성장을 위해 설계되어 있다는 게 너무나도 명확했다.

그런데 포기?

할 수 있을 리 없다.

아니, 깨라고 만들어 놓은 거잖아.

깰 수 있다고 생각한 거잖…….

콰드드드드득.

제단에 금이 가기 시작했다.

마치 중력이 수십 배로 불어나면 이런 현상이 일어날까.

태양의 볼을 타고 흐르던 땀방울이 빠른 속도로 바닥에 달라붙었다.

동시에 태양의 정신과 육체가 동시에 한계를 맞이했다.

“씨……바아아아아아아알!”

맞이했다고 생각했다.

콰득, 콰드득.

무릎을 꿇은 태양이 바닥에 두 손을 박아 넣은 채 버텼다.

조금 우스꽝스러운 자세이긴 하지만 버텨 내고 있다는 사실만큼은 분명했다.

극한으로 마나 회로를 휘도는 마나.

극기의 의지로 버티는 육체가 강대하기 그지없는 힘을 상대로, 이겨 내고 있었다.

손톱을 씹어 내던 현혜가 울 듯한 표정으로 중얼거렸다.

-제발…….

태양이 저도 모르게 헛웃음을 내뱉었다.

태양이 어렸을 적에 가장 싫어했던 이야기가 몇 가지 있었다.

안 되면 되게 하라.

될 때까지 해라.

하면 된다.

근성론.

한국 문화에 깊숙이 틀어박힌 정신론의 일종이다.

그리고 명백하게 틀린 말이다.

인간의 의지는 한정되어 있고, 소모하는 자원이라는 사실이 과학적으로 증명되었기 때문이다.

하지만 딱 한 가지 경우, 이 근성론이 쓸모가 있을 때가 있다.

내 능력의 한계를 확인할 때.

정말 바닥까지 굴러 보는 경험은 '한 번쯤'.

쓸모가 있다.

애초에 근성론, 정신론과 같은 억지 논리가 사회에 병처럼 퍼져 나간 이유가 여기에 있다.

정말 놀랍게도, '하면 되는' 경우가 존재했으니까.

못한다고 생각했던 일을 할 수 있다.

얼마나 놀라운 일인가.

작금의 태양 역시 그랬다.

한계에 달하자 평소에는 할 수 없다고 생각했던 일을 자기도 모르게 해내고 있었다.

예를 들자면, 3단계 테스트 '따라 하기'.

거기에서 봤던 힘의 운영을 제 몸에 대입해 내는 일을.

후우웅.

단순히 방법을 바꾼 것뿐인데, 곧 있으면 뜯겨질 것처럼 비명을 지르던 마나 회로의 진동이 청량하게 바뀌었다.

압력은 여전히 무겁고, 여전히 벅찼다.

하지만.

콰득, 콰득.

태양이 박아 넣은 손을 하나씩 빼냈다.

두 다리로도 굳건히 버틸 정도의 여력이 생겨났다는 뜻이다.

쿠드득.

굽어진 허리를 폈다.

무릎 역시 펴냈다.

태양은 분명히 인지했다.

성장한 건 아니다.

내 바닥이 내가 생각했던 것보다 약간 더 깊었을 뿐.

"아, 모르겠고."

중요한 건 한 가지다.

빌어먹게 강력한 이 내리꽂히는 마력을 자력으로 이겨 냈다는 것.

심장이 거칠게 뛰고, 마나 회로가 터질 듯 떨렸다.

하지만 신체는 극한으로 가동하고 있을 뿐, 전처럼 내구를 긁어내는 느낌은 아니었다.

-2분 55초. 56초…… 57초…….

하지만 이를 유지하고 버텨 내는 건 또 다른 시련이었다.

몇 번이나 이를 악물었을까.

이제는 이가 닳아 없어질 걱정을 해야 될 지경이 되었을 때.

-59초…….

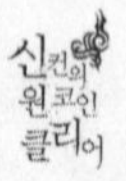

테스트가 끝났다.

후두둑.

정육면체의 벽면이 무너져 내렸다.

⁂

"호오."

한 남자가 의자에 앉아 태양을 바라보고 있다.

그 남자에게는 안구가 없었다.

대신 안구가 있을 자리에 커다란 불덩이가 타오르고 있었다.

끼익.

어깨에 앉아 있는 매가 미약하게 울음소리를 내었다.

남자가 매의 부리를 쓰다듬으며 대답했다.

"확실히. 소문 값은 하는 친구구나."

태양의 정육면체 주변에서 기다리고 있던 플레이어들이 수군거렸다.

"3분. 정확히 3분 맞지?"

"어. 이러면 테스트가 3분짜리로 걸린 거지."

"테스트 이름이 뭐였더라? 반항이었나?"

"저항. 저항이야, 인마. 그나저나 땀에 흠뻑 젖었는데? 이렇게 어려운 테스트였나?"

"맞다. 저항. 이 테스트가 스킬 카드 세팅에 따라서 어려울 수도 있다고는 하더라고."

플레이어들의 수군거림은 당연히 태양의 귀에도 들어갔다.

태양이 피식 웃었다.

스킬 세팅에 따라 난이도가 달라진다라.

"제작자가 아쉬워할 소리구만."

6단계, 저항 테스트에서 태양이 얻어 낸 배움은 간단했다.

가지고 있는 마나를 모조리 쓰는 법.

"생각보다 훨씬 어려웠어."

엄밀히 말하자면 태양은 가진 마나를 '한 번에' 다 써 본 적이 없었다.

드래곤 하트를 얻은 이후로는 가용 마력이 너무 많아져서 전부 소모하기 전에 마나 회로부터 무리가 왔고, 그 이전에는 마나 운용이 익숙하지 않았기 때문에 마나를 다 소모하기 전에 전투가 끝나는 일이 부지기수였다.

그러므로 이렇게 가진 마나를 털어도 한 톨 나오지 않을 정도로 다 털어 내는 경험은 그 경험만으로도 값졌다.

"연습할 필요도 있을 것 같고."

그동안의 태양은 전투에서 너무 많은 마나를 사용하지 않고 있었다.

가진 마나가 10인데 6, 7만 사용하여 전투하고 있었던 거다.

3단계 테스트 때도 그랬지만, 6단계에서의 체험은 태양이 걸어가야 할 계단을 제시했다.

이 계단을 오르고 나면 태양은 한층 더 강력해지고, 가지고 있는 모든 전력을 효율적으로 사용하고, 특히 마나 운용 능력이 극대화되며 압도적인 폭발력을 얻을 수 있을 게 분명했다.

물론 이 계단은 인식했다고 즉시 오를 수 있는 종류의 것은 아니었다.

아무리 재능과 집념이 넘치는 태양이 계단을 오르는 주체라고 해도 마찬가지였다.

가진 마나를 100% 비율로 운용하는 일은 굉장히 어렵고, 또 위험한 일이었다.

익숙해지는 과정에서 벌어지는 실수는 분명 태양의 혈도를 위협하고, 앞으로 나타날 태양의 적들 역시 실수에 허덕이는 태양의 목숨을 더욱 날카롭게 위협할 테니까.

—아니, 근데 파카 이 새X는 어케 이거 다 5분 컷 하는 거임?

—윤태양도 3분 컷 했잖아. 파카라고 못 할 건 없지 않나.

—어, 듣고 보니 그러네.

—윤태양도 똥고집 안 부리고 템 썼으면 바로 깼을 듯.

—ㄹㅇㅋㅋ 땀도 안 흘렸지~.

—잠깐만. 이거 생각해 보니까 윤태양 힘 다 빼고 나온 파카 신나게 때린 다음에 쿨하게 도망간 건가?

—오우, 이건 논란이 조금 있겠는데?

태양은 동료들의 상황이 어떻게 되나 둘러봤다.

3개의 정육면체가 나란히 6개의 탑을 쌓아 올린 채 굳건히 서 있었다.

"나와 있는 사람이 없는 걸 보아하니, 다 테스트 중인 모양이네."

–무리하면 안 될 텐데…….

현혜의 걱정 어린 목소리에 태양이 어깨를 으쓱였다.

"깰 수 있을 만큼 깨 보는 게 낫지. 배우는 게 아예 없는 것도 아니고."

태양이 얻어 낸 성과는 다른 플레이어들도 얻어 냈다고 보는 게 맞았다.

시스템 측면에서 직접적으로 내려주는 보상이 아니라 경험으로 받아들이는 종류의 것인 만큼 소화하는 양이 플레이어마다 다르긴 하겠지만.

"그러고 보니 궁금하네. 3대 클랜장들은 여기 기록이 어떻게 된다냐?"

–아. 그거 옛날에 찾아 둔 거 있었는데…….

현혜가 찾으러 갈 기미이자 태양이 말렸다.

"내버려둬. 옆에 사람들한테 물어보면 되지, 뭘."

–아냐. 클릭 몇 번이면 찾아. 아, 찾았다. 허공은 안 알려졌고, 카인은 8단계 클리어, 실버는 7단계 클리어라네.

"강철 늑대 쪽은 8단계까지 못 깼구나. 다른 올 클리어 플레이어가 혹시 더 있어?"

–응. 우리 클랜장님도 깨셨고, 미네르바라고 위치스 클랜장인 A등급 플레이어 있는데 그 사람도 깼고.

"미네르바?"

어디서 들었었는데 기억이 나지 않았다.

–그 있잖아, 단탈리안이 전에 권능 설명해 주면서 가장 최근에 마왕이랑 계약한 플레이어.

"아, 맞다."

–운룡도 8단계까지 깼는지 모르겠네. 여기 기록에는 없다. 그리고 아넬카라고 마리아나 수도회 팔라딘이면서 B+등급 플레이어 있는데, 그 사람도 8단계 클리어했대.

"아넬카는 또 처음 들어 보는 이름인데."

–통합 쉼터에서 만난 적이 없으니까. 전에 알아본 바에 따르면 이쪽이 마리아나 수도회 최고 실권자급 플레이어라던데.

"최고 실권자면 최고 실권자인 거지, 최고 실권자급은 또 뭐야."

–그쪽은 성녀라고 얼굴마담이 따로 있거든. 탑도 안 오르고 애지중지하는 플레이어 하나 있어. 사실상 걔 하나로 신전을 운영한다는 루머도 있었는데 그건 진짜 루머고.

"아, 뭐. 그건 별로 안 궁금하고."

잠시 주저앉아 있던 태양이 벌떡 일어났다.

동료 중에 테스트를 끝내고 나오는 사람이 있으면 잠깐 이야기나 하고 가려고 했는데, 안 나오는 걸 보니 한참은 더 기다려야 할 모양인 것 같았다.

"3분 만에 클리어했다고?"

"놀랍지도 않아. 파카도 했는걸."

"킥. 생각해 보니 그 호랑이 수인을 그렇게 찰지게 다져 놓은 게 더 놀랄 일이기는 하네."

"어허. 말조심하게. 여기 스테이지야. 그러다가 호랑이 앞발에 대가리 깨지면 누구 탓도 못해."

태양이 시시덕거리는 플레이어들 바라보며 태양이 귓구멍을 후볐다.

"어휴, 남 일에 저렇게 관심이 많아서야."

그때 현혜가 슬쩍 물었다.

은근히 주눅 든 목소리였다.

-태양아, 이쯤에서 포기하는 건…….

스스로 말을 끝맺지도 못하고 목소리가 잦아들었다.

태양은 대답하지 않았다.

현혜의 걱정도 이해가 안 되지는 않는다.

6단계를 클리어하는 태양의 모습은 그만큼 아슬아슬했으니까.

"……현혜야, 내가 봤을 때 여기는 보너스 스테이지야."

-보너스 스테이지?

"게임마다 있잖아, 보상을 막 퍼주는 그런 데. 과하다 싶을 정

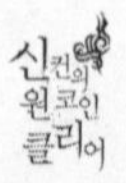

도로."

보너스 스테이지가 나오는 이유는 두 가지다.

첫 번째.

이제까지의 업적을 축하하거나.

두 번째.

앞으로 나올 난이도가 말도 안 되게 어려워지거나.

태양은 후자의 경우를 생각했다.

차원 미궁에서 이런 스테이지를 만든 이유.

플레이어의 실력을 억지로라도 늘리려는 이유.

위의 스테이지에서 드러나는 게 아닐까.

-그건…… 영혼 수련장 스테이지에서 고득점을 못 한 유저도 50층까지 올라갔는걸. KK도, 조금 모자라지만 제수스도…….

"깬 사람은 없잖아."

50층.

높아 보이지만 22층이나 더 올라야 꼭대기다.

엄밀히 말하자면 한참이나 남았다.

차원 미궁의 꼭대기에 도달한 플레이어는 없다.

영혼 수련장 8층까지 올랐던 플레이어도 아직 차원 미궁은 55층에서 헤매고 있다. 그래서 태양은 이런 요소 하나하나를 더 더욱 놓칠 수 없었다.

여기서 놓친 하나의 퍼즐이 결정적인 순간 태양의 발목을 잡아끌지도 모르니까.

지금 55층에서 헤매고 있는 이들이 올라가지 못하는 이유가, 이런 스테이지에서 소홀해서 그런 걸지도 모르니까.

태양이 나지막이 중얼거렸다.

"목숨이 걸린 일이니까 대충할 수가 없는 거야."

목숨이 걸린 일이기 때문에 목숨을 건다.

웃기지만, 이게 태양이 처한 현실이었다.

태양은 결연한 얼굴로 정육면체에 들어섰다.

7단계부터는 육체나 마나의 단련과 아예 상관이 없고, 전의 테스트처럼 3단계로 나뉘어 있지도 않았다.

7단계를 클리어하기만 하면 바로 고수.

다음 단계인 8단계 역시 클리어하기만 하면 바로 달인.

다른 체계를 가진 만큼 테스트 방식 역시 달라질 수밖에 없다.

하지만 이에 대해 제대로 아는 사람은 없었다.

유저 중에서 7단계 테스트를 통과한 이가 없었기 때문이다.

"성공했으면 유저 최고 등급은 중수가 아니라 고수였겠지."

7단계 테스트를 통과한 이가 없다는 말은 다른 말로 하자면 7단계 테스트에 도전한 사람은 있다는 뜻이다.

-도플갱어. 거울 부수기. 유저 플레이어들은 이거만 나오더라.

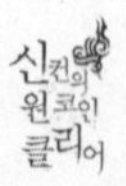

7단계는 종류가 적은 것 같기도 하고…….

"깬 사람은 없고. 흠, 도전은 누가 했데? KK? 제수스?"

–그 둘도 있고, 아무래도 가장 유명한 건 바나지.

"바나? 네 전 동료?"

–응. 나랑 파티 많이 했던 친구였지. 도전하고 3초 만에 죽어서 땅을 치고 후회하는 영상이 인기를 끌었었거든. 걔 그때 구독자 수 팍 뛰었었는데.

['바나' 님이 10,000원을 후원하셨습니다!]

[흑역사 꺼내기 있냐? 함 뜨실?]

바나의 후원을 본 현혜가 키득거리며 대꾸했다.

–뭐래. 벤 당하고 싶어?

['바나' 님이 10,000원을 후원하셨습니다!]

[너…… 그러지 마라……. 그렇게 사는 거 아니다…….]

–바나 참패. ㅋㅋ.

–딜교 성립 불가.

['구원자협회' 님이 1,000,000원을 후원하셨습니다!]

[윤태양 님의 채팅방을 본인들의 웃음과 재미를 위해 이렇게 사사로이 사용하지 않아 주셨으면 좋겠습니다. 윤태양 님에게 채팅과 후원은 플레이 중 필요한 팁이나 창의적인 발상에

도움을 얻기 위한 장치입니다. 우리는 더 나은…….]

—100만 원짜리 고봉밥 ㄷㄷ.

—이건 쳐 내라고도 못하겠네.

—꼰대 쳐 내!

—아, 아줌마 배불러요…….

채팅 창이 웃고 떠드는 사이 웃음기를 뺀 현혜가 중얼거렸다.

—태양아, 조심해야 돼. 이전까지도 어려웠지만……. 7단계부터는 난이도가 정말 말도 안 되게 올라가니까.

6단계까지는 어찌어찌 깼던 유저들도 7단계에서는 허무하게 죽어 나갔다.

랭킹 1위 KK조차도 예외는 아니었다.

표지판이 나타났다.

7단계.

도플갱어.

—으, 이거

도플갱어.

태양과 하는 행동, 무력, 생각이 똑같은 인형.

태양은 이 인형을 이겨야 했다.

"도플갱어라, 사실상 나랑 모든 능력치가 똑같다는 건가?"

—응. 저 인형은 네가 할 수 있는 최선의 수를 무조건 선택해.

"내가 할 수 있는 최선의 수라."

-그리고 실수하지도 않아. 말로만 도플갱어지, 사실상 너보다 더 완벽한 녀석이란 애기야.

태양이 인상을 찌푸렸다.

"그 말 그대로라면 까다롭겠네."

쿠웅.

표지판과 동시에 커다란 대련장으로 바뀐 정육면체 내부의 중앙에서, 태양의 형태를 본 딴 목각 인형이 발을 굴렀다.

목각 인형은 이리저리 목을 꺾더니 태양을 향해 손짓했다.

예의라고는 쥐뿔도 찾아볼 수 없는, 들어오라는 의미의 보디랭귀지.

"이야, 이런 것까지 닮을 필요는 없는데 말이지."

사납게 웃은 태양이 짓쳐 드는 순간, '후웅-' 바람이 불어왔다.

태양이 본능적으로 스킬을 발동했다.

[머신 PUNMFV-3,000 활성화]

[마나를 소모하여 근력, 맷집, 민첩 중 하나의 시너지를 선택해 시너지의 등급을 한 단계 높입니다.]

[맷집의 시너지가 '6'으로 조정됩니다.]

[스톰브링어(Storm Bringer) : 폭풍 소환(暴風 召喚)]

[폭풍의 정령 군주 아라실이 플레이어 윤태양의 신체에 임합니다.

(지속 시간 60초)]

콰드드드드득!

바람이 정령이 서로를 물고 뜯었다.

거친 바람 사이에서 목각 인형과 태양이 공수를 교환했다.

정의행(正義行) 1식 – 통천(通天).

정의행(正義行) 1식 – 통천(通天).

쩌엉!

압도적인 출력의 마나가 대련장을 쩌렁쩌렁 울린다.

두 인형(人形)은 커다란 마나 파동을 부드럽게 흘려내며 서로를 향해 접근했다.

사이에 거울이라도 둔 듯, 마술같이 똑같은 움직임이었다.

하지만 그다음은 달랐다.

정의행(正義行) 2식 – 관심(貫心).

초월 진각 – 염라각(閻羅脚).

쿠웅.

태양은 손을 내뻗고, 목각 인형은 진각을 내디뎠다.

말하자면, 두 태양의 선택이 갈렸다.

"그게 옳은 선택이라는 거냐!"

진각 없이 팔의 움직임만으로 발동하는 관심이 먼저 목각 인형의 가슴을 찔러 들어갔다.

푸욱.

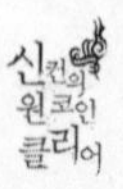

신체 내부 장기까지 똑같이 구현된 건지, 목각 인형이 톱밥을 뱉어 냈다.

'하지만 얕아.'

급하게 쏘아 낸 일격인 만큼 치명적인 피해는 입히지 못했다. 동시에 차올려진 염라각이 태양의 상반신을 가격했다.

콰아아앙!

예상된 공격이었던 만큼 팔을 들어서 막아 냈지만 완벽한 방어는 아니었다.

"쿨럭."

태양 역시 울혈(鬱血)을 뱉어 냈다.

본능적으로 피해를 계산했다.

완벽하지 않은 무공으로 준 피해.

완벽하게 준비되고 숙련되기까지 한 염라각에 의해 입은 피해.

후자는 미리 방비해서 피해를 경감한 것을 생각하면 결과는 5:5다.

잔 생각은 더 이상 이어 갈 수 없었다.

목각 인형이 다시금 덤벼들었기 때문이다.

콰드득.

다시 한번 진각을 밟은 목각 인형이 주먹을 뻗어 올렸다.

초월 진각 - 선풍권(旋風拳).

본능적으로 허리를 숙여 주먹을 피해 낸 태양이 흐름을 그대로 살려 태클로 이어 가려 했으나, 목각 인형은 흠잡을 수 없는 태클 방어로 태양의 수를 파훼했다.

이것으로 다시 5 : 5.

태양이 웃었다.

"이거 봐라?"

센스도, 패턴 파악도 의미가 없다.

선수 시절부터 태양의 기막힌 특기라고 칭송받아 온 다운로드도 마찬가지였다.

목각 인형은 태양 그 자체였다.

끼이이익.

너덜너덜해진 대련장의 마룻바닥이 찢어지는 소리를 냈다.

정의행(正義行) 4식 – 천굉(天轟).

정의행(正義行) 4식 – 천굉(天轟).

꽈르르릉.

하늘이 부서지는 듯한 굉음이 두 번 울렸다.

그렇지 않아도 시끄러운 소리가 두 배가 되니 고막이 아려 올 지경이었다.

태양이 한 걸음 내딛자 목각 인형도 한 걸음 내디뎠다.

둘은 또 동시에 같은 판단을 내렸다.

스타버스트 하이킥(Starburst High Kick) – 캐논 폼(Canon Form).

스타버스트 하이킥(Starburst High Kick) – 캐논 폼(Canon Form).

초 근거리 캐논 폼.

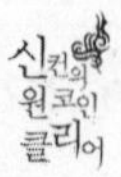

쮸웅!

심지어 서로가 노린 부위 역시 한 치의 오차도 없이 같아서, 캐논 폼의 레이저가 허공에서 맞부딪쳤다.

'처음에는 재밌었는데 말이지.'

스스로의 최선과 부딪치는 일은 굉장히 버거운 동시에 꽤나 흥분되는 일이었다.

하지만 으레 그렇듯 유지되는 행복은 일상이 되고, 또 불안 요소로 탈바꿈하고는 한다.

처음엔 신선했던 목각 인형과의 전투 역시 이제는 그냥 육체 노동처럼 느껴지고 있었다.

그것도 정신력을 지독하게 소모하는 육체 노동.

분기점은 '위대한 기계장치'의 사용이었다.

목각 인형과 태양은 서로에게 승부수를 던졌고, 잘 막아 냈다. 그리고 둘은 승리하지 못한 대가를 '위대한 기계장치'의 되감기로 치렀다.

그 이후의 전투로 급격히 전투가 지루해졌다.

왜? 보험이 없으니까.

서로의 실수만을 기다리는 극도로 방어적인 형세가 되어 버렸다.

말하자면 재미없는 싸움이다.

'슬슬 끝내고 싶은데.'

물론 끝내는 건 쉽지 않았다.

그 끝을 태양의 승리로 마무리하는 것은 더더욱.

쉬웠다면 마룻바닥이 너덜너덜해질 정도로 진각을 밟을 필요도 없었겠지.

콰아앙!

목각 인형의 초월 진각이 태양이 생각하는 사고의 틈을 비집고 들어왔다.

목각인형의 어깨를 움찔거린다.

꼭 아까 잽의 전조에서 읽었던 것만큼의 강도로.

목각 인형은 어깨의 미세한 움직임을 통해 초월 진각 시리즈의 전조를 의도적으로 흘리고 있었다.

하나 이것은 스타버스트 하이킥으로 틀어 허를 찌르려는 일격이다.

'뻔하지 않은데 뻔하단 말이지.'

어지간한 고수가 아니면 걸 수도 없는 심리전이지만, 지금 상황에선 거울을 보고 하는 가위바위보나 다름이 없었다.

태양은 목각 인형의 공세를 피하지 않고 오히려 몸을 더 앞으로 내밀었다.

여기서 회피는 손해 보는 선택지였다.

쿠웅.

드래곤 하트가 맥동하고, 거대한 마력이 태양의 마나 회로를 타고 흘렀다.

정의행(正義行) 1식 – 통천(通天).

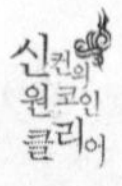

스타버스트 하이킥(Starburst High Kick).

빼엉!

두 가지 스킬화된 일격이 터져 나가고, 마력 폭발의 반탄력이 태양의 몸을 휩쓸었다.

태양은 거기에 저항하지 않았다.

쿠당탕.

목각 인형이 쓰러진 태양을 물끄러미 내려다보았다.

고작 이것밖에 안 되냐는 듯, 내리깔아 보는 눈초리.

동공도 없는 주제에 이 모든 것을 실감 나게 하는 저 표현력.

절로 기분이 나빠지는 퍼포먼스.

–윤태양 닮긴 했네.

–ㅋㅋㅋㅋ 턱짓이랑 저 짝다리 짚은 거 너무 윤태양 아니냐고 ㅋㅋㅋ.

–ㄹㅇ 전투력이 아니라 사람을 빼다 박아 놨네.

퉤엣.

태양이 대련장 바닥에 피 섞인 침을 뱉어 내고서는 중얼거렸다.

"대충 생각해 봤는데, 클리어할 방법은 한 가지 정도 있는 것 같아."

–한 가지? 있기는 해?

"이론적으로는."

태양이 피식 웃었다.

플레이어에게 유독 친절한 영혼 수련장 스테이지를 비롯해서, 클리어할 방법이 없는 스테이지는 단 1개도 없었다.

그것은 테스트 역시 마찬가지.

요는 그 방법이 얼마나 지랄 맞게 어렵냐는 것이다.

"성장."

그것이 태양이 도출해 낸 해답이었다.

이제까지의 스테이지는 목표를 수행하면 그 보상으로 '업적'이라는 성장 포인트를 줬던 데 반해, 이 테스트는 플레이어 자체의 기량 성장을 클리어 목표로 놔뒀다.

어이없지만, 이만큼 이 '영혼 수련장' 스테이지의 콘셉트에 걸맞은 해답도 없다.

현혜가 의문을 제기했다.

-그런데 그건……. 목각 인형도 성장할 수 있는 거 아니야?

태양이 목각 인형을 노려봤다.

여유를 즐기는 건지, 목각 인형은 태양을 향해 덤벼들지 않았다. 아니, 목각 인형 역시 태양을 이길 방법을 강구하고 있는지도 몰랐다.

"맞아. 목각 인형도 성장하면 말짱 도루묵이지."

목각 인형의 전력이 고정 값인지 아닌지는 모른다.

"그러니까, 약간 강해지는 게 아니라 유의미할 정도로 강해져야 해."

1이 아니라 10, 20 정도로, 그것도 한순간에 강해져야 한다.

목각 인형이 태양의 성장을 따라잡기 전에 이득을 쌓아 놓고, 그걸 굴려서 게임을 끝내야 했다.

"그래서 시간 싸움이야."

태양의 정신력은 유한하다.

집중력은 언젠가 흐트러질 수밖에 없다.

그 전에 결판을 내야 했다.

태양은 생각을 이어 갔다.

내가 성장할 수 있는 부분은 뭐지?

격투기?

이렇게 표현하면 좀 그렇지만, 태양에게 격투 기술의 발전은 끝물이다.

킹 오브 피스트의 게이머 생활을 하면서 태양이 접한 전투 기술은 모조리 통달했다. 더 숙련하면 나아질 순 있겠지만, 극적인 성장의 여지는 거의 없다시피 했다.

아니면, 아직 사용하지 않은 스킬과 아티팩트의 변수 창출?

역시 좋은 선택지는 아니다.

변수를 창출할 거였다면 위대한 기계장치의 빨리 감기를 사용했어야 했다.

신룡화는 변수를 창출하기 어려웠다.

그건 당장 저 목각 인형도 할 수 있는 일이니까.

목각 인형이 스톰브링어를 사용했을 때처럼 자연스럽게 맞 사용하는 그림이 나올 뿐, 변수 창출로서는 의미가 없다.

결국 답은 1개였다.

태양이 이제 막 입문한 분야.

그러므로 성장할 여지가 크게 남아 있는 분야.

무공.

정의행(正義行).

오직 무공의 경지를 끌어 올리는 것만이 유의미하다.

이제 무공을 막 배운 윤태양을, 깨달음을 얻은 윤태양으로 제압하는 것이 태양이 생각한 공략법의 주요 골자였다.

무공의 경지를 끌어 올린다.

어떻게?

결국은 이거다.

'시도한다.'

시도라고 표현은 하지만, 사실상 무모한 짓에 목숨을 거는 거다.

태양은 6단계 저항 테스트에서 경험했던 모든 마나의 운용.

그 험난하고 가파른 계단을 오를 생각이었다.

인식했다고 오를 수 있는 종류의 계단은 아니다.

하지만 오른다.

지금, 즉시.

영혼 수련장은 그것을 바라고 있는 게 분명했다.

태양이 사납게 웃었다.

"간다."

이제까지의 효율적인 마력 분할은 집어치웠다.

쿵, 쿵, 쿵, 쿵.

2개의 드래곤 하트가 거칠게 맥박하며 최대 출력으로 마나 회로에 마나를 공급하기 시작했다.

다행히도 저항 테스트에서의 경험이 선연했다.

몸 곳곳에 '최대한' 마나를 공급했던 경험은 마나 회로에 아주 선명한 감각으로 남아 있었다.

기세를 느낀 목각 인형이 몸을 움츠렸다.

적당한 이완과 수축이 완벽하게 밸런스를 맞추고 있는 전투 자세였다.

'칭찬하기도 민망하네.'

물론 저것은 태양의 전투 자세이기도 했다.

몸 내부에 거대한 마력을 휘돌리며, 태양이 다시 떠올렸다.

3단계, 따라 하기 테스트에서의 흐름을.

'그건 분명 무공에 대한 가르침이었고, 정의행에 적용할 수 있는 흐름이야.'

사용하지 않았던 이유는 간단하다.

실수하지 않을 자신이 없었으니까.

이전 6단계에서는 목숨이 걸렸으니 억지로 해낸 거지, 실전에 사용할 깡은 태양에게도 없었다.

심지어 '윤태양'을 상대로는 더더욱.

강적을 상대로 처음 사용하는 기법을 사용할 정도로 태양은 무모하지 않았다. 무아지경에 빠져서 주물렀던 힘의 흐름을 기억하고, 그 흐름을 태양의 마나로 재현한다.

콰드드득!

어느새 지근거리까지 접근한 목각 인형이 진각을 밟았다.

초월 진각.

현대 기술이 만들어 낸 압도적으로 효율적인 스텝.

당하는 사람의 입장에서 이 기술에 대항하기 위해서는 마주 초월 진각을 밟거나 아예 몸을 빼 도망치는 것 말고는 없었다.

하지만 태양은 초월 진각을 마주 밟지 않았다.

그렇다고 도망치지도 않았다.

카드득.

태양의 마나 회로가 시원하게 긁는 소리를 냈다.

시작은 탄력적인 특성을 가진 마나 회로에 마나를 쏟아부으면서, 압도적인 속도로 뿜어져 나온 마나가 미끄러운 마나 회로를 타고 가속했다.

미끄러운 마나 회로의 통로는 점점 좁아지고, 추가로 가속한 마나 덩어리가 정의행의 원래에 맞춰서 뻗어 나갔다.

초월 진각 – 선풍권(旋風拳).

정의행(正義行) 1식 – 통천(通天): 윤태양식(式) 어레인지.

윤태양식(式) 어레인지.

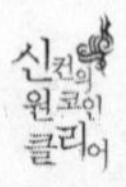

처음 운룡의 무공을 형만 베껴 냈던 그 기술이 아니다.

태양이 수련장에서 얻은 나름의 깨달음을 체화시킨, 진정한 의미에서의 어레인지다.

빼어어엉!

목각 인형이 덜컥거렸다.

태양이 쉬지 않고 손바닥을 내밀었다.

하늘을 부수는 굉음.

4식 천굉이다.

이번에는 목각 인형도 마주 손바닥을 내밀었다.

정의행(正義行) 4식 - 천굉(天轟).

정의행(正義行) 4식 - 천굉(天轟): 윤태양식(式) 어레인지.

꽈르르르르릉!

콰드득.

목각 인형의 입에서 톱밥이 튀어나왔다.

다음은 2식.

관심이다.

목각 인형은 태양의 성장을 인정할 수 없다는 듯, 마주 손을 찔러 넣었다.

정의행(正義行) 2식 - 관심(貫心)

정의행(正義行) 2식 - 관심(貫心): 윤태양식(式) 어레인지.

콰드드득!

태양의 손에 맞부딪친 목각 인형의 오른팔이 부서졌다.

그리고 목각 인형과 태양이 동시에 톱밥과 피를 내뿜었다.

목각 인형은 내상을 입고, 태양 역시 마나 일부가 역류했기 때문이다.

태양이 핏발선 눈으로 목각 인형을 바라봤다.

목각 인형이 그러모은 주먹.

통천이다.

"쿨럭."

역류하는 마나 때문에 전체적인 흐름이 헝클어지려 했다.

태양은 필사적으로 따라 하기에서 췄던 춤을 떠올렸다.

어느새 접근한 목각 인형이 주먹을 쏘아 냈다.

태양이 마주 주먹을 뻗었다.

정의행(正義行) 1식 - 통천(通天).

정의행(正義行) 1식 - 통천(通天): 윤태양식(式) 어레인지.

뻐어어엉!

정면에서 부딪치는 통천.

목각 인형의 왼손이 마저 박살 났다.

동시에 벽면이 무너져 내렸다.

태양은 영혼 수련장에 캠프를 차린 마리아나 수도회의 야전 병동에 찾아갔다.

외상도 외상이었지만 마나 회로 자체에 입은 상처, 내상의 여파가 이만저만이 아니었기 때문이다.

외상은 이를 악물고 버틸 수 있을 정도라면, 내상은 악물다가 어금니가 부러질 정도의 통증이랄까.

아무튼 엄청나게 아팠다.

“500골드입니다.”

“더럽게 비싸네.”

마리아나 수도회의 이름 모를 수녀가 무표정한 얼굴을 숙였다.

-야전 병동이 있는 게 어디야. 타이밍 안 맞으면 아예 없을 수도 있는데.

“그런가.”

“안 받으실 겁니까?”

수녀의 물음에 태양이 인상을 쓰고는 500골드를 넘겼다.

“젠장, 시간 다 버렸네.”

-그렇다고 없이 들어갈 수는 없잖아.

태양의 등에 손을 짚은 수녀가 자신에게 한 말인 줄 알고 대답했다.

“치료는 그렇게 오래 걸리지 않습니다.”

“아, 그쪽한테 말한 거 아닙니다.”

태양이 팔을 설레설레 내저었다.

도플갱어를 상대하느라 사용한 스톰브링어와 위대한 기계

장치의 이야기였다.

재사용 대기 시간동안 꼼짝없이 묶여 있게 생겼다.

후우웅.

마리아나 수도회의 '신'이 내린 흰빛이 태양의 헝클어진 마나 회로 일부를 바로잡았다.

뻑뻑하게 경직된 마나 회로가 부드럽게 풀어지며 부드럽게 진동했다. 마나가 회로를 부드럽게 내지르는 감각이 상쾌하기 그지없었다.

"햐, 좋다."

회복되는 몸 상태도.

'성장'이라는 성과도.

태양은 저도 모르게 웃었다.

마리아나 수도회의 야전 병동에서 차분히 치료를 받으며 기다리고 있자니 동료들이 하나둘 나오기 시작했다.

가장 먼저 나온 플레이어는 메시아였다.

몇 단계인지 딱히 물어볼 필요는 없었다.

메시아가 나온 정육면체를 육안으로 확인할 수 있었으니까.

커다란 정육면체와 그 위에 쌓인 5개의 정육면체.

총 6개.

메시아는 6단계를 클리어하고 나온 모양이었다.

이후 란과 살로몬 역시 나왔다.

태양과 마찬가지로 7단계를 깨고 나온 모양이었다.

"여어, 고생했다."

"어."

"으, 으음."

란과 살로몬의 안색은 흙빛이었다.

태양도 병원 신세를 지낸 마당에 둘이라고 몸 상태가 멀쩡할 리가 없었다.

뭐, 7단계 테스트의 난이도를 생각하면 그럴 만했다.

살로몬은 어떤 테스트를 받은 건지 팔 절반이 아예 박살 나 있는 지경이었다.

태양이 손가락으로 한쪽을 가리켰다.

"야전 병동은 저쪽. 골드 가져온 건 있지? 바가지 장난 아니니까 마음의 준비 단단히 하고……."

"고맙다."

살로몬이 황급히 야전 병동으로 떠나고, 태양이 란을 바라봤다.

"너는 괜찮아?"

"아, 어. 시간만 조금 보내면 괜찮아질 거야."

"안색은 안 괜찮은데."

"내공을 바닥까지 긁어 쓴 건 오랜만이거든. 탈력 증상이 좀 심해서……."

태양이 고개를 끄덕였다.

사실 둘보다 더 안색이 좋지 않은 건 따로 있었다.

메시아였다.

그렇지 않아도 창백한 얼굴이 거의 백지장처럼 새하얗다.

당연하다.

메시아만 6단계를 클리어했으니까.

"……다들 7단계를 클리어했군."

"안 될 것 같으면 안 해도 돼. 어차피 보상이야 카드 슬롯 하나인데. 레어 등급이나 유니크나."

태양의 말에 메시아가 입을 꾹 다물었다.

느껴지는 감정선이 뻔하다.

도전하고 싶지만, 자신은 없음.

태양이 메시아에게 물었다.

"내 방송, 볼 수 있나?"

"……볼 수 있다. 너도 원한다면 내 방송을 볼 수 있고."

"내 거 봤어?"

"7단계를 클리어하는 영상은 아직 못 봤고, 나머지는 대충 봤다."

그나마 다행이다.

표정이나, 하는 말이나.

자신의 능력을 정확히 알고 냉철하게 판단을 내리고 있었다.

안 되는 줄 알면서도 자존심 때문에 도전하는 사람이면 골치 아플 뻔했는데.

'하긴, 생각해 보니까 그런 사람이었으면 진작 죽었겠지.'

살로몬을 바라보던 태양이 뒤통수를 긁었다.

"음, 오지랖은 별로 안 좋아하는데."

"뭐?"

그래도 데리고 가기로 했으니까.

"일단 물어볼게. 너 1단계 테스트부터 스킬 썼냐?"

"……썼다."

고개를 끄덕인 메시아가 말을 덧붙였다.

"그런데 한 3단계까지 진행하고 나니까 알겠더군. 스킬을 쓰지 않아야 했다고."

"스스로 깨달았어?"

"……알고 보니까 보이더군."

신기하다면 신기한 일이다.

그 긴 시간 동안 플레이어들이 알아채지 못했던 것을 알아챈 거니까.

하지만 동시에 이상한 일이 아니기도 했다.

숨은그림찾기를 하더라도 떡 하니 그림 한 장 가져다 놓는 것과 '이제부터 숨은그림찾기를 할 거예요~'라며 선생님이 리드해 주는 것은 다른 거니까.

태양의 방송을 보고, 몸으로 익히는 과정을 보고 플레이하니 그제야 영혼 수련장 스테이지의 진가를 알아본 것이다.

"여하간, 최대한 스킬 사용은 안 하려고 노력은 했다는 거지?"

"초반 단계에서는 사용했지만, 이번 6단계까지 스킬 없이 클리어했다."

"그거면 됐어. 네가 테스트에서 깨달은 거 정리해 봐."

"깨달음이라."

"성과가 있을 거야. 시스템 창이나 수치로 나타나는 그런 종류의 성과가 아니라……."

"아."

메시아가 태양의 말을 끊었다.

번뜩이는 눈빛.

짚이는 게 있는 모양이었다.

태양이 메시아를 바라봤다.

7단계.

강요는 할 수 없는 노릇이다. 당장 클리어하지 못하면 메시아가 치러야 할 대가는 목숨이니까.

하지만 태양의 동료라면 등을 믿고 맡길 수 있을 정도의 기량은 있어야 했다.

"내 기준은 7단계야."

태양의 말에 메시아가 굳은 얼굴로 고개를 끄덕였다.

태양의 동료가 넘어야 할 최소한의 기준.

태양은 그것이 7단계 클리어라고 말하고 있었다.

-넌 완벽해야 해!

—시험 점수냐고 ㅋㅋㅋ.

—대치동 학부모님인 줄 ㅋㅋ.

—메시아 생각보다 귀여울지도.

—ㄹㅇ 눈빛 때메 소름 돋곤 했었는데.

—사백안 무서워...

—사실 그냥 좀 맹목적인 보통 사람임 얘도 ㅋㅋ.

—메시아, 파이팅! ㅜㅜ.

그때 듣고 있던 란이 태양에게 물었다.

"태양, 너는 어떻게 할 거야?"

"음, 솔직히 잘 모르겠어. 너는?"

"나는 이쯤에서 끝내려고. 최고 등급까지 찍을 수 있다면 좋겠지만……. 느꼈잖아? 6단계랑 차원이 달라."

태양이 고개를 끄덕였다.

란의 심정도 이해는 갔다.

6단계도 어려웠지만, 7단계와 6단계의 난도 차이는 말이 안 될 정도로 컸다. 하물며 8단계와 7단계의 난도 차이는 더더욱 말이 안 될 게 분명했다.

—ㅇㅈ 차라리 여기 포기하고 위에서 또 좋은 보상 얻어 내면 되지.

—솔직히 이 위는 막 밝혀진 게 많지 않긴 하지만, 윤태양은

찾아낼 수 있을 거임.

—ㅇㅇ 여기서 좀 고생하는 거 같아도 이게 강한 플레이어일수록 더 어려워서 그런 거잖음. 위에서 다른 플레이어 줘 패고 업적 따면 되잖아.

—근데 다른 플레이어 막 죽이고 그래도 되는 거임? 다른 차원 사람이라는데.

—걔네가 원숭이랑 다를 게 뭔데 ㅋㅋ.

—말이 통하잖아.

—침팬지한테도 언어 가르칠 수 있음. 님 침팬지랑 동류임?

—반박 불가 ㅋ.

그때 태양의 눈앞에 증강 현실이 나타났다.

[8단계 테스트는 입장한 후 내용을 보고 포기하실 수 있습니다.]

……들어가라네.

태양이 란을 바라봤다.

란의 초점이 허공에 맞춰져 있다가 이내 태양을 바라보고는 배시시 웃었다. 그녀 역시 같은 메시지를 본 모양이었다.

"일단 들어가 보기는 해야겠네."

이 정도로 하는데 들어가지 않을 수 없는 노릇이다.

⁂

후두둑.

정육면체의 벽면이 떨어짐과 동시에 태양이 서 있는 바닥이 급속도로 융기했다.

쿠우웅.

융기한 바닥을 중심으로, 작은 원형의 무대가 만들어졌다.

바닥은 까마득히 밑에 있었지만, 벽면은 멀어도 닿지 못할 정도의 거리는 아니었다.

-어? 여기…….

현혜가 의문사가 담긴 침음을 냈다.

태양도 마찬가지였다.

어디선가 본 듯한 장소.

한 번 겪은 듯한 분위기.

위화감의 정체는 곧 깨달을 수 있었다.

쿠우웅.

태양 앞에 거구의 남성이 나타났기 때문이다.

상대를 압도하는 근육질의 몸체.

타고난 폭군의 분위기.

세로로 찢어진 파충류의 안광.

마왕.

발락이었다.

더 당황스러운 일은 그 다음에 일어났다.

발락이 다가와서 태양에게 주먹질을 시작한 것이다.

빠르지만, 대처하지 못할 정도의 속도는 아닌 주먹이,

"무슨……!"

퍼억.

태양의 복부를 꿰뚫었다.

이후로도 늑골을 부수고, 무릎을 박살 내고, 오른 손목을 타격하기까지.

태양은 뒤늦게 깨달았다.

그의 손에 검이 잡혀 있었다.

발락을 상대하며 부러졌던, 태양이 가장 활용도 있게 사용했던 아티펙트.

살로몬의 고향에서 얻어 낸 기물.

라이트 세이버 – 타입: B.

콰드드득.

그제야 태양은 깨달았다.

태양의 머릿속에 박혀 있는 가장 강력하고 절망적인 적.

대련 도중, 일시적으로 한계를 벗어난 마왕 발락.

절반 정도는 갈아엎어진 경기장.

마법적인 힘으로 보호되는 벽면.

그날, 그 대련했던 바로 그 장소다.

그때 전투가 지속됐다면 어떻게 됐을까?

일시적으로 한계를 벗어난 발락이 자신의 과오를 인정하지 않고 태양을 죽이려 했다면?

살아남을 수 있었을까?

이는 태양의 머릿속에 박힌 가장 강렬한 기억 중에 하나였다.

투웅.

마치 유체이탈이라도 한 것처럼, 태양이 본인의 몸에서 튀어나왔다.

튕겨 나오니 다른 점을 한 가지 발견했다.

쥐고 있는 검은 라이트 세이버였다.

과거에 그의 장비.

하지만 라이트 세이버를 제외한 장비는 모두 달라졌다.

태양은 당시에 소림 고승의 도복을 입고 있었지만, 지금은 검은 가죽 바지와 재킷을 입고 있었다.

태양의 앞에서 라이트 세이버를 휘두르고 있는 태양은 재킷을 입고 있었다.

-과거에 만난 최강의 적과 지금의 네가 싸우는 거네.

현혜의 말에 태양이 헛웃음을 지었다.

"이걸 깨라고?"

동시에 이해가 됐다.

아그리파 기사단의 카인을 비롯한, 8단계를 클리어한 플레이어들이.

그래.

가진바 능력이 출중하고, 미궁을 오르는 동안 성장을 거듭했다면 깰 수도 있었겠지. 전에 만난 최강의 적이라고 해 봐야 어쨌든 스테이지에서 만난 적이었을 테니까.

운이 좋았다면 자신보다 조금 더 강한 플레이어였을 수도 있고.

하지만 태양은 다르다.

무려 '리미트를 해제한 발락'이다.

후둑.

땅바닥에서 표지판이 올라왔다.

8단계, 이겨 낼 것인가?

표지판은 숫제 구어체로 묻고 있었다.

과거의 악몽을 이겨 낼 것인가?

–X발 이걸 싸우라고?

–이건 아니지.

–선 넘네. ㅋㅋ.

–그래도 보정 있지 않겠음?

–뭔 보정 ㅋㅋ 차원 미궁은 그런 장르가 아니에요.

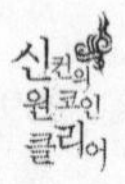

꿀꺽.

침을 삼킨 태양이 발락을 바라봤다.

그는 태양이 내려치는 라이트 세이버의 위협적인 칼날을 감지하고, 본능적으로 두 팔을 들어 올려 검로(劍路)를 가로막고 있었다.

태양 눈을 감고 생각에 잠겼다.

편견을 걷어 내고, 감정도 걷어 내고, 냉철하게 판단해야 했다.

주변 플레이어들이 기대하는 눈초리? 무시한다.

채팅 창에서 유래 없이 좋은 말을 해 주는 사람들과 격려해 주는 사람들. 역시 재껴 놓는다.

중요한 건 자신감과 확신.

그리고 근거.

태양이 과거의 대화를 되짚었다.

단탈리안은 분명히 말했다.

…….

당신의 마지막 일격이 발락으로 하여금 진체(眞體)를 꺼내게 만들었으니까요.

…….

발락의 뼈가 그의 본래 몸으로 변해 당신의 검을 막아 냈으니…….

…….

당시 단탈리안의 설명에 따르면, 발락이 모든 리미트를 해제한 것은 아니었다.

비늘이 돋아나지도 않았고, 본체로 돌아가지도 않았으며, 특유의 그 강력한 마나를 터뜨리지도 않았다.

뼈를 강화해서 피해를 최소화시킨 정도에 불과했다.

그리고 한 가지는 확신할 수 있었다.

태양의 눈앞에 있는 발락은 진체(眞體)가 아니다.

영혼 수련장 스테이지를 만든 마왕이 만든 이미테이션에 불과했다.

발락은 자존심으로 둘째가라면 서러울 마왕이었다.

그가 진짜 마왕이라면, 이렇게 행동을 정지한 채 망부석처럼 서 있을 리가 없었다.

이것이 의미하는 바는 무엇인가.

전투 중 더한 타격을 입어도, 다른 리미트 해제가 또 이루어질 가능성은 없다는 것.

지금 태양의 눈앞에 서 있는, '뼈'에 관한 리미트만 해제한 발락을 상대하면 된다는 것.

당시의 발락.

당시의 기세와 압박감.

지금의 나.

지금의 내 마력과 전투력.

경험을 바탕으로, 태양의 머릿속에서 대련장이 재구성된다.

이윽고 태양은 전투를 시뮬레이션하기 시작했다.

킹 오브 피스트의 수많은 유저가 경원시했던 태양의 시그니처.

다운로드(Download).

한참을 고민하던 태양이 번쩍, 눈을 떴다.

"어쩌면, 할 만할지도 몰라."

태양의 말에 현혜는 대답하지 않았다.

얼마나 터무니없는 일인지 알고 있었다.

하지만 태양이 가능성을 점치는 것도 이해할 수 있었다.

현혜라면 할 수 없다.

보통 사람이라면 할 수 없다.

하지만 태양이라면.

현혜는 그렇게 생각했다.

킹 오브 피스트에서의 기록.

이제까지 차원 미궁을 오르며 쌓아 온 기록.

인간 윤태양이 인간 주현혜에게 보여 줘 왔던 역사.

'할 수 있을지도.'

후두둑.

태양의 몸을 휘감은 비늘이 사라졌다.

이윽고 마나를 모두 회복한 태양이 검을 휘두르고 있는 자신의 동상에게 다가갔다.

동상에 태양의 손이 닿는 순간.

후욱.

시간이 흐르기 시작했다.

콰드득.

라이트 세이버가 발락의 피부를 베어 내고 이어 근육을 갈라 내다가 덜컥, 걸렸다.

발락이 팔을 휘두르자 귀를 찌르는 금속 파찰음과 함께 라이트 세이버가 깨져 나갔다.

원래라면 당황했겠지만, 2회차의 태양은 달랐다.

태양은 민첩한 몸놀림으로 백스텝을 밟았다.

발락에게 온갖 연격을 허용한 몸 상태 그대로였다면 불가능한 행위.

하지만 지금 이 자리에 있는 태양은 방금 발락에게 통한의 일격을 먹인 태양과 다른 존재였다.

"말하자면 태그매치라는 거지."

후욱.

가벼운 심호흡과 함께 시스템 창이 나타났다.

[머신 PUNMFV-3,000 활성화]

[마나를 소모하여 근력, 맷집, 민첩 중 하나의 시너지를 선택해 시너지의 등급을 한 단계 높입니다.]

[맷집의 시너지가 '6'으로 조정됩니다.]

[베르단디의 기도: 플레이어 윤태양의 공격에 멸악(滅惡) 속성이 부

여됩니다.]

그리고 빠른 도핑과 함께 바로 본론으로 들어갔다.

신룡화(神龍化).

근육, 눈, 비늘, 심장, 피, 그리고 뼈.

만찬장 스테이지에서 얻을 수 있는 특전, 영양제 개화와 신룡화의 매커니즘은 같다.

신체 중 일부 부위를 강화하는 것.

물론 비슷한 점이 있다면 다른 점도 있다.

영양제 개화는 플레이어에게 선택권이 없고, 신룡화에는 있다. 그렇기에 신룡화를 사용할 때는 전략적인 고민이 필요했다.

어떤 부위를 강화할 것인가.

이 부위를 강화함으로써 어떤 이득을 취할 수 있는가.

근육은 근력과 민첩성을.

비늘은 압도적인 방어력을.

뼈는 몸의 내구와 체술의 파괴력을 극대화할 수 있다.

눈은 평소보다 더 많은 정보를 받아들이고 처리할 수 있으며, 기의 흐름에 극단적으로 민감해진다.

피는 마나의 질을 극단적으로 끌어 올리고 이능(異能)에 대한 저항력을 갖게 된다. 그밖에 특능이 있을 것으로 추정되지만, 아직 밝혀지지는 않았다.

그리고 심장.

용에게 심장은 마력의 원천이다.
동시에 신체 곳곳에 혈액을 돌리는 역할을 가진, 신체에서 가장 중요한 장기 중 하나다.

[플레이어 윤태양의 심장이 마왕 발락의 능력치를 얻습니다.]

태양의 선택은 심장이었다.
두근.
강화된 심장이 둔탁하게 두근거렸다.
하지만 이 감각을 제대로 즐기기도 전에 발락이 짓쳐 들었다.
발락이 주먹을 뻗어 오고, 태양이 깔끔한 위빙으로 주먹을 흘려냈다.
동시에 발락의 마나가 태양의 균형을 흩트리려 했다.
'이게 문제였어.'
격투 도중 태양의 움직임에 간섭해 대는 부조리한 인력(引力).
연원 모를 발락의 기술.
이 기술 때문에 일전의 대련에서도 타격을 허용했고, 린치에 몰렸고, 때로는 절망까지도 느꼈다.
쿠웅.
강화된 심장이 거세게 요동쳤다.
동시에 가슴을 중심으로 압도적인 출력의 파동이 뻗어 나와 발락의 마나 간섭을 무력화했다.

초월 진각 - 염라각(閻羅脚).

뻐억.

태양의 발이 균형을 잃을 것을 예상하고 들어온 발락의 관자놀이를 깔끔하게 가격했다.

"됐다!"

상기된 표정으로 중얼거린 태양이 단숨에 거리를 좁혔다.

쿵. 쿵. 쿵.

뛰는 심장이 계속 의식됐다.

마력이 자꾸만 넘쳐흘렀다.

'차분하게. 방심하면 그대로 끝장이다.'

태양이 비틀거리는 발락의 가슴에 대고 마나를 듬뿍 먹인 주먹을 내뻗었다.

정의행(正義行) 2식 - 관심(貫心): 윤태양식(式) 어레인지.

콰드드득.

어깨를 비틀어 타격을 최소화한 발락이 역으로 태양의 손목을 붙잡으려 했다.

태양이 툭, 팔목을 비껴 침과 동시에 발락의 간격에서 빠져나왔다.

마나 간섭을 버텨 냈지만, 이후의 전투 구도는 전과 같다.

압도적인 피지컬로 태양을 붙잡으려 하는 발락.

요리조리 빠져나가며 타격을 입히는 태양.

태양의 입가가 슬쩍, 호선을 그렸다.

발락의 격투 기량은 굉장했지만, 당시에도 태양이 한 수 위였다.

심지어 무공을 통해 태양의 무기가 더 다양해졌다.

발락과의 전투는 시뮬레이션대로 흘러가는 듯했다.

콰앙!

예상은 대부분 맞아떨어졌다.

이 자리에서 주먹을 휘두르는 발락이 진체(眞體)가 아니라는 예상도 물론 그랬다.

발락은 말없이 전투만 했다.

이는 발락이 본인이 아니라는 것의 증명인 동시에 태양에게 어떤 아쉬움을 남겼다.

왜지.

진짜가 아니어서일까.

정의행(正義行) 1식 - 통천(通天).

뻐엉.

이제는 태양의 다른 주력 기술들만큼이나 숙련된 통천이 발락의 턱에 적중했다.

지금 때린 게 복사체가 아니라 진짜 발락이었다면, 놈은 어떻게 반응했을까.

생각과 함께 태양이 뛰어올랐다.

콰아아앙!

압도적인 마나의 응집체가 공간을 찌그러뜨렸다.

발락은 태양이 인력(引力)을 저항하자 마나의 활용처를 바꿨다. 하지만 전조가 분명한 발락의 대안은 태양에게 간단히 파훼되고 말았다.

쿵.

심장이 다시 한번 묵직하게 펌프질을 함과 동시에 마나가 급격하게 차올랐다.

당장 배출하지 않으면 회로가 가득 차 버릴 만큼.

'심장을 선택한 건 옳았어.'

다른 부위도 강력하지만, 심장만큼 커다란 임팩트를 내지는 못했다.

심장은 곧 발락의 마력을 끌어다 쓸 수 있는 기술이기 때문이다. 이는 즉, 신룡화의 코스트인 엄청난 마나 역시 심장에서 퍼 올린 마나로 커버할 수 있다는 말이다.

척 보기에 사기적인 기술이다.

하지만 당연히, 그런 만큼 단점이 있다.

태양이 이제까지 골머리를 앓다가, 최근에야 해결책을 찾았던 문제.

마나 회로가 버티질 못하는 것이다.

이는 태양의 미숙이 아니라 종(種)에서 그 원인을 찾아야 했다.

태생부터 강력한 마력을 타고나고, 평생을 살아가며 그 마력을 발전시키는 존재.

그것이 마법의 종주라 불리는 종족, 용이다.

그런 용 중의 왕이 바로 발락이고, 그 발락의 마력이 지금 태양의 마나 회로를 타고 흐르고 있다.

깨달음을 통해 개선한 방법이고 뭐고, 회로의 내구가 버텨주는 게 기적일 지경인 것이다.

괜히 '도플갱어' 테스트에서 목각 인형도, 태양도 신룡화로 심장을 활성화하지 않은 게 아니다.

어느 한쪽이 사용하는 순간 둘 다 파멸하는 결과로 끝맺음 될 거라는 걸 서로 알았기 때문에 사용하지 않은 것이다.

태양은 승리를 위해 거의 모든 것을 하지만, 자기 자신을 태우는 짓까지는 하지 않는 사람이었으니까.

'그래 놓고 지금 이러고 있다는 게 난센스지만.'

짧은 상념은 마나 회로의 아릿한 통증과 함께 깨졌다.

태양의 이마에 세 줄기 주름이 그어졌다.

마나 회로의 부담이 생각보다 훨씬 심했다.

쿠웅.

육중한 거체(巨體)가 비합리적인 속도로 쇄도해 태클을 걸어왔다.

태양은 반사적으로 발락의 통나무 같은 목을 옭아매며 무릎을 쳐올렸다.

빠억.

허리를 붙잡은 발락이 그립을 완성시키기 전에 빠져나온 태양이 발락을 바라봤다.

턱, 볼, 복부, 가슴, 오른 정강이.

튼튼한 골격 때문일까.

때린 부위는 많았지만, 그 어느 부위도 심각한 타격을 입은 것 같지는 않았다.

이는 전투가 태양의 예상대로 흘러갔지만, 결과는 그렇지 않을지도 모른다는 사실을 시사했다.

'더.'

[스톰브링어(Storm Bringer): 폭풍 소환(暴風 召喚)]

[폭풍의 정령 군주 아라실이 플레이어 윤태양의 신체에 임합니다. (지속 시간 60초)]

후와아아아앙!

태양의 몸을 중심으로 거센 질풍이 휘몰아쳤다.

군주 아라실 휘하의 정령들이 태양의 몸을 감쌌다.

본래라면 마력을 보조해 줬던 귀여운 친구들.

하지만 이번에는 입장이 바뀌었다.

"내가 도움을 줄게. 너희들이 개입해."

쿵, 쿵, 쿵, 쿵.

눈, 귀, 코, 입.

태양의 칠공(七空)에서 희뿌연 연기가 스멀스멀 흘러나왔다.

본래 눈에 보이지 않는 마나가 압축에 압축을 거듭해 가시화한 것이다.

마나를 머금은 바람의 정령들이 형태를 이루고 현신하기 시작했다.

차캉.

어떤 정령은 창병으로.

쿠웅.

어떤 정령은 도끼병으로.

스릉.

어떤 정령은 검병으로.

시퍼런 안광을 한 태양이 발락에게 덤벼들었다.

"크아아아아아아!"

발락이 달려드는 태양에게 스트레이트를 내뻗었다.

미세한 헤드 무브먼트가 주먹을 비껴 내고, 태양의 주먹이 발락의 복부를 가격했다.

뻐억.

소리는 둔탁하지만, 결과는 만족스럽지 않다.

발락이 남겨 둔 왼팔로 태양의 바디 블로를 가드했기 때문이다.

본래라면 뒤로 빠져서 다음을 노렸겠지만, 태양은 그러지 않았다.

인 앤 아웃(In And Out) 스타일로 실리를 취하던 태양은 지금 이 순간, 전형적인 인파이터가 되어 발락을 몰아세웠다.

뻐억.

빼야 할 타이밍에 빼지 않은 태양의 어퍼컷이 발락의 볼에 스치듯 적중하며 난타전이 시작됐다.

사실 난타전이라고 표현하기에는 어폐가 있었다.

'집단 린치.'

퍼억.

바람 정령의 도끼가 발락의 후두부를 강타했다.

검이 발락의 등판을 내리긋고, 창이 척추에 꽂혔다.

물론 발락도 당하고만 있지는 않았다.

콰드드득.

실체화된 바람 정령들이 무더기로 휩쓸려 나갔다.

동시에 태양과의 난타전에서도 힘을 발휘하기 시작했다.

애초부터 근접전은 발락의 영역이었다.

동시에 타격을 먹여도, 태양보다 발락의 주먹이 훨씬 무겁다.

'스톰브링어의 남은 시간은 30초.'

태양이 이를 악물었다.

타격은 분명히 들어가고 있었다.

발락의 주먹은 굼떠지고 있었고, 바람의 정령들이 휘두른 병장기에는 이따금 피가 묻어 나왔다.

하지만 남은 시간 안에 발락을 쓰러뜨릴 수 있을 것 같지 않았다.

쿠웅.

태양이 진각을 내디뎠다.

초 근거리에서 내디딘 진각은 곧 한 호흡이었다.

뻐억.

발락의 주먹이 작렬하고, 앙다문 태양의 입에서 피가 터져 나왔다.

후웅.

태양의 주먹에 바람이 모였다.

실체화된 바람 정령들 말고도, 태양의 움직임을 돕는 정령은 남아 있었다.

태양이 그들의 힘을 빌려 무공을 완성했다.

정의행(正義行) 4식 - 천굉(天轟): 윤태양식(式) 어레인지.

하늘을 부수는 울림이 질풍의 기세를 더한 채 발락의 가슴을 강타했다.

"푸흡."

발락이 드디어 입에서 피를 뿜어냈다.

콰앙.

이번에는 발락의 주먹이 태양의 늑골을 강타했다.

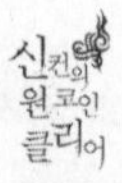

퍼서석, 용화(龍化)한 피부가 사정없이 부서지고, 둔중한 충격이 내장을 울리는 것이 부러진 게 확실했다.

다행히도 아드레날린 덕분에 통증이 느껴지지 않았다.

정의행(正義行) 2식 - 관심(貫心): 윤태양식(式) 어레인지.

태양의 마나가 발락의 두꺼운 가죽을 관통해 내장에 상처를 입혔다.

25초.

20초.

15초.

발락과 태양이 피투성이가 되는 건 순식간이었다.

15초가 되는 시점에, 태양은 고민했다.

'위대한 기계장치.'

되감기로 사용하면, 모든 상처를 회복할 수 있다.

본래는 그럴 계획이었다.

하지만 이 근거리에서 스톰브링어를 다시 활성화하고, 바람의 정령들에게 마나를 불어넣어 실체화하고, 집단 린치까지 하는 이 편의적인 상황은 다시 만들어 낼 수 없다.

발락은 터프하지만, 멍청하지는 않았다.

이런 구도는 이번이 마지막이었다.

쿠웅.

발락의 팔꿈치가 태양의 관자놀이를 가격했다.

동시에 태양의 오버핸드훅이 발락의 관자놀이를 마주 가격했다.

후두.

10초.

7초.

피에 젖은 오른손이 태양의 안주머니에 슬쩍 들어갔다.

태양의 오른손이 제 옷깃을 스쳤다.

[빨리 감기 – 신체를 가속한다. (쿨타임 12시간)]

째깍. 째깍. 째깍. 째깍.

[위대한 기계장치(The Greatest Machinery)의 태엽이 빠르게 감깁니다. (쿨타임 12시간)]

[플레이어 윤태양에게 빨리 감기 4단계 버프가 부여됩니다.]

4단계, 5초간 지속되는, 신체를 삼십육 배 가속해 주는 버프.

투웅.

태양은 일순간, 초월자의 영역에 다다랐다.

쿠웅.

5초.

태양이 펼칠 수 있는 정의행(正義行)의 모든 초식.

4초.

초월 진각으로부터 비롯되는 모든 파생기.

3초.

그 외 태양이 스킬화할 수 있는 킹 오브 피스트 원전의 모든 기술.

태양이 자신의 모든 것을 쏟아 내는 데 걸린 시간은 단 3초였다.

콰드드드드드득.

발락의 몸이 말 그대로 다져졌다.

2초.

푸화하하학!

태양의 칠공에서 피가 뿜어져 나왔다.

1초.

쿠웅.

발락의 거체가 쓰러졌다.

[폭풍의 정령 군주 아라실이 플레이어 윤태양의 신체를 떠납니다.]

정령들이 사라졌다.

가속한 신체도 원래대로 되돌아왔다.

털썩.

쓰러진 발락의 모조품 앞에 태양이 무릎을 꿇었다.

—태, 태양아. 괜찮아?

'아니.'

대답은 할 수 없었다.

입을 벌리면 소리 대신 피만 울컥울컥 터져 나왔다.

살면서 느껴 본 적 없는 압도적인 탈력감.

태양이 흐려지는 눈으로 쓰러진 발락을 바라봤다.

그것은 움직이지 않는 고깃덩어리가 되어 있었다.

다행히도.

'이렇게 쳐맞고도 일어나면…… 억울하긴 했겠네.'

태양이 안도의 한숨을 내쉬려다가 다시 한 움큼의 혈액을 뱉어 냈다.

"쿨럭."

간신히 부여잡고 있던 정신을 놓으려는 찰나.

—내 오랫동안 지켜봐 왔지만, 이번만큼은 정말로 탄복을 금할 수가 없구나.

기이한 쇳소리가 태양의 귓가에 울렸다.

아라실

폭풍의 정령 군주 아라실은 아주 오랫동안 계약자가 될 만한 생명체를 찾아 헤매 왔다.

저 간악한 마왕들에게 복속된 유프라테스 차원의 복수를 위하여, 72마왕의 파멸을 위하여.

그도 불가능하다면 차원을 집어삼킨 제8계위의 마왕, 바르바토스의 죽음을 위하여.

지독한 복수심은 고귀한 정령 군주가 스스로 차원 미궁의 시스템에 고개를 숙이게 했다.

정령 군주는 차원 미궁의 권위에 순응하고 플레이어들이 사용하는 아이템, 카드가 되어 긴 인고의 시간을 견뎠다.

스톰브링어 카드를 얻었던 첫 주인은 각인 B등급의 그럭저력 재능 있는 정령술사였다.

아라실이 직접 말을 걸지 않았음에도 불구하고 카드 안에 잠들어 있는 그의 자아를 발견할 정도로.

하지만 카드를 얻고 일주일 후, 동료에게 배신당해 죽었다.

동료는 스톰브링어 카드를 적출한 후 경매장에 팔았다.

경매장에서 강력한 유니크 등급의 카드를 구매한 B+ 등급의 검사 플레이어는 21층 공략에서 사막 뱀 아르칸드문에게 통째로 잡아먹혔다.

유니크 등급 카드 스톰브링어는 다시 차원 미궁의 어딘가로 배치됐다. 그리고 플레이어의 손에 쥐어졌다가 허무하게 주인을 잃거나, 배신을 당하거나, 팔리거나, 창고에 처박히거나, 다시 차원 미궁의 어딘가로 배치됐다.

긴 시간 동안 아라실의 목소리를 들은 플레이어는 셋이었다.

스톰브링어의 첫 번째 주인이었던 재능 있는 정령술사.

30층이 차원 미궁의 최전선이던 시절, 그 최전선의 최전선에서 싸우던 검투사.

그리고 태양.

아라실과 계약한 플레이어는 없었다.

차원 미궁은 아라실에게 계약할 기회를 한 번으로 제한했다.

계약한 후 아라실과 계약한 플레이어가 사망하면 아라실의 영혼도 그 플레이어와 같이 산화한다는 조건이었다.

본래 자유롭게 계약하고, 여러 계약자를 두며, 항상 계약자

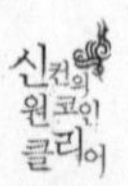

와의 관계에서 갑의 위치를 차지하던 정령 군주 아라실에게는 청천벽력과 같은 조건이었지만 수긍할 수밖에 없었다.

그것이 바로 차원 미궁의 시스템에 억지로 끼어 들어온 대가였다. 그렇기에 아라실은 독보적인 재능이 필요했다.

지금 당장 뛰어나지 않더라도, 고점은 마왕의 격을 넘어설 정도의 영혼과 계약하고 싶었다.

당연히, 그런 존재는 극히 드물었다.

독보적인 재능은 무엇인가.

독보적이란, 남이 따를 수 없을 만큼 홀로 뛰어난 것을 지칭했다. 아라실은 태양이 찬란하고 압도적인 재능이라는 데에는 동의했다.

하지만 독보적인.

그 누구도, 설사 마왕조차도 따라올 수 없을 만큼의 재능이라는 데에는 확신이 없었다. 한때는 그런 마음도 들긴 했지만, 아라실 본인의 '존재'가 걸린 이상 선택은 신중할 수밖에.

그리고 22층 '영혼 수련장' 스테이지의 8단계 테스트.

아라실은 비로소 확신했다.

아직 차원 미궁의 3분의 1도 오르지 못한 플레이어가 심지어 자신이 불리한 조건으로 용왕(龍王) 발락을 쓰러뜨리는 장면을 보면서.

"잠깐, 잠깐만."

창졸간에 아라실 앞에 끌려온 태양이 혼란스러운 얼굴로 아라실을 바라봤다.

허리까지 오는, 나풀거리는 청발.

닿으면 베일 듯 날카로운 턱선에 선명하게 빛나는 청안.

아라실의 인간형 외모는 굉장한 수준의 미남자였다.

"그러니까, 네가 그 카드 스톰브링어에 들어 있는 폭풍의 정령 군주 아라실이라고?"

—그래.

보통 사람이라면 저절로 미간을 찌푸릴 만한 쇳소리가 대답했다.

—으악.

—고막 테러.

—끼에에에엑!

하지만 태양은 아라실을 빤히 바라보며 되물을 뿐이었다.

"너야?"

—뭐가 말이냐.

"운타라의 브레스에 직격당했을 때."

꽤 지난 일이지만, 태양은 분명히 기억하고 있었다.

당시 태양은 그를 도운 정체불명의 목소리가 정령 군주 아라실이라고 추측했었다.

확인은 못 했었지만.

—…….

아라실이 대답하지 않자 태양이 미간을 찌푸렸다.

"아닌 것 같기도 한 게, 그때 당시 내 기억으로는 되게 중후한 목소리였거든? 지금 이런 쇳소리가 아니라……."

—내가 한 것이 맞다.

이번에는 쇳소리가 들리지 않았다.

분명 당시에 들었던 그 목소리였다.

—너는 더 지켜보고 싶은 플레이어였다. 나와 계약할 만한 재능이라고 판단했었고.

다시금 뒤바뀌는 쇳소리.

"그냥 듣기 좋은 소리로 내면 안 되냐?"

—너희 인간들은 불편할수록 집중하는 경향이 있더군.

오랜 시간 동안 인간을 관찰해 온 결과, 이런 식의 쇳소리를 가장 잘 들어먹는다는 게 아라실의 결론이었다.

태양은 딱히 반박할 말이 없어서 본론으로 들어갔다.

"그래서, 계약하자고? 지금 나랑?"

물론 올라가려는 입꼬리를 필사적으로 감췄다.

유니크 등급의 스킬 카드 스톰브링어는 현재 태양에게 가장 활용도 높은 무기 중 하나였다.

그 스킬의 주체가 태양과 계약을 하자고 나선 것이다.

아라실이 사파이어 같은 눈을 깜빡거리며 태양을 응시했다.

—나와 계약하면 너는 카드 스톰브링어에 적혀 있는 모든 명시

적 이득을 '특전'으로 얻는다.

태양이 저도 모르게 떡 하고 입을 벌렸다.

카드 스톰브링어에 적혀 있는 모든 명시적 이득.

스킬: 스톰브링어(U): 민첩 +2, 영웅 +1, 검사 +1

스킬 - 스톰브링어(Storm Bringer): 폭풍 소환(暴風 召喚): 폭풍의 정령 군주 아라실이 플레이어 윤태양의 신체에 임합니다. (쿨타임 48시간)

태양의 스테이터스 창에 적혀 있는 스킬 카드 스톰브링어의 텍스트다. 아라실의 말에 따르면 민첩 시너지 2개, 영웅 시너지 1개, 검사 시너지 1개.

그리고 스킬이 기본 특전으로 들어온다는 이야기였다.

무려 카드 슬롯 하나를 비우면서!

-스킬은 나와 계약하는 순간 사라진다. 하지만 소환 방식에서 보자면 달라지는 건 없다. 스톰브링어의 기능은 나 아라실과 플레이어의 가상 계약 상태를 만들어 주는 거니까. 다만, 앞으로는 날 소환할 때 드는 코스트를 네가 모두 감당해야 한다.

"흠."

-그동안 네가 날 소환할 때는 차원 미궁의 시스템이 그 비용을 지불했다. 하지만 너와 나의 일대일 계약이 성립되면 차원 미궁의 시스템은 그 부분에 대해서 간섭하지 않게 되는 거다.

태양이 고개를 끄덕였다.

얼마가 될지는 모르지만, 아라실을 소환하는 비용은 적지 않을 것이 분명했다. 그리고 이것은 꽤 중요한 문제였다.

분명 아라실의 소환은 태양의 전투에 큰 도움이 된다.

하지만 그 연비가 끔찍해진다면?

예를 들어, 과거 라이트 세이버를 사용하는 만큼의 마나가 들어간다면?

그 이상이라면?

그렇지 않아도 신룡화를 비롯해서 베르단디의 기도, 머신 활성화 등 태양이 마나를 사용할 곳은 많았다.

전투에서 운용하는 마나는 말할 필요도 없다.

"이건 디메리트가 조금 큰 것 같은데."

–성룡급 드래곤 하트 2개라면 나를 유지하는 데 충분하다.

"그 기준이 정확하지 않으니까 하는 말이야. '충분'이 몇 분인데? 아무튼, 소환 시간은?"

–소환 시간제한은 없어진다. 네가 마나를 지불하는 만큼 계속 나를 소환하고 있을 수 있다. 그리고 네가 영혼의 '격'을 끌어올리고 더 많은 마나를 소모한다면 지금 이상의 일도 해낼 수 있고.

"지금 이상의 일?"

–아직 갈 길이 너무 멀다. 때가 되면 알려 주지.

그렇게 대답한 아라실은 입을 닫았다.

–그 화법.

―대답해 줄 때까지 숨 참습니다.

―흡…….

태양이 화제를 돌렸다.

"좋아. 뭔가 지금 '스킬'보다 더 나은 성능을 낼 수 있는 다음 단계가 있다고 알아들었어. 코스트 비용을 내가 부담하는 게 나에게 이득이라고 생각할게. 마나야, 지금 당장은 수급할 방법이 많으니까. 그럼, 너와 계약했을 때 내가 입게 될 손해는 얼마 정도지?"

―손해라기보다 조건이다.

"조건?"

―내가 너와 함께할 테니, 72마왕을 모두 죽여라.

"마왕을 죽여라?"

―모든 마왕을 죽이는 게 불가능하다면 바르바토스라도.

태양의 눈썹이 꿈틀거렸다.

왜?

태양이 할 질문을 예상했다는 듯, 아라실이 먼저 고개를 저었다.

―차원 미궁의 제약에 묶여 있어 말해 줄 수 없다. 내가 할 수 있는 말은……. 그래. 내 목표가 너에게도 득이 될 거라는 것 정도.

"나한테도 득이 된다?"

―그래.

느낌이 딱 왔다.

아라실이 말하는 것은 모든 마왕이 말해 대는 '위'에서 찾을 수 있다는 것과 일맥상통할 가능성이 매우 커 보였다.

분노하는 기색.

마왕을 죽여 달라는 조건.

"그럼 단편적이고 모호하게 물어볼게."

아라실이 태양을 바라봤다.

태양이 아라실의 눈을 직시하며 물었다.

"'복수'야?"

아라실은 입으로 대답하지 않았다.

다만, 결연한 눈을 한 채 고개를 사뿐히 끄덕였다.

"그거면 됐어."

옛말에 적의 적은 동료라 했다.

폭풍의 정령 군주는 어떤 방식으로든 마왕에게 당한 것이 분명했다.

만약 아니더라도 계약은 태양에게 굉장히 유리했다.

연비라는 부분에서 약간 걸리긴 하지만, 아라실의 태도로 보아 그것이 태양의 발목을 잡을 확률은 매우 희박했다.

극단적으로 생각해 보니 스킬 하나가 없어지더라도, 시너지 4개가 생기고 카드 슬롯이 하나가 비면 오히려 이득이라는 계산이 섰다.

즉, 이 계약.

하지 않을 이유는 없었다.
아라실이 손을 내밀었다.
태양이 그 손을 붙잡았다.
아라실이 물었다.
-#$%@#$@.
태양이 모르는 언어.
하지만 태양은 아라실의 물음에 대답할 수 있었다.

[폭풍의 정령 군주 아라실이 플레이어 윤태양에게 계약을 제시합니다.]

[조건 : 72마왕 중 3인 사살(0/3) or 마왕 바르바토스 사살(0/1)]

[폭풍의 정령 군주 아라실은 플레이어 윤태양의 행동을 제약할 기회가 세 번 있습니다. 이를 따르지 않을 시 플레이어 윤태양은 계약으로 얻은 모든 특전을 잃습니다.]

[보상: 스킬 카드 스톰브링어(U) 특전화, 폭풍의 정령 군주 아라실과 직접 계약.]

[모든 보상은 계약 즉시 지급됩니다.]

시스템 창이 나타났으니까.
다시 봐도 너무 유리한 계약이다. 하지 않을 이유는 없다.
"수락한다."

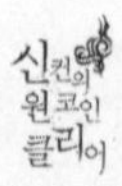

[폭풍의 정령 군주 아라실과 플레이어 윤태양의 계약이 성립됩니다.]

[스킬 카드 스톰브링어(U)가 특전으로 전환됩니다.]

[특전: 스톰브링어(Storm Bringer)를 얻으셨습니다.]

[특전: 폭풍의 정령 군주 아라실(계약)을 얻으셨습니다.]

후욱.

아라실의 몸이 태양에게 빨려 들어갔다.

—몸 상태가 끔찍하군.

"뭐?"

—생각해 보니 이 정도로 발락을 이겼으면 싼 값이군. 그게 비록 반쪽짜리라도 말이다. 지금부터 현실로 돌아간다. 각오하는 게 좋을 거야.

태양의 시야가 잠깐 암전됐다가 다시 빛을 찾았다.

후두두둑.

8단계를 클리어한 덕분에 정육면체가 무너지고 있었다.

그리고 태양은 입을 틀어막았다.

장시간 발동한 신룡화 덕분에 잔뜩 무리한 마나 회로.

발락의 이미테이션에게 얻어터진 여파.

그 몸으로 4단계 빨리 감기, 36배 가속을 사용한 반동.

직전에도 겪고 있던 고통이 대비도 없이 태양의 정신에 다시 엄습했다.

"윤태양이다!"

"8단계를 클리어한 거야? 정말로?"

"와. 저 몰골 좀 봐. 야전 병동으로 가야 하는 거 아니야? 어, 그러고 보니 야전 병동 방금 철수……."

"비켜! 보고는 내가 제일 먼저다!"

"이 빌어먹을 자식이! 어디 새치기를!"

그때, '영혼 수련장' 스테이지가 일순간 어두워졌다.

이윽고 하늘에서 한 남자가 걸어 내려왔다.

눈이 있어야 할 자리가 불꽃으로 대체되어 있는, 기이한 형상의 남자였다.

끼아아악!

그의 어깨에 앉은 매가 울었다. 알프레드 히치콕의 영화에 나올 법한, 기묘하게 공포를 조성하는 소리였다.

"수련하라고 고안한 스테이지에서 이게 뭐 하는 짓들입니까. 플레이어 제군들."

화르르륵.

사내의 두 눈, 아니 불꽃이 불만스럽게 타올랐다.

"죽고 싶지 않다면 수련에 정진하십시오. 아니면 죽든가."

탁.

그가 태양 앞으로 걸어왔다.

"물론, 당신은 예외입니다. 플레이어 윤태양."

3승 대련장

인상적인 불꽃 눈을 가진 사내는 자신을 51계위 마왕, 발람이라고 소개했다.

"발락이 아니라, 발람."

"이름이 비슷한 바람에 종종 헷갈리는 분들이 있곤 하지요."

발람의 외관은 영화에 나올 것처럼 괴기스러웠지만, 그의 말투는 이제껏 만난 마왕 중에 가장 호의적이었다.

플레이어를 동등한 인격체로서 대하는 느낌이랄까.

–와, 눈 멋있는 거 봐.

–뉴 페이스 마왕 ㄷㄷㄷㄷ.

–간지 터지네.

—왜 나왔지? 그동안 한 번도 못 봤는데.

—영혼 수련장 올 클리어하면 나오나 보지.

—아무튼 긍정적이네. 신기록 달성했다는 거니까.

['윤태양해명해' 님이 1,000원을 후원하셨습니다!]

[속보) 아라실의 신 스킬을 듣지 못한 시청자 1명 결국 질식으로 사망. 윤태양의 악마 같은 무신경함에 네티즌 '경악'…….]

—해명해! 해명해! 해명해!

—ㅎㅁㅎ!

—그러고 보니 연수좌 안 보이네.

—달님 캠 방송 좀 해 달라고 ㅋㅋㅋㅋ.

—달님 저번에 자기 방송으로 한 번 켜서 얼굴 보여 줌.

—ㄹㅇ? 언제?

—저번 윤태양 쉼터에서 무공 어쩌고 한다고.

—타 스트리머 이야기는 벤입니다.

—너무하네… 달님이 남이가!

발람이 딱, 하고 손가락을 튕겼다.

그러자 정육면체가 태양과 발람 위로 떨어졌다.

겉보기로는 테스트를 볼 때 들어가는 정육면체와 같은 외관이었다.

"……아직 몸이 다 회복되지도 않았는데."

—이런 말은 없었는데? 내가 놓친 데이터가 있었나?

현혜가 당황해서 중얼거렸다.

태양 역시 잔뜩 긴장한 채 주변을 살폈다.

몸 상태가 상태인 만큼 잠깐의 방심이 평소보다 더 치명적일 수 있었기 때문이다.

그에 발람이 웃었다.

……눈은 모르겠고 입꼬리는 올라갔다.

"걱정은 넣어 두셔도 됩니다. 새로운 시험이 있는 건 아니라서요."

말과 동시에 발람이 다시 한번 손가락을 튕겼다.

끼아아악!

매가 날카롭게 울부짖자 태양의 몸이 호전됐다.

씻은 듯이 낫지는 않고, 딱 대화를 나눌 수 있을 정도로.

발람이 다시 한번 손가락을 튕기니 의자와 탁상이 솟아났다.

여유로운 손짓으로 의자를 권한 발람이 다리를 꼬고 의자에 앉았다.

"다시 말씀드리지만, 이번 스테이지는 이미 끝났습니다. 저는 발락처럼 플레이어와 푸닥거리를 즐기는 취향은 없거든요."

태양에게 이를 때와 별반 다르지 않은 예의 바른 말투지만, 그사이에 웃음기가 묻어났다.

"발락을 그렇게 좋아하지는 않나 봐?"

"딱히 호감이 있는 편은 아닙니다. 그나저나 이름 때문에 불쾌할 일이 많거든요. 아시겠지만, 발락은 자존심이 굉장히 강한 편에 속하죠."
마왕 간의 대립 구도.
그럴법했다.
초월체니 뭐니 지껄이면서 자존심을 세우는 놈들이니까.
"피곤하게 사네."
태양의 말에 발람이 어깨를 으쓱였다.
"잡설은 이쯤 하겠습니다. 기다리는 사람들이 많은 지라. 먼저 이 자리를 마련한 이유를 설명 드려야겠죠. 저는 검사를 위해 왔습니다. 영혼 수련장의 꼭대기까지 오른 플레이어가 부정행위를 썼다면 적어도 그 사실을 알아야 하니까요."
"부정행위?"
"예. 다른 마왕이 개입했다거나, 아니면 수련장의 의도에 맞지 않는 편법을 썼다거나 하는 사실을 직접 확인하는 거죠. 수작업으로. 무려 마왕씩이나 되는 인재가! 크핫. 멍청해 보이지 않습니까?"
말을 마친 발람은 뭐가 그리 웃긴지, 혼자 끅끅거리며 1분가량이나 웃어 댔다.
당연히 태양은 멍한 얼굴로 발람을 바라만 보고 있었다.

–뭐지.
–당황스럽네.
–마왕 맞음?

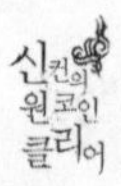

-혼자 처 웃고 있으니까 무서운 것 같기도 하고…

태양의 무감정한 반응에 발람이 검지로 제 관자놀이를 긁었다.

“농담이라고 던진 건데, 재미가 없으셨나 봅니다.”

“조금. 아니, 많이.”

“웃음이 까다로우신 분이군요. 그럴 수 있지요.”

아닌데요.

그냥 웃음 포인트를 1도 못 찾겠는데요.

“음. 스테이지를 진행하면서도 느끼셨겠지만, 저는 다른 마왕들과 다릅니다.”

“다른 마왕들과 다르다?”

“저는 딱히 당신을 해칠 생각이 없습니다.”

발람의 불꽃이 일렁였다.

“나뿐만 아니라…….”

“예. 당신뿐만 아니라 모든 플레이어를 해칠 생각이 없습니다. 이유는…… 흠, 굳이 당신의 이해를 도와드리자면, 저는 그런 취향이고, 또 그런 역할을 맡은 마왕이라서. 라고 설명할 수 있겠군요.”

그런 취향. 그런 역할.

발람은 지금 영혼 수련장이 명백히 플레이어의 성장을 위해 마왕이 직접 준비한 스테이지라고 말하고 있었다.

스테이지를 진행하면서도 느꼈던 부분이다.

'영혼 수련장'의 체감 온도는 이제까지의 차원 미궁과는 달라도 너무 달랐으니까.

"그 말은, 그러니까 마왕들이 플레이어를 성장시키려는 의도를 가지고 있다는 말이지? 재미를 위해서 그냥 극한 상황에 밀어 넣어 두고 관람하는 게 아니라? 그리고 만약 그렇다면 단탈리안 같은 마왕들은……."

태양은 쉬지 않고 말을 뱉어 냈다.

테스트를 하나하나 클리어하며 몇 번이나 곱씹었던 의문들이었다.

하지만 발람은 태양의 의문을 해결해 주지 않았다.

"일단은 더 높은 수준의 싸움을 보고 싶어 했다고만 말해두죠."

단정적인 말투.

이제까지 만난 모든 마왕이 그랬듯이 발람은 똑같은 방패를 들어 태양의 질문을 막아 낼 것이 분명해 보였다.

심통이 난 태양이 팔짱을 끼며 툭 내뱉었다.

"뭐, 됐어. 어차피 제대로 설명해 줄 거라고 기대도 안 했으니까."

"죄송하게 됐습니다."

"그래서, 내 클리어 과정에서 편법이 있었는지 확인해 보시겠다?"

"잠깐이면 됩니다."

딱.

발람이 손가락을 튕기고, 태양의 정신이 점멸했다.

1단계 도약 테스트부터 8단계 발락과의 전투까지.

모든 단계를 거치며 했던 경험이 '한 번 더' 리와인드되었다.

놀랍도록 생생하게.

"이건……."

"당신의 영혼에 새겨진 시간을 더듬어 겪었던 정보를 재구현한 겁니다. 복기로서도 꽤 의미가 있죠. 새로운 깨달음을 창출하기는 어렵지만, 한 번 겪은 기억을 다시 잊어버리지 않는 데에는 이만한 방법도 없거든요."

언어로 표현하자면, USB에 담아 놓은 정보를 내려 받는 컴퓨터가 된 기분이었다.

솔직히 그렇게 유쾌하지는 않았다.

"별다른 문제는 없었군요. 오히려 빠지기 쉬운 샛길에 눈길 하나 주지 않고 주어진 길만을 걷는 게…… 가히 구도자라고 할 만하군요."

발람이 재구현된 기억을 보며 감탄했다.

"이걸 위해서 직접 그 무거운 몸을 이끌고 오셨다고?"

"이렇게 직접 움직여야, 제 스테이지에 다른 마왕이 개입했는지 확실하게 확인할 수 있으니까요."

"다른 마왕이 개입한다고?"

"후원이라는 명목으로 말입니다. 권능을 사용해 버리면 영혼 수련장의 커리큘럼이 의미가 없어지는 경우가 종종 생깁니다. 그러면 내부 평가에 심각한 차질이 생기죠. 그리고 최고 단계까지 오른 플레이어가 부정한 방법을 사용했다면 그것만큼 우스운 일이 어디 있겠습니까?"

볼일을 마친 발람이 손가락을 튕기자 정육면체가 사라졌다.

자리에서 일어난 발람이 태양에게 악수를 청했다.

"우리는 24층에서 또 만날 겁니다. 당신을 원하는 마왕이 많거든요."

발람의 말에 태양이 인상을 썼다.

"내가 너희들 물건이야? 말을 해도 꼭……."

"불쾌하셨다면 죄송합니다. 그런 의도로 한 말이 아닙니다. 선택받은 몇몇 플레이어들만을 위한 스테이지가 있습니다."

"선택받은?"

"후원 말입니다. 흔히 열리는 스테이지가 아닌지라 꽤 많은 수의 마왕이 당신을 고대하고 있습니다. 혹시나 다음 층에서 당신을 후원하겠다는 마왕이 나타나도 정중히 거절하시는 걸 추천합니다. 그럴 일은 거의 없겠지만요."

-단탈리안의 후원을 거절한 게 결국 이렇게 돌아오네.

현혜의 말에 태양이 고개를 끄덕였다.

다행히도, 그의 선택은 틀리지 않았던 모양이었다.

[8-1 영혼 수련장: 단계별로 도전하고, 보상을 얻어 가라. – Pass]

[획득 업적 : 1단계 테스트 통과, 2단계 테스트 통과, 3단계 테스트 통과, 깨달음 - 무공, 4단계 테스트 통과, 5단계 테스트 통과, 6단계 테스트 통과, 깨달음 - 마나 컨트롤, 7단계 테스트 통과, 깨달음 - 종합, 8단계 테스트 통과, 깨달음 - 극기, 영혼 수련장 클리어]

말을 마친 발람은 등장했던 것처럼 사라졌다.

그러니까, 걸어서 하늘로 올라갔다는 뜻이다.

마치 허공에 계단이 있는 것처럼.

약간 웃겼던 건, 발람이 그 이후 뻘쭘한 표정으로 다시 등장했다는 거다.

백호랑이 인간, 파카가 8단계를 클리어했기 때문이다.

심지어 그다음으로 란이 8단계를 클리어하는 바람에 또 와야 했다.

다 지나고 나서 말하는 거지만, 발람이 던졌던 그 영문 모를 농담보다, 쪽팔려서 부들거리는 발람의 입꼬리가 열다섯 배 정도 웃겼다.

⁂

태양 일행의 영혼 수련장 스테이지 성적을 결산했다.

태양과 란은 8단계, 메시아와 살로몬은 7단계.

스테이지에 모여 있던 플레이어들은 난리가 났다.

짧은 사이에 영혼 수련장을 올 클리어한 플레이어가 연달아 셋이나 나타났으니 당연한 일이었다.

그중에서도 가장 이례적이고, 주목받은 건 란의 성적이었다.

B등급 플레이어가 영혼 수련장을 끝까지 올랐던 전적이 없다나.

“어떻게 깼어? 쉽지 않았을 텐데.”

“후후.”

란은 아주 자신만만한 얼굴로 웃었다.

하지만 8단계 테스트에 관한 이야기를 해 주지는 않았다.

딱히 더 캐묻지는 않았다.

중요한 건 란이 8단계 테스트를 클리어했다는 것.

그럼으로써 우수한 플레이어라는 것을 증명했다는 거였으니까.

플레이어들의 소란을 뒤로한 태양 일행은 23층에 진입했다.

[8-2 3승 대련장: 대련에서 세 번의 승리를 거두어라.]

-3승 대련장이라 무난하네.

23층은 영혼 수련장처럼 모든 플레이어가 일괄적인 스테이지를 거치는 것은 아니었지만, 정의할 수 있을 정도로 특색이

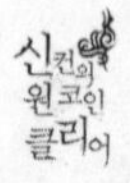

있었다.

바로 영혼 수련장에서 한 수련의 성과를 실전을 통해 검증해 보는 스테이지라는 것.

-잘못 걸리면 몇 달 동안 못 빠져나갈 수도 있는데, 다행히 너라서 걱정은 안 된다.

"못 빠져나간다고?"

-스테이지 이름 봐 봐. 3승 대련장이라니까?

3승 대련장.

플레이어끼리 대련을 해서, 3승을 채워야 클리어할 수 있다.

23층쯤이나 올라온 플레이어들이면 하나하나가 어지간한 랭커에 가까운 이들이다.

즉, 수준이 높다는 이야기다.

유저 모두가 태양이나 KK, 제수스 같을 수는 없는 법.

컨트롤이 떨어지는 플레이어들은 이 대련 지옥에 영원히 갇히는 경우도 왕왕 발생하곤 했다.

-달님도 여기 한 번 갇혔었지.

-그때 울지 않았냐.

-ㅋㅋㅋㅋㅋ 버스충이라고 너무 놀리긴 했어.

대련장은 세 곳이 마련되어 있었다.

단계에 맞춰서 하수 전용, 중수 전용, 고수~달인 전용 대련장이었다.

당연히 숫자가 많은 하수 전용 대련장의 규모가 가장 컸고, 고수~달인 전용 대련장의 규모는 작았다.

대련 중에 살상은 가능했다.

하지만 항복이라고 고작 두 음절을 내뱉는 거보다 빨리 죽일 수 있는 상황은 거의 나오지 않으므로, 대련으로 인한 사망은 그렇게 많지 않았다.

물론, 격해지면 죽어나는 경우도 종종 있기는 했다.

규칙을 확인한 살로몬이 중얼거렸다.

"네 명이 같이 들어오지 않았으면 까다로워질 뻔했군."

"그렇지. 고수, 달인 등급의 플레이어는 흔하지 않으니까."

태양의 말에 모두들 고개를 끄덕였다.

당장 방금 넘어온 플레이어 중에서 고수 등급이 넘어가는 것으로 추정되는 플레이어는 일행을 제외하면 파카와 이름 모를 플레이어 하나밖에 없었다.

란이 물었다.

"상대할 사람이 없으면 어떻게 되는 거야?"

"응?"

"우리 일행 중에 나만 남고, 파카랑 나머지 플레이어들이 다 클리어해 버리면 남은 사람은 어떻게 되냐는 거지. 같은 플레이어와 거듭해서 하는 대련을 인정해 준다고 쳐도 결국 남은 한 사람은 3승을 채울 수 없는 구조잖아."

이 부분은 태양도 어깨를 으쓱일 수밖에 없었다.

유저가 그런 문제에 봉착하는 경우는 없었기 때문이다.

"뭐…… 기다리거나, 다른 방법이 있겠지?"

태양이 대련장으로 들어갔다.

그리고 뒤돌아 일행을 바라봤다.

"그럼, 나랑 한판 뜰 사람?"

태양의 말에 앞으로 나선 이는 어딘가 미쳐 보이는 눈동자와 창백한 피부.

메시아였다.

—ㄷㄷㄷㄷ.

—전혀 안 궁금한 매치업ㄷㄷㄷ.

—가능성 아예 0임? 메시아도 솔직히 좀 치잖아.

—윤태양이 메시아 처음 만났을 때 모름? ㅋㅋ 싸우는 거 보고 바로 손절 때렸는데.

—그래도 흡혈귀화 하고 나서 만든 변수가 있으니까.

—응~ 윤태양은 무공 배웠어.

태양이 다가오는 메시아를 바라보며 고개를 주억거렸다.

"란이랑 살로몬이랑은 손을 대봤는데, 생각해 보니까 메시아 너랑은 처음이네?"

"지는 게임은 안 하는 주의라."

"지금은 생각이 바뀌었나?"

"상황이 다르지. 이기려고 하는 싸움은 아니잖아."

차원 미궁은 연습에 관대한 환경이 아니다.

카드의 모든 스킬을 사용하며 할 수 있는 대련은 더더욱 그렇다.

이는 다른 말로 하자면 동료의 기량을 정확하게 파악할 기회라는 뜻이다.

태양 일행은 이번 기회를 적극 활용하기로 했다.

'그렇지 않아도 상대가 서로밖에 없기는 하지만.'

고수~달인 전용 대련장은 3개가 마련되어 있었다.

탁 트여 있는 초원 부지, 건물 2개가 결합된 모양의 시가지 부지, 그리고 거대한 나무 3개와 작은 나무로 이루어진 숲 부지.

하수 전용 대련장은 간단한 마룻바닥인 대신 수백 개의 대련장이 마련되어 있는 것과 대조하면 급이 다른 수준이다.

등급이 높을수록 대련장의 개수가 적어지고 퀄리티가 높아지는 형식인 탓이다.

"시가지면 되지?"

"초원도 상관없다."

담담한 표정으로 대꾸하는 메시아.

태양이 히죽 웃었다.

"하긴, 햇빛 해결하겠다고 이리저리 쏘다녔었지. 대안은 확실한가 봐?"

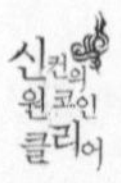

"확실하지 않았으면 흡혈귀가 되지도 않았다."

"그래도 시가지로 하자. 나도 이쪽이 좀 재밌어 보여서."

[플레이어 윤태양(0승) Vs 플레이어 메시아(0승)]

[대련을 시작합니다.]

그렇게 시작된 메시아와의 대련.

결론부터 말하자면, 거의 지도 대련 수준이었다.

초월 진각 - 승룡권(乘龍拳).

한정적 중력 제어.

안개화.

태양의 공세를 방해하며 안개로 변하는 메시아.

"방해해서 반격을 노리든가, 아예 피하고 한 템포를 벌든가! 둘 중 하나만 했어야지. 이건 이도 저도 아니잖아."

정의행(正義行) 1식 - 통천(通天).

뻐엉.

마나를 듬뿍 담은 통천이 안개화한 메시아를 때렸다.

"쿨럭."

안개화를 거둔 메시아의 입에서 피가 한 줄기 흘러내렸다.

흡혈귀의 가장 치명적인 약점은 햇빛이지만, 햇빛 말고도 공략할 방법은 많았다.

태양은 현상금 스테이지에서 흡혈귀의 특성과 공략법을 숙지했다.

그러니 흡혈귀라는 이유로 만들어 내는 변수는 태양에게 통제당할 수밖에 없었다.

태양은 특유의 버프 스킬을 거의 사용하지 않고 메시아를 몰아붙였다.

물론, 메시아도 나름의 저력을 보여 주긴 했다.

라이트 브레이크(Light Break).

번뜩이는 빛이 수백 개로 갈라지며 시야를 점멸하는 동시에 태양을 찔러 들어왔다.

이클립스(Eclipse).

나이트 플라워(Knight Flower).

빛이 채 가시기도 전에 사위가 어둠으로 물들고, 수백 개의 창이 짓쳐 들었다.

메시아는 그 와중에 흡혈귀 특유의 은밀함을 이용해 뒤를 잡아내기까지 했다.

백색 절단.

콰드드득.

아마도 결정타로 노리고 준비했을 커다란 한 방…….

"카드로 얻은 기술을 잘 활용하는 거, 좋아. 좋은데."

쿠웅.

태양이 초월 진각을 내뿜으며 메시아의 공격을 흘렸다.

마나의 흐름이나 어떤 기술로 한 대처가 아니라, 오직 스텝만으로.

"조잡해. 간단하고, 다음 수가 너무 쉽게 읽혀. 스킬 카드에만 의지하면 결국 이게 한계야."

후웅.

어느새 메시아의 턱 직전까지 뻗은 주먹.

"나도 알아. 나 빼고 모든 유저가 가지고 있는 문제지. 하지만 더 올라가려면 이 문제를 해결해야 할 거야."

메시아와 태양이 동시에 행동을 정지했다.

"……느끼고 있다. 항복."

"그거면 됐어."

[플레이어 메시아가 항복합니다.]

[플레이어 윤태양이 대련에서 승리했습니다.]

말은 박하게 했지만, 솔직히 메시아의 퍼포먼스는 기대 이상이었다.

안개화로 물리 공격을 무시하고, 각종 스킬의 조합을 퍼붓는 패턴은 뻔하지만, 알고도 막기 까다로웠다.

태양과 메시아의 업적 개수의 차이를 생각하면 놀라운 일.

태양에게 이 정도 감흥을 줬다는 건 동층의 상위권 플레이어들에게도 먹힐 법한 수준이었다는 뜻이었다.

"다음 사람?"

"나! 내가 할래?"

란이 기다렸다는 듯, 호기롭게 나섰다.

"살로몬은?"

살로몬이 연기를 내뱉었다.

"……난 너랑 대련하고 싶은 생각이 없다."

"그럼 스테이지 클리어는 어떻게 하고?"

"똑같은 사람이랑 또 붙으면 되잖나."

두 사람의 만담에 란이 팔짱을 꼈다.

"뭐야, 나랑은 하기 싫어?"

"아니, 싫은 건 아니고. 아무래도 네가 8단계 테스트를 통과했다 보니까."

태양의 말에 살로몬이 인상을 썼다.

"빌어먹을 8단계. 야전 병동이 철수하지만 않았어도 나도 도전하는 건데."

"헹. 7단계도 빌빌거리면서 깨니까 도전 못 한 거지."

투웅.

말과 함께 란이 대련장으로 들어왔다.

[플레이어 윤태양(1승) Vs 플레이어 란(0승)]

[대련을 시작합니다.]

촤르륵.

란이 항상 들고 다니는 사람 몸통만 한 크기의 부채를 펴들었다.

"8단계 테스트. 나도 너랑 비슷했어. 차원 미궁에서 만난 플레이어가 적으로 나오더라고."

"플레이어?"

후웅.

가볍게 인 바람이 란의 머리칼을 흩날렸다.

"너였어."

태양은 8단계에서 만난 상대가 발락이라고 했다.

하지만 란의 상대는 태양이었다.

20층, 황궁 도미니티아누스에서 플레이어와 적을 동시에 때려잡던 태양.

해당 스테이지에서 최종 보스는 마왕이 준비한 적이 아니라 태양이라고 해야 할 정도였다.

란은 태양을 바라보았다.

동료를 바라보는 그의 얼굴에는 특유의 장난기가 묻어났다.

태양은 8단계 테스트의 조건이 '가장 강력한 존재'와 싸우는 것이라고 추측했다.

하지만 란에게 태양은 '가장 강력한 존재'라기 보다는 '가장 이길 수 없을 것 같은 존재'에 가까웠다.

말도 안 되는 재능을 타고난 남자.

미궁을 오르는 플레이어로서 열등감을 피할 수 없게 만드는 남자.

고난에 뛰어드는 일에 망설임이 없고, 불가능에 망설임 없이 도전하며, 가진 권리를 사사로이 휘두르지 않는, 대단한 남자.

란은 6층, 검사의 성 스테이지에서 태양을 만난 이후 그에게 완전히 짓눌려 버렸다.

'가끔은 날 왜 데리고 다니는지 모를 정도였지.'

물론 가끔 도움이 될 때도 있었다.

태양은 마법, 주술과 같은 부문에는 문외한이었기 때문이다.

하지만 대부분의 상황에서 란은 태양의 일에 한 손을 간신히 거들어 주는 게 다였다.

어지간한 플레이어라면 그조차도 못했겠지만, 여하간.

처음에 태양은 스테이지 진행을 방해하는 미친놈이었다.

곧 그녀의 모든 것을 저당 잡은 원수가 되고, 동료가 되더니, 어느 순간부터는 따라잡을 수 없는 존재가 되어 있었다.

가히 엄청난 성장 속도.

그리고 그것보다 더 눈부셨던, 매 전투마다 해내는 끝없는 증명.

한때 천재라며 추앙받았던 소녀가 본인의 모든 것이라고 할 수 있는 풍술을 저당 잡힌 채 태양의 성장에 박수만 치는 꼴이 되었다.

이렇게 쓸모없으니 어쩌면 곧 나를 풀어 줄지도 모른다며 자신도 모르게 비관적인 기대를 하면서.

자존감이 짓뭉개지기 충분한 환경이다.

역설적이게도, 이 환경은 란을 짓누르는 동시에 성장시켰다.

란이 태양과 함께하며 얻은 수많은 업적, 도전 정신, 전술적인 판단. 그 이상의 것들.

목숨보다 중요한 근간을 남의 손에 맡기고, 모든 부분에서 열패감을 느낄 수밖에 없는 그 상황에서 란은 도리어 성장했다.

어떻게 성장할 수 있었을까.

어떻게 무너지지 않고, 체념도 하지 않고 버틸 수 있었을까.

처음에는 살기 위해 이를 악물고 따라갔을 뿐이었다.

다음은, 동료로서의 유대감이었다.

그리고 그다음은…….

'……몰라.'

모르겠다.

아직 명확하게 정의하기 어렵다.

왜 그런지, 언제부터 그런 생각을 했는지는 모르겠다.

이성은 딱 떨어지지만, 감성은 그런 분야가 아니니까.

확실한 건 하나였다.

차원 미궁의 꼭대기에 올랐을 때도 그 옆에 당당히 서 있고 싶다는 것.

당신에게 꿇리지 않는다고.

란은 그녀도 태양과 동등한 존재라는 사실을 증명하고 싶었다.

그리고 영혼 수련장에서 란은, 태양을 이겨냈다.

수련장에 숨어져 있는 깨달음의 조각이 란의 각성을 유도해낸 덕분이었다.

"나를 이겼다고?"

"졌으면 내가 여기 없겠지?"

"그건 그렇지. 그런데 제약 문제는 어떻게 처리했어? 나에게 해를 가하면 트리거가 울렸을 텐데."

"바람은 멍청하지 않아."

"그거 다행이네."

태양이 웃었다.

란은 차원 미궁에서 태양과 시간을 가장 많이 보낸 동료였다.

그런 만큼 태양도 란을 잘 알 수밖에 없다.

란이 태양을 잘 아는 것처럼.

그래서 더 놀라웠다.

태양에겐 란에게 질 방법이 보이질 않으니까.

'재밌겠네.'

태양이 물었다.

"지금은? 싸울 수 있어?"

란이 대답했다.

"네가 허락만 해 준다면야, 문제없지!"

"그럼 바로 들어간……."

윈드 크래프트(Wind Craft).

타이푼 엑셀러레이션(Typhoon Acceleration).

풍아(風牙).

태양의 말을 끝마치기도 전에 강력한 바람이 태양의 몸을 밀쳐 냈다.

불꽃의 클랜원들이 모아 준 바람 계열 스킬 버프, 윈드 크래프트와 타이푼 엑셀러레이션.

버프를 머금은 란의 풍술은 직전까지보다 한층 더 강력했다.

란과의 대련는 메시아처럼 일방적으로 흘러가지 않았다.

스타버스트 하이킥(Starburst High Kick) - 캐논 폼(Canon Form).

괴력난신(怪力亂神) - 칼바람.

콰드드득!

란은 태양이 던진 수를 효과적으로 대처해 내고, 오히려 태양에게 자신의 수를 던졌다.

괴력난신(怪力亂神) - 태풍(颱風).

인첸트(Enchant) - 샤프니스(Sharpness).

후우우웅!

커다란 마나의 움직임이 순간 인력을 만들어낼 정도로 요동치고, 생성된 폭풍에 하나하나 칼날이 되어 태양을 덮쳤다.

정타로 맞으면 작지 않은 부상을 입을 정도로 높은 수위의 기술.

동시에 단숨에 파훼할 만한 구석이 보이지도 않았다.

태양이 뒤로 몸을 날리며 소리쳤다.

"이러기야?"

"그러게 평소에 조금만 얄미웠어야지!"

"유감."

[머신 PUNMFV-3,000 활성화]

[마나를 소모하여 근력, 맷집, 민첩 중 하나의 시너지를 선택해 시너지의 등급을 한 단계 높입니다.]

[맷집의 시너지가 '6'으로 조정됩니다.]

"그럼, 나도 기어 좀 올린다."

⁂

카드드드득.

커다란 바람의 칼날이 공간을 통째로 저며 냈다.

태양은 맞서 밀어내는 대신 몸을 뒤로 뺐다.

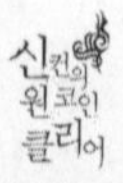

쿠구궁.
거대한 흙먼지가 일어나며 건물 한 면이 그대로 박살 났다.
"조금만 더 하면 통째로 무너지겠다?"
란은 장난스럽게 말을 걸어오는 태양을 보며 미간을 찌푸렸다.
"제대로 안 해?"
"제대로 하고 있는데?"
"거짓말!"
풍아(風牙).
콰드드드득!
8단계 테스트에서 만난 태양의 목각 인형은 이렇지 않았다.
훨씬 날카롭고, 자비 없는 몸놀림으로 란을 압박했다.
후웅.
란이 거칠게 부채를 휘둘렀다.
괴력난신(怪力亂神) - 칼바람.
파앙.
부채를 뻗어 내는 손끝이 짜릿하다.
시가지 주변을 휘감은 기류와 란의 풍술(風術)이 제대로 조립됐다.
"이건 제법."
위협을 느낀 태양의 얼굴이 굳었다.
쿠웅.

공중으로 튀어 오르는 태양.

'드디어.'

몸놀림만 봐도 알 수 있다.

지금은 진심이다.

란이 눈을 반짝였다.

아티팩트는 아직 안 썼고.

신룡화도 남아 있겠지.

태양은 이런 시간제 버프 스킬을 아끼는 성향이 강했다.

플레이어들에게 공통적으로 나타나는 현상이다.

항상 다음을 대비해야 하기 때문이다.

그리고 그게 란이 노리는 지점이었다.

빨리 감기로 속도를 몇 십 배나 가속하고, 신룡화를 통해 내구를 강화한 태양을 이길 방법은 없다.

아직 태양이 제 능력을 온전히 발휘하지 않고 있을 때.

바로 지금이 승부처였다.

제대로 전력을 내기 전에 숨통을 끊는다는 마인드로.

대련에서 갖기에는 퍽 위협적인 마음가짐이지만, 이렇게 해도 태양을 이길 거라는 보장은 없다.

란이 영혼 수련장에서 성장했던 만큼, 태양도 성장했을 테니까.

쿠웅.

진각과 동시에, 란이 풍술을 외웠다.

공기의 파동을 흔들어 기를 뒤트는, 풍술사들이 배우는 대무인 전용의 잡기.

숙련도가 높지 않아서 스킬화는 되지 않았지만, 효용은 충분하다.

태양 역시 무인으로서 높은 수준은 아니기 때문이다.

'사실 높은 수준이 아닌 게 아니라, 걸음마 단계지.'

싸움꾼으로서는 탁월하지만.

정의행(正義行) 1식 - 통천(通天).

거대한 마력으로 공간을 통째로 밀어낸 태양이 특유의 진각을 밟았다.

란의 눈동자가 번쩍였다.

쿠웅.

도약하는 태양.

이 순간이 승부처다.

콰드드득.

부채의 손잡이가 거칠게 비명을 질렀다.

풍술(風術)이란 무엇인가.

풍술은 말 그대로, 바람을 다루는 기술이다.

유래를 거슬러 올라가 보면 풍술은 전투를 위한 기술이 아니었다.

곤륜산의 도사들은 자연과 하나가 되려고 노력했다.

그 과정에서 높고 가파른 곤륜산을 놀이터 삼아 돌아다니는

험지의 바람과 소통하게 된 것이다.

정신을 수양하는 곤륜산의 도사들이 주변에 사는 극소수 민초(民草)의 농사를 돕기 위해 비구름을 끌어온 사례가 풍술의 기원이었다.

그나마 무력을 사용하기 위해 사용된 사례가 있다면 산중에 있는 맹수를 쫓는 방편 정도로 사용했던 괴력난신-도깨비불 정도일까.

당시에 사용하던 도깨비불은 사람의 정신을 착란시킬 정도로 강력한 환각 효과가 있지도 않았다.

당연하게도 란이 전수한 낭풍, 풍아 등의 공격 기술도 후대의 풍술사들이 그들을 습격하는 무림인들에게 대항하기 위해 만들어 낸 것이었다.

위의 사실들이 뜻하는 것.

사실 풍술은 전투에 적합한 배움이 아니라는 사실이다.

주먹의 파괴력이 아쉬웠던 최초의 원시인이 뗀석기를 만들어 냈다.

뗀석기의 위력이 아쉬우니 간석기를 만들고, 이조차도 아쉬워서 구리를 주조해 칼로 마들기 시작했다.

인류의 전쟁은 지속됐고 원자폭탄, 생화학무기와 같은 치명적인 병기들이 발명됐다.

풍술도 그와 비슷한 발전 과정을 거쳤고, 란이라고 다르지 않았다.

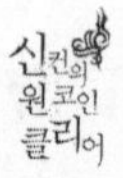

20개가 넘는 스테이지를, 사선을 넘어오면서 란 역시 풍술로 새로운 기술을 개발했다.

그간의 경험과 영혼 수련장의 깨달음이 집약된 살상 기술.

쿠웅.

부채 손잡이가 불안하게 삐걱거리고, 살을 타고 흐르는 바람이 짙은 살기(殺氣)에 부르르 몸을 떨었다.

괴력난신(怪力亂神) - 열풍(裂風).

찢을 렬(裂), 바람 풍(風).

말 그대로 공간을 찢어내는 바람.

란이 개발한, 이제껏 세상에 발현된 풍술 중 가장 살상력이 높은 바람이 부채를 타고 태양을 향해 짓쳐 들었다.

란이 태양을 바라봤다.

이런저런 조건이 붙었다지만, 20층의 태양을 죽인 기술이다.

하지만 안다.

22층에 도달한 태양은.

영혼 수련장을 돌파한 태양은 한 단계 더 성장했으리라.

'보여 줘. 내가 어디로 가야 하는지.'

처음 란과 손을 섞었던 건 6층, 검사의 성 스테이지에서였

다.

당시에도 태양은 기록적인 수치를 달성해 가며 업적을 모으고 있었지만, 그래 봐야 일반인에서 이제 막 벗어난 수준.

지구에서는 군대를 데려와도 잡을 거라 장담할 수 없는 지금의 태양과는 당연히 차이가 났다.

하지만 가장 큰 차이점을 꼽으라면 역시 무공이다.

당시의 태양은 무공에 전혀 문외한이었다.

마나를 다루는 기술도 지금에 비하면 익숙지 않았다.

지구에서 익혔던 킹 오브 피스트의 기술만으로 전투를 치르던 때.

'그때는 이 정도로 귀찮은 줄 몰랐는데.'

생각보다 전투에 도움이 될 구석이 많다고 생각은 했지만, 그건 조력자로서의 역할일 뿐.

전투원으로서의 란은 귀찮을 뿐이지 결국에는 잡아서 이길 수 있다는 생각이었다.

후웅.

'란 역시 그때보다 성장했다는 건가.'

마나 회로가 움찔거리고, 마나의 흐름이 막힌다.

어떤 수작인지는 모르겠는데 무공을 펼치려는 틈 사이사이에 찔러 들어오는 타이밍이 예술이다.

내기의 흐름만 그런 것이 아니었다.

란의 바람은 태양의 행동 하나하나에 집요할 정도로 역풍을 불어넣었다.

때로는 강하게, 때로는 살살.

편집증적일 정도로 자잘하게 모든 행동에 관여하니 감각에 문제가 생겼다고 착각할 정도다.

거기에.

괴력난신(怪力亂神) – 열풍(裂風).

콰드드드득!

틈을 보이면 곧바로 치고 들어오는 강력한 풍술까지.

태양은 인정할 수밖에 없었다.

지금 란의 기량은 일반적인 B등급 플레이어라고 생각할 수 없을 만큼 까다로웠다.

그때 태양의 귓가에 란의 풍술과는 무관한 바람이 일렁였다.

–내가 해결할 수 있다.

태양은 아라실의 말을 무시했다.

란의 풍술과 바람의 정령 군주 아라실의 상하관계.

실험해 볼 의향은 있다.

하지만 지금은 아니다.

란과의 대련을 이런 검증도 안 된 실험으로 결정짓기는 싫다.

강력한 바람이 태양의 몸을 찢어발기려 했다.

태양의 심장에 자리한 2개의 드래곤 하트가 크게 뛰기 시작했다.

분명, 무공을 몰랐다면 당했을 거다.

이 한수로 인해 싸움에서 졌을지, 이겼을지는 모르겠다.

확실한 건 이 수로 태양은 무조건 손해를 봤을 게 분명했다.

무공을 몰랐다면.

태양이 달려드는 동시에 모든 역동작을 감안해서 찔러넣은 란의 풍술은 그만큼 날카로웠다.

"좋네."

태양 본인도 모르게 입술이 호선을 그렸다.

언제 이렇게까지 쫓아왔을까.

이렇게 쫓기는 기분을 느낀 것이 얼마만이던가.

킹 오브 피스트 선수 시절 그의 뒤를 쫓아오던 아이작과 줄리아를 보는 기분이었다.

'그 둘은 실패했어.'

란.

너는 나를 따라잡을 수 있나?

운룡이 준 무공과 영혼 수련장에서의 경험이 태양의 몸에서 어우러졌다.

운룡에게 서적을 받은 당시, 태양은 5식과 6식을 완벽하게 이해하지 못했다.

책에 적혀 있던 마나의 움직임 경로. 그 경로를 따라 움직여야 하는 이유를 이해하지 못했기 때문이다.

정의행(正義行) 5식 - 오행(五行): 윤태양식(式) 어레인지.

수금지화목(水金地火木).

다섯 가지 기운이 태양의 신체에 깃든다.

곤륜산 도사들이 추구하던 자연과의 합일(合一)에 잠시간 발을 담근다.

모든 것을 흘려내는 정의행(正義行) 유일의 방어 기술.

5식, 오행.

후욱.

태양이 부드럽게 손을 뻗자 격풍이 힘을 잃었다.

날카롭게 성을 내던 바람은 어느새 풀이 죽고, 그 안에 담겨 있던 란의 마나는 흩어졌다.

콰드드드득!

건물 벽면을 뜯어낼 정도로 강력한 바람이 연이어 태양을 몰아치지만, 태양의 두 발은 굳건히 선 채 단 1㎝도 움직이지 않았다.

전면은 폭풍.

후면은 산들바람.

CG가 아니면 볼 수 없는 기이한 장면이 펼쳐졌다.

툭.

반절 잘린 시가가 땅바닥에 떨어졌다.

미간을 찌푸린 살로몬이 중얼거렸다.

"뒤처지지 않으려면 고생 좀 하겠군."

[플레이어 란이 항복합니다.]

[플레이어 윤태양이 대련에서 승리했습니다.]

❧

"어이, 정말 안 할 거야?"

살로몬은 끝까지 태양과 대련을 할 생각이 없어 보였다.

"이봐 살로몬, 이건 그냥 자존심 싸움이 아니야. 너도 알잖아?"

차원 미궁에서 이런 비살상 전투를 할 기회는 거의 없고, 지금 서로를 잘 알아두는 것이 아주 중요하다는 게 태양의 논지였다.

하지만 사실 태양의 이런 요구는 한층 까발려 보면 다른 의도를 담고 있기도 했다.

상식적으로 생각해 보면, 그깟 대련을 하지 않는다고 살로몬의 기량이 어느 정도 모를 리가 없다.

그럼에도 대련을 요구하는 이유.

직접 몸으로 부딪치는 대련은 서로의 기량에 대해 보이는 것 이상으로 많은 정보를 전달했다.

기량. 전투 시의 버릇. 본능적으로 사용하는 기술.

현대 격투 기계에서도 스파링 파트너는 중요한 전술적 비밀로 취급됐다.

특히 한 선수와 오랫동안 협업한 스파링 파트너의 경우 해당 선수의 버릇이나 약점 등의 비밀을 퍼뜨려서는 안 된다는 비밀 유지 서약서를 작성하는 경우도 있을 정도였다.

말하자면, 태양은 지금 살로몬에게 '신뢰'를 요구하고 있었다.

내 걸 줄 테니, 너의 데이터도 내놓으라고.

이 함의는 대화로 오가지 않았다.

하지만 태양도 살로몬도 이 의미를 알고 있었고, 살로몬은 그것을 거절하고 있었다.

제의와 거절이 반복되자 자연스럽게 분위기가 굳어졌다.

후욱.

연기를 내뱉은 살로몬이 태양의 눈을 바라봤다.

"요즘 네 행동 말이다."

"내 행동?"

"저번 층에서는 빨리 올라가야 할 일이 생겼다면서 재촉하더니, 이번에는 또 일주일이나 쉼터에서 보냈지."

태양이 머리를 긁적였다.

확실히 일관성이 없긴 했다.

"갑자기 그게 왜?"

"계속 들어라."

태양이 어깨를 으쓱였다.

"저번 '진실' 스테이지. 네 세상과 관련이 있었고 단탈리안까지 만났다는 이야기를 들었다.”

“……어.”

“란에게 대충 듣긴 했지만, 너에게 들을 이야기가 더 많은 것 같더군.”

살로몬이 휴대용 커터로 시가 앞부분을 툭, 잘라 냈다.

“너를 믿을 수 없다는 이야기가 아니다.”

말하자면, 이건 살로몬의 시위였다.

분명 같이 클리어했지만, 혼자만 배제됐던 ‘진실’ 스테이지에서 비롯된 시위.

딱히 따로 얻은 보상을 정산한 것도 아니고, 살로몬만 업적에서 불이익을 받은 것도 아니다.

하지만 살로몬은 그레모리의 이야기를 들을 때 혼자만 모르는 표정을 지어야 했고, 이후로도 그와 관련된 언질을 받지 못했다.

심지어 그 진실은 단순히 한 층, 한 층 올라갈 때는 별거 아닌 문제라지만, 거시적으로 봤을 때는 결코 간과할 수 없는 문제.

하지만 아무도 그것을 신경 쓰지 않았다.

즉, 태양은 살로몬에게 ‘믿음’과 ‘신뢰’를 주지 않았다.

동료로 대하지 않았다.

살로몬은 그렇게 느낄 수밖에 없었다.

태양은 태양의 모든 것을 알려 주지 않는데, 살로몬은 왜 그래야 하는가.

태양이 뒤늦게 변명했다.

"……설명하려고 했어."

"해야지. 동료라면."

동료라면.

살로몬의 목소리에 찍힌 방점이 사뭇 무겁다.

그때, 3승 대련장 스테이지에서 새 플레이어들이 도착했다.

로시와 아쥬르. 그리고 도허티.

강철 늑대 용병단 출신의 세 루키였다.

후욱.

연기를 내뱉은 살로몬이 나지막한 목소리로 이야기했다.

"나머지 둘은 몰라도 로시, 저 여자는 고수 대련장으로 오겠지. 저 여자와 대련을 하면 되겠군."

"살로몬."

"다른 감정은 없다. 너는 어떻게 생각할지 모르겠지만, 우리 클랜의 관계에 칼자루는 항상 네가 쥐고 있어. 나는 너에 비하면 업혀 가는 입장이니까. 하지만."

살로몬이 말을 하다 말고 입을 닫았다.

나오는 단어가 격해질까 염려한 것이다.

태양이 더 듣지 않고 살로몬에게 고개를 숙였다.

"미안하다. 이건 내 실수야."

란도, 살로몬도.

게임의 일개 NPC가 아니라 정말로 살아 숨 쉬는 생명이다.

그리고 동료다.

태양은 그들은 온전한 인격체로서 대했는가?

'진실' 스테이지에서 그들이 진짜 인간과 다를 바 없는 존재라는 것을 알게 된 이후로는 그랬다.

하지만, 정말 그랬을까?

이전까지 '그래 봐야 NPC지.'라는 은연중의 무시가 드러나지는 않았을까.

그렇기에 태양은 사과했다.

"태, 태양. 갑자기 이렇게까지 사과할 일은……."

"아니, 내 잘못이 맞아."

만약 태양에게 그런 무시의 태도가 정말로 드러났다면, 그리고 그 무시를 살로몬이 온전하게 느꼈다면 그것은 온전히 태양의 잘못이었다.

그리고 속물적으로 생각해 봤을 때도 사과하는 것이 이득이다.

그들이 태양의 파티를 떠난다면 태양의 템포를 따라올 수 있는 플레이어를 찾기란 하늘의 별 따기 수준으로 어려울 게 분명했다.

물론 란은 다른 사유로 태양과 떨어질 수 없는 입장이지만, 여하간 좋지 않게 될 만한 일은 뿌리부터 잘라 두는 게 좋다.

—……란이나 살로몬 같은 플레이어 생각도 해야 됐었는데, 미

안해. 이건 내가 놓쳤어.

"아니야. 나도 생각 못 했으니까."

NPC가 아니라 사람으로 대해야 한다.

애초에 현혜는 NPC를 사람으로 대하라고 말했었으나, 인식의 차이는 무시할 수 없는 법이다.

진실 스테이지 이후, 머리로만 알고 있던 부분에 관한 문제가 갑자기 현실이 되어서 들이닥치니 머리가 어질어질했다.

—걍 게임인 줄 알았으면 이 NPC 왜 갑자기 지X이지 하면서 우습게 봤겠지?

—현실감 쩨지네… 아, 현실이었지 참.

—자꾸 까먹어.

그때 로시가 다가왔다.

살로몬의 말대로, 고수—달인 대련장에 배정된 모양이었다.

"살로몬."

"말해라."

"이번 일은 내 잘못이 맞아. 다음 쉼터에서 확실히 설명해 줄게. '진실' 스테이지에서 있었던 일이랑, 네 스테이지에 대해 그레모리가 말한 것. 물론 그건 우리도 자세히는 모르지만……. 아무튼."

살로몬이 고개를 끄덕였다.

"그거면 됐다."

"그래. 대련은…… 일단 저 친구랑 할게."

태양이 로시를 가리켰다.

살로몬이 어깨를 으쓱였다.

"사실 말하고 싶은 건 다 해서…… 나와 해도 상관없다."

"아니, 내가 상관있어."

"뭐?"

"힘 조절, 못 할 것 같거든."

태양이 장난스럽게 웃었다.

후원 계약 (1)

비밀을 쉼터에서 말해 준다고 한 이유.

굳이 따지자면 대련장이 스테이지이기 때문이다.

차원 미궁에는 정말 별의별 스킬이 다 있고, 도청에 관련된 기술 역시 그렇다.

특히 도청 스킬은 란에게도 있을 정도다.

그럴 가능성은 적지만, 혹시나 제3자가 몰래 듣는다면 귀찮아질 수도 있는 일이다.

그레모리는 다른 몇몇 플레이어들에게도 차원 미궁의 '진실'을 알려 줬다고 했지만, 쉼터에 그 사실을 아는 플레이어를 만나지는 못했다는 게 그 증거였다.

'판이 어떻게 돌아가는지 모르겠으면 입 꾹 닫고 있는 게 상

책이지.'

—굳이 숨길 필요가 있음?

—있지. 괜히 이야기 들었다가 창천이나 에덴 쪽 플레이어들이 난리 피우기 시작하면? 그때 S등급 클랜 애들이 범인 찾기 시작해서 윤태양이 지목당하면 귀찮아지는 거임.

—그래 봤자 윤태양 누가 건드릴 건데? 걍 시원하게 썰 다 풀어 버리는 것도 나쁘지 않아 보는데.

—윤태양이 말도 안 되게 센 개인이기는 해도 그래 봐야 저층에서임. 36층 가면 결국 얘도 눈치 봐야 되고. S등급 애들 막 봐주고 그런 거 보면 모름?

—당장 강철 늑대에서 피 볼 거 감수하고 몰아붙이면 죽이진 못해도 성장 느려지는 건 못 막을걸.

—강철 늑대에서 그렇게 할 거 같진 않긴 한데… 아무튼 윤태양 혼자서 다 할 수 있는 건 아님.

잠깐 한 다른 생각과 함께, 태양이 발을 차올렸다.

파칭!

마나의 유동을 막아 내던 살얼음판이 단번에 박살 났다.

천뢰굉보(天牢轟步).

꽈릉.

운룡에게 배운 이동기, 천뢰굉보와 함께 태양의 신체가 번개

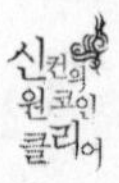

처럼 움직여 로시를 낚아챘다.

란과의 대련에서 배운 것이 하나 있다면 마법 계열 플레이어에게는 수작을 부릴 시간을 주면 안 된다는 것.

콰드득.

목덜미를 붙잡힌 로시가 그대로 건물 외벽에 처박혔다.

"더 할 거야?"

눈 깜짝할 새 태양에게 제압당한 로시가 눈썹을 꿈틀거렸다.

이내 그녀의 입에서 힘 빠진 목소리가 흘러나왔다.

"항복입니다."

[플레이어 로시가 항복합니다.]

[플레이어 윤태양이 대련에서 승리했습니다.]

[플레이어 윤태양이 3승을 달성했습니다. 당신은 스테이지를 클리어할 수 있습니다.]

승리 조건을 달성하고 나면, 세 지역으로 나눠진 대련장 중앙에 위치한 문을 열고 들어가면 된다.

일반적인 스테이지는 조건을 만족하면 곧바로 다음 지역으로 이동되든가, 아니면 스테이지 자체가 계속 머물면 불이익을 주는 환경이다.

이에 반해 이곳은 클리어 조건을 만족하고도 계속 '연습', '수련'을 할 수 있는 환경.

정말 끝까지 플레이어 편의적인 환경이다.

"버릇 나빠지겠는데, 이러다가."

그냥 찬물에 들어가는 것도 고통스럽지만, 따뜻한 물에 몸을 담그다가 들어가면 피부까지 따끔거리는 법이다.

–뭘 그런 걸 걱정해? 좋을 때 즐기는 거지.

"그런가."

–좋게 좋게 생각해. 안 그래도 힘든 곳에서 생각까지 부정적으로 흘러가면 더 힘들잖아.

원론적이지만, 맞는 말이다.

태양은 가볍게 고개를 끄덕이는 것으로 대답했다.

태양이 동료들을 보며 물었다.

"나는 먼저 올라가려고. 불만 없지?"

발람은 24층에 태양을 위한 스테이지가 따로 준비되어 있다고 말했었다.

태양은 당연히 그 이야기를 동료들에게 했다.

란과 살로몬, 메시아는 다른 말을 하지 않고 고개를 끄덕였다.

"'후원'에 관련된 일이라고 했지. 그렇게 되면, 너는 S등급 스킬을 하나 더 얻게 되는 건가?"

살로몬의 물음에 태양이 어깨를 으쓱였다.

"아마도? 하지만 확정된 건 없어. 후원이고 자시고, 조건이 맞아야 하는 거니까."

메시아가 고개를 끄덕거렸다.

"하긴, 이미 몇 번이고 후원 제의를 거절했었지."

"그래도 아마 이번에는…… 할 것 같아."

-……좋은 제안이 있겠지?

현혜의 걱정 섞인 목소리에 태양이 되뇌듯이 중얼거렸다.

"괜찮을 거야. 발람의 말로는 나에게 기대하고 있는 마왕이 많다고 했으니까. 저번에도 나한테 후원을 제의한 마왕이 셋이야. 그보다 더 많아졌다면, 그중에서 하나쯤은 괜찮은 제안이 있겠지. 그리고 솔직히 이야기만 들어 봤지만, 저번에도 나쁜 제안은 없었잖아?"

-그건 그렇지.

미루고 미뤄 왔지만, 이제는 해야 했다.

더 미루는 것은 현명한 판단이 아니다.

왜. 태양이 생각하기에 지금이 최고의 몸값이었기 때문이다.

더 잘할 자신이 없는 것은 아니었다. 하지만 지금보다 더 잘한다고 평가가 달라질 것 같지는 않았다.

스톰브링어 카드에 갇혀 있던 폭풍의 정령 군주 아라실이 말하지 않았던가.

모조품이지만 마왕, 발락을 잡아내는 것을 보고 확신이 섰다고.

태양 역시 같은 생각이었다.

지금의 능력치로 진짜 마왕을 이길 수는 없다.

모조품의 마왕을 이겼다는 꼬리표가 붙은 지금보다 더 몸값을 높일 수 있는 시점이 있을까?

아무리 어려운 스테이지를 클리어해도 영혼 수련장 8단계를 깼을 때만큼의 임팩트를 줄 수 있을까?

그렇지 않을 것 같다는 것이 태양의 판단이었다.

란이 태양을 보며 웃었다.

"먼저 가서 기다리고 있어! 나도 곧 따라갈 테니까."

발람의 예고는 태양에게만 국한된 것은 아니었다.

란 역시 8단계의 테스트를 통과했고, 발람을 만났고, 같은 제안을 받았다. 아마도 8단계 테스트를 통과한 또 다른 플레이어, 파카에게도 동일한 제안을 했을 가능성이 컸다.

"후원을 받은 플레이어가 셋이나 더 늘어나는 건가."

메시아가 백발을 쓸어 넘기며 생각에 잠겼다.

메시아 역시 최고 기록이 40층이 넘는 플레이어였다.

36층 이후에서는 층의 경계가 애매해져 더 위의 기록을 가진 플레이어를 만나는 경우도 종종 있었다.

"미네르바 이후로 후원을 받은 플레이어가 없다고 했었는데, 이번에 세 명이나 더 생긴 거네."

"그중에서 둘이 너랑 나인 거고."

"오. 우리 생각보다 대단한데?"

"대단하지. 몰랐어? 야. 나 S+등급이야. 플레이어 중 역대 최고."

"아, 또 시작이네."
란이 고개를 젓고, 태양이 씨익 웃었다.
그 광경을 본 살로몬이 인상을 썼다.
"빌어먹을. 나도 도전해야 했는데."
"응~ 이미 지나간 일이죠? 무서워서 망설였죠?"
지구의 사이버 공간에서나 쓸법한 촐싹거리는 말투.
높은음의 목소리.
태양과 메시아가 화들짝 놀라서 란을 바라봤다.

–아ㅋㅋㅋㅋ 란 말투에 윤태양 묻었네.
–이래서… 교육이…
–거울 치료 에반데 ㅋㅋㅋㅋㅋㅋ.
–안 돼 ㅜㅜ 란 윤태양한테 물들었어. ㅜㅜㅜㅜㅜ.
–슬프다…

태양이 란에게 고개를 숙였다.
직전 살로몬에게 했듯 심각한 표정으로.
"란."
"응?"
"미안하다……."
"응? 뭐가?"
란은 영문을 모르겠다는 듯 순진한 눈망울로 고개를 갸웃거렸다.

⁂

[8-2 3승 대련장: 대련에서 세 번의 승리를 거두어라. - Pass]

[획득 업적: 사범님, 용호상박(龍虎相搏), 털끝 하나 건드리지 못한다, 고수는 전력의 3할을 숨긴다, 무패, 천외천(天外天), 3승 대련장 클리어]

업적 7개.

태양에게는 적게 느껴졌지만, 이번 스테이지의 난이도를 생각해 보면 후했다.

이제는 익숙해진 짧은 고양감이 지나가는 사이, 한 남자가 다가왔다.

안구 대신 불꽃이 자리하는 기괴한 형상의 사나이.

발람이었다.

발람은 특유의 사람 좋은 미소를 지은 채 태양에게 일렀다.

"혹여나 다른 마왕이 접촉하지는 않았지요?"

"알면서 뭘 물어."

"플레이어의 기준에서 마왕은 전능에 한없이 가까워 보이겠지만, 그렇지 않습니다. 당장 동료 마왕들이 일을 벌였다면 제가 모르는 사이, 문제가 생겼을 가능성도 아예 없는 것은 아니죠."

발람의 말에 태양이 고개를 으쓱였다.
"그런 일은 없었어."
"다행입니다."
발람은 태양을 데리고 어디론가 걸어갔다.
잠깐의 시간 동안 둘 사이에 침묵이 감돌았다.

ㅡ왜 내가 숨 막히냐.
ㅡ너도? 나도.
ㅡ괜찮아… 익숙하니까…
ㅡㅜㅜ.
ㅡ살짝 그거 아님? 전학 와서 학교 설명해 준다고 반장(예쁜 여자애) 와서 본인 개 설레했는데 반장이 얼굴 확인하자마자 썩은 표정 돼서 따라와 음악실 알려 줄게! 이러고 가는 사이에 말 한마디도 안 거는…
ㅡ아이 씻팔! 채팅 창에 전세 냈어?
ㅡ일기는 일기장에 써.
ㅡ일기충 쳐 내!

먼저 입을 연 것은 태양이었다.
"마왕들도 급이 있나 보지?"
"급이라니요?"
"단탈리안은 71계위. 발락은 62계위. 발람 당신은 51계위.

숫자가 낮을수록 좋은 거 아니야?”

“아.”

발람이 피식 웃었다.

“쉽게 할 수 있는 착각이죠. 숫자는 숫자에 불과합니다.”

“그래? 안 믿기는데.”

“왜 믿지 못하시는지 여쭤봐도 될까요?”

태양이 건조한 목소리로 대답했다.

“당장 발락, 발람. 이름이 비슷하다는 이유만으로 자존심 싸움을 해 대는 게 당신들이잖아. 1계위 마왕이라는 타이틀에 집착하지 않으면 이상한 거 아니야?”

-팩트 씨게 꽂아 버리네. ㅋㅋ.

-맞는 말이긴 해. ㅋㅋ.

-ㄹㅇ 사춘기 애들도 아니고 이름 가지고 티격거리냐. ㅋㅋ.

발람이 작게 하하, 웃고는 대답했다.

“맞는 말씀이십니다. 과거에는 이런 숫자를 가지고도 싸움이 일어났었죠. 다만, 그것은 아주 옛날의 일입니다. 계위가 정립된 지는 아주 오랜 시간이 지났습니다.”

“그럼, 과거에는 전투력을 가지고 줄을 세웠다는 이야기야?”

“네. 과거에는 그랬습니다. 하지만 오랜 시간이 흐르면서…… 지금은 그 의미가 퇴색됐죠.”

발람은 51계위 마왕이었지만, 전투에 그렇게 흥미가 많은 마왕은 아니었다.

발락은 그와 반대로 항상 전투, 전쟁, 침략을 생각하며 사는 마왕이다.

발람은 발락을 좋아하지 않지만, 솔직히 다시 싸웠을 때 결과를 장담하기는 힘들다고 생각했다.

마왕은 기본적으로 생명체의 한계를 넘은 초월자들이지만, 동시에 그들 역시 살아 숨을 쉬는 생명체이기도 했다.

퇴보도 있고, 발전도 있다는 이야기다.

그리고 전에 했던 줄 세우기에서 흥미를 느끼지 못하고 순순히 아래에 위치한 마왕도 있었다.

그렇기에 당장의 순위는 절대적인 의미가 없었다.

"흐음, 그렇구먼."

"이야기는 슬슬 그만두겠습니다. 여기, 다 왔습니다."

발람이 안내한 곳은 커다란 무대였다.

태양은 무대 중앙에 섰다.

불투명한 장막이 전면을 가리고 있었지만, 구조를 알 수는 있었다. 칸막이가 있고, 사람이 앉을 자리가 있다.

이 공간을 어떻게 부르면 좋을까.

무대? 강당? 제단? 경매장?

태양의 얼굴이 굳어졌다.

"어이, 발람."

"예. 말씀하시죠, 플레이어 윤태양."

친절하게 뇌까리는 발람의 목소리가 다르게 들렸다.

그리고 입가에 건 미소가 가식적으로 보였다.

경매장.

앞에서 물건을 기다리는 마왕들.

그 중앙에서 값어치가 매겨지기를 기다리고 있는 태양.

뇌리 한편에서 조각들이 착착 들어맞는다.

영혼 수련장.

플레이어의 성장을 유도하는 곳.

동시에 재능 가장 깊숙이 들여다보는 곳.

'그러고 보니 발람에게 물건 취급하지 말라고 짜증냈던 적이 있었지.'

친절한 태도의 출처를 알 것 같았다.

그 태도는 태양에게 굉장히 익숙하게 다가올 수밖에 없었다.

발람은 현대 대한민국에서 서비스 계열에 종사하는 사람이라면 누구나 이해하는 비즈니스의 태도를 견지하고 있었다.

"하."

발람이 굳이 직접 와서 8단계 테스트를 클리어한 플레이어들을 검사한 이유.

제품에 하자가 있으면 안 되니까.

'후원'에 내놓을 제품이니까.

경매장?

하, 다른 말이 더 어울린다.

노예시장.

태양의 심장이 분노에 차 역동적으로 운동했다.

그에 반해 머리는 점차 차가워졌다.

화가 날수록 참고 최선의 결과를 만들어 내는 승부욕은 태양을 지금 이 자리에 있을 수 있게 하는 원동력이었다.

촤륵.

장막이 올라갔다.

다음 권으로 이어집니다